슬픈 마음 있는 사람

정기현 소설

스위밍꿀

차례

빅풋
7

발밑의 일
39

슬픈 마음 있는 사람
75

검은 강에 둥실
111

마음대로 우는 벽세계
145

농부의 피
177

공부를 하자 그리고 시험을 보자
215

바람 부는 날
259

해설 | 정지혜(영화 평론가)
음음 음음 음음, 나는 그냥 따라가보기로 했어 307

추천의 글 | 임선우(소설가)
『슬픈 마음 있는 사람』 성분표 329

작가의 말 332

빅풋

삶과는 영 무관해 보이는 일을 계속해나가는 사람이 반드시 큰마음을 품은 것은 아니다. 그따위 일을 왜 그렇게까지 몰아붙이세요? 묻고 싶게 만들 만큼 많은 것을 감수하고, 다른 사람들의 미움을 받고, 시간을 쏟아붓고, 벌써 현실이 아니라 천국에 온 것처럼 구는 이들. 집 앞 공원 벤치에는 사시사철 하루에 두 번씩 비둘기들에게 식빵을 잘게 찢어 던져주는 노인이 있고, 공원에 모인 다른 노인들은 그 노인이 별종이라며 다 들리도록 빈정거리고, 그럼에도 그 노인은 제임스, 닉, 멀리, 리사, 사마천, 강물, 준지 너는 아까도 먹었는데 또 이렇게 앞으로 오면 어떡하나…… 비둘기들을 소리 내어 호명하며 그날의 몫에 몰두한다.

족히 쉰 마리는 되어 보이는 비둘기를 노인이 어떻게 구분할 수 있는지는 알 수 없었다. 점퍼 주머니에 두 손을 꽂아넣은 채, 늙고 커다란 비둘기 떼처럼 모여 구구거리는 공원의 다른 영감들이 왜 그렇게 그 노인을 미워하는지는 조금 알 것도 같았다. 자신에게 주어진 바를 과시하는 듯 구는 노인에게는 얄미운 구석이 있었다. 공원을 멍하니 내려다보고 있자면, 생각은 그렇게 알 수 없음과 알 것도 같음 사이를 부지런히 오갔다.

그렇다면 나는 왜 지금까지 새미에 대해 생각하고 있는 걸까? 나의 삶과 새미는 그야말로 무관한데도. 나 역시 큰마음을 품어서는 아닌 것 같고…… 처음 새미의 방에 갔던 때가 지난해 6월이니 벌써 팔 개월째였다.

새미는 엄마가 교회에서 만나 친해진 한 성도의 딸이었다. 엄마는 교회에 매주 나갔고 한번 나가면 새벽 예배부터 3부 예배가 끝날 때까지 나올 줄을 몰랐다. 엄마는 자신과 마찬가지로 교회에서 주일 오전을 모두 보내던 새미 엄마와 금세 말을 텄다. 새미와 나는 엄마들 성화에 못 이겨 중학교 때 잠깐 같이 교회를 다녔다. 매주 일요일 열한시에 만나 예배를 드린 뒤 교회 칠층 식당에서 공짜 돈가스를 먹고 헤어졌다. 그렇게 일 년 반을 보냈다. 매주 만나기는 했지만 학교도 달랐던데다, 나는 학교 바깥에 대해서는 상상조차 않고 그저 매일의 등하교에 열중하는 학생이었지만 새미는 테니스를 잘 쳐 이런저런 대회에 나가는 것이 훨씬 중요해 학교생활에는 큰 관심이 없던 학생이었으므로 우리는 끝내 가까워지지는 못했다. 너네는 시험 언제야? 물어보면 글쎄…… 모든 대화가 세 마디 이상 이어지는 법이 없었다.

열일곱 살 이후로는 더이상 교회를 나가지 않아 새미와도 멀어졌다. 엄마만은 꼬박꼬박 교회를 나갔으나 원로 목사가 교회 건물을 날려먹어 전 층이 교회였던 건물이 층마다 다른 가게들로 바뀌고 난 뒤로는 엄마도 새미 엄마와 자연스레 멀어졌다.

그로부터 오 년 후, 그 건물이 어쩐 일인지 다시 전처럼 교회로 바뀌었을 때 엄마와 새미 엄마는 약속이나 한듯 예배당에서 서로를 알아보았다. 이전에 그 교회를 다녔던 성도들 중 절반 가까이가 돌아왔다. 교회를 되찾았다는 기쁨이 사람들을 단단히 묶어주었다. 엄마 역시 새미 엄마를 원래 그랬던 것보다 훨씬 전심으로 위하게 되었다. 딸이 실종되었다는 이야기를 들은 뒤로는 더욱 그랬다.

새미는 스물셋이 되는 해 가을에 실종되었다. 국내 하루 평균 실종자 수는 백이십 명 내외. 주위에서 크게 다치거나 죽는 사람은 봤어도 실종된 사람은 처음이었다.

—새미가 사라졌어.

새미 엄마가 우리 엄마에게 그렇게 털어놓았을 때는 새미가 사라진 지 벌써 삼 년이 지난 뒤였다. 그 담담함이 엄마는 더 슬펐다고 말했다. 엄마는 커다란 슬픔을 지닌 사람에게 본능적으로 끌렸다. 그 곁에 찰싹 붙어 있고 싶다는 소망으로, 틈이 보일 때마다 다른 맛의 슬픔을 주워먹고 싶다는 속셈으로 거의 매일 새미네 집에 갔다.

전화만 걸면 엄마는 으응 새미네지, 말했다. 하루는 쌈밥을 만들었는데 양배추가 남아 장을 더 만들면 장이 남고 양배추 약간만 더 삶을까 하다보면 또 양배추가 남고 말아, 가볍게 먹으려고 만든 요리였는데 너무 배가 불러졌다고 깔깔 웃으며 끝에는 너도 올래? 하고 물었다. 엄마의 말에 나는 가겠다고 답했다. 하나님이 어떤 때 나를 이끄시는지 여전히 알 수 없음이지만 그날따라 가겠다는 마음이 들게 하는 것, 문득 그런 것이 하나님의 인도하심인가 생각했던 것 같다.

새미네 집은 처음이었지만 새미 엄마가 치운 것 하나 없이 그대로라는 말을 반복했고 나도 그런 줄로 알게 되었다. 평범한 방이었지만 죽은 사람의 방이라는 사실로 결코 평범할 수 없는 방이었다. 발을 내디딜 때마다 여기 죽은 사람의 방이야, 너도 아는, 한때 일주일에 한 번씩 만나 예배당 장의자에 허벅지를 붙이고 앉아 있었던 그 사람이 죽고 없는 방이야, 사실 새미는 죽었는지 살았는지 모르고 아직은 사라진 것일 뿐이었지만 방 안의 모든 것이 그렇게 말하는 것 같았다. 죽음 아니고 사라짐. 죽음 아니고 사라짐. 나는 이것을 되뇌며 새미 엄마의 뒤를 따랐다. 그는 숙달된 가이드처럼 방 이곳저곳을 안내해주었다. 안내받는 사람들이 어느 부분에서 놀라고 슬퍼하는지도 이미 잘 알고 있는 것처럼 보였다.

―그리고 여기는……

새미의 침대, 옷장, 어릴 적 사진들, 열 살에 시작해 열일곱 살에 그만두기까지 국내 유소년 대회를 휩쓸었던 새미의 테니스 구력을 보여주는 트로피들을 지나 마지막으로 소개된 곳은 새미의 책장, 그중에서도 맨 아래 칸, 검은 노트가 모여 있는 공간이었다. 크기는 조금씩 달랐으나 모두 검정 가죽 노트라는 점에서 같았다. 새미 엄마는 도슨트처럼 책장 옆에 서서 이 일기장으로 말할 것 같으면 새미가 테니스를 막 시작했던 열 살 때부터 썼던 것으로, 처음에는 훈련 일지로 작성하던 것이 점점 이것으로 하루를 마무리하지 않으면 안 되는 일종의 징

크스가 되어 실종 하루 전날까지도 기록되어 있다고 했다. 한쪽 벽에 새미가 테니스 라켓을 높이 쳐든 채 찍힌 커다란 사진이 걸려 있었기 때문에 나는 스물셋의 새미 대신 열여섯의 새미가 한밤에 선수복 차림으로 가죽 노트를 펼쳐 일기를 쓰는 장면을 떠올리게 되었다. 주인 잃은 물건들이 주는 이상한 실감들에 사로잡혀, 새미 엄마의 설명에도 슬퍼하는 대신 끄덕끄덕 그런 인물이 있었단 말이지…… 전체를 조망하듯 새미의 방을 바라보았다.

*

새미네 집을 나서자마자 복도 뚫린 창으로 비가 쏟아지고 있는 것이 보여 도로 현관으로 들어와 우산을 챙겨야 했던 날이 있었다. 새미 엄마는 신발장 문에 빼곡히 꽂힌 우산들 중 가장 튼튼하고 좋아 보이는 장우산 두 개를 건네주었다. 그냥 일회용 우산으로 주셔도 괜찮다며 엄마가 고마움과 난처함을 빙빙 돌려 말할 때 나는 우산보다도 신발장 맨 아래 신발들에 시선을 뺏겼다. 한 칸 가득 가지런히 놓여 있는 신발들은 바로 위 새미 엄마의 것으로 보이는 샌들보다 뒤꿈치가 두 개쯤은 더 달려 있는 것 같았다. 신발장 문이 제대로 닫히려나? 구두는 유람선 같았고 운동화는 끈 구멍이 지나치게 많았다. 저 정도 신발이면 끈도 보통 신발보다 길까? 신발 자체로만 본다면 그리 무시무시한 크기까지는 아니었는데도 새미를 먼저 알고 새미 없이 그 신발들을 보게 된다면 그 뒤로도 한동안 발에 대해서만 생각하게 만드는 신발들이었다. 새미는 여전히 실종 상태인데 발 크기에 놀라 마땅한 슬픔을 뒷전으로 밀어둔 것처럼 보일까봐 나는 신발들이 선사한 놀라움에 대해서는 아무 말도 하지 못했다. 나는 신발장 문이 닫히기도 전에 아마 이십 년쯤 흐른 뒤에도 이 장면을 생생하게 떠올릴 수 있으리라는 확신을 했다.

집으로 돌아오는 길 내내 나는 새미의 발에 대해 생각했다. 키가 162센티미터인 새미의 발은 290밀리미터였다. 엄마도 같은 생각중일까 궁금했지만 묻지 않았다. 비가 점점 많이 내려 고급 우산이 든든했다. 빗소리 덕분에 대화 없이 걸어도 이상하지가 않았다. 엄마라면 분명히 거대한 발과 사라진 발의 주인, 발 주인의 엄마가 수년간 감내했을 슬픔을 동시에 가늠해보며 나처럼 발보다는 슬픔 쪽에 집중하려고 노력하고 있었을 것이다. 우리는 발을 생각하지 않으려 노력하는 방식으로 오직 발에 대해서만 생각하며 말없이 걸었다.

그다음 주일, 빌린 우산을 챙겨 다시 새미네 집에 갔을 때 또 한번 신발을 관찰할 기회가 생겼다. 장우산을 제자리에 돌려놓고도 신발장 문 아귀가 맞도록 닫으려면 우산의 위치를 신중하게 살펴야 했다. 진짜 크다…… 우산의 자리를 가늠하는 내내 머릿속에는 오직 그 생각뿐.

문을 닫고 신발들이 눈앞에서 사라지자 다시 여기는 실종된 지 삼 년째인 새미네 집이라는 자각이 불을 밝혔다. 실종, 자살, 사망, 죽음……에 대한 자각은 그 어떤 것보다도 강력한 힘을 발휘해 모든 것을 부끄럽게 하거나 모든 것에 조심스러운 태도로 임하게 하였다. 나는 묵묵히 식사를 마쳤다. 엄마가 그릇 정리를 하는 사이 새미 엄마는 새미의 방에서 가죽 노트 다섯 권을 챙겨 나왔다.

—이걸 다 보셨어요?

—이 년이 지나도록 못 보다가 그 뒤로는 한 권씩 읽어요.

—일기가 많기도 많네. 마음이 어떠실지……

—많은 게 싫었다가 또 다행인 것도 같다가. 그래도 읽다보면 가끔은 아직 곁에 있는 것 같아요.

새미 엄마는 노트 한 권을 집어 들고 읽기 시작했다. 그러다 벌떡 일어나 부엌으로 가 티슈를 챙겨오기도 했다. 그는 앞에 누가 앉아 있든지 지금 읽기보다 중요한 일은 있을 수 없다는 듯 훌쩍훌쩍 노트를 넘겼고 엄마도 눈치를 살피다 노트 한 권을 펼쳤다. 곧 나도 남은 노트 중 가장 길쭉한 것을 골라 가름끈이 놓인 곳을 펼쳐 보았다.

*

엄마가 고른 노트는 새미가 대학교 1학년 1학기 때 쓴 일기였고 내가 고른 것은 졸업 직후 스물두 살 때 쓴 일기였다. 집으로 돌아가는 길, 엄마와 나는 각자 읽은 내용을 서로에게 들려주었다. 두 일기장 모두 사라진 새미가 쓴 것이었으므로 둘 사이에는 시간의 흐름이 생겼다. 한 편의 이야기를 엄마와 내가 반씩 나누어 맡은 셈이었다. 주일 오후마다 새미 엄마가 한마디씩 보탠 내용을 더하자 흐름은 보다 견고해졌다. 서사라고 할 수 있을 만큼.

새미는 테니스부가 있는 고등학교에 진학하지 못했다. 새미를 스카웃해 가는 학교도 없었다. 유망주 새미는 테니스 주위를 마음으로만 맴맴 돌다 스포츠레저학과에 진학했다. 스포츠레저학과에서는 몸을 직접 움직이는 것을 뺀 운동의 모든 기초를 가르쳤다. 그 결과 새미는 졸업 후 유망주의 몸놀림이 남아 있으며 몸의 학문적인 작동 방식과 원칙까지 터득한 사람이 되었다.

스무 살의 새미는 학교 근처 테니스장으로 월, 수, 금 오후마다 지도 보조 아르바이트를 나갔다. 가벽으로 구획 지어진 기초 훈련장의 네 구역에서는 정면에 걸린 스크린의 음성 안내에 따라 포핸드, 백핸드, 스매시 등 다양한 타법으로 스핀이 잔뜩 걸린 공까지 무한히 타격해보는 것이 가능했고, 안쪽에는 간이 테니스장이 마련돼 있었다. 옥상으로 올라가면 진짜 잔디가 깔린 풀 코트가 공이 건물 밖으로 떨어지지 못하도록 설치해둔 녹색 그물에 둘러싸여 있었는데, 새미는 옥상 문을 열었을 때 펼쳐지는 의외의 진짜 녹빛을 테니스장을 그만두는 순간까지도 사랑했다.

그곳에서 새미의 역할은 크게 두 가지였다. 스크린 앞에서 회원들 자세 잡아주기, 풀 코트에서 초보 회원이 아무렇게나 쳐낸 공을 다시 치기 쉽도록 되받아 쳐주기. 보조 교사는 새미 하나였고 서로를 실장님이라고 부르는 나이든 선생이 셋 더 있었다.

실장들은 테니스장을 어슬렁어슬렁 거닐며 구역마다 한마디씩 툭 내뱉고는 사라졌다. 포핸드를 칠 때는 왼팔을 먼저 십자가 모양으로 펼쳐줘야 해. 용수철처럼 무릎을 굽혔다가 튕기듯 일어나면서. 그물로 공을 뜨듯 양팔을 비스듬하게 기울이면서 공을 기다려야지. 구십 도로 몸을 틀었다가 허리만 휙 돌리면서 회전력으로 치라니까. 발은 움직이지 말고. 발은 땅에 꼭 붙이고. 땅을 눌러준다는 느낌으로.

늘 비슷한 말들이 스크린에서 튀어나오는 공처럼 반복되었다. 회원들은 대개 배움이 더딘 편이었는데, 실장들의 조언에 나날이 수사적 표현이 덧붙는 탓인지도 몰랐다. 절체절명의 위기에 몰린 성도가 성호를 긋듯이 라켓을 휘두르세요. 사마귀에게 쫓기던 방아깨비가 들풀 위에 올라앉는다는 느낌으로 탄력 있게 무릎을 펴세요. 새미는 그들처럼 되기는 싫어, 어슬렁거리며 말이나 없는 사람은 질색이었기 때문에, 회원들에게 말보다는 시범을 보이기를 선호했다. 새미의 자세는 완벽하지 않았다. 실장들의 조언이 모두 약간씩 비껴나가, 그 비껴감이 공교롭게 한 사람의 몸에서 만난 모양이었다. 왼팔은 한발 늦었고 양팔로 만든 가상 그물은 한쪽 끝이 뻥 뚫려 있었다. 무릎은 거의 굽히지 않았다. 굽히지 않았으니 펴면서 일어날 수도 없었다. 그러나 발만은 땅에 단단히 붙이고 있어 허리가 구십 도로 돌아가도 바닥에서 떨어질 줄을 몰랐다. 누구도 땅에 발을 그렇게 완벽히 붙이고 있을 수는 없었다. 새미의 길고 넓은 발은 새끼발가락조차 땅에서 떨어지는 것을 용납하지 않았다. 실장들은 새미의 시범을 뒤에서 바라보며 무슨 말을 얹어줄까 벼르고 벼르다가 고개를 갸웃하며 다시 어슬렁 갈 길을 갔다.

*

예배가 끝나면 엄마는 예배당 원형 계단 층계참 벽에 붙어 서서 일층으로 내려가는 사람들의 머리통을 살폈다. 매주는 아니었지만 나도 교회를 다닌다고 말할 수 있을 만큼 종종 예배에 나가던 참이었다. 새미 엄마는 키가 작기는 하여도 항상 보라색 단단한 털실로 중절모 모양을 낸, 직접 만든 모자를 쓰고 있었기 때문에 모두 비슷해 보이는 머리통의 행렬 속에서도 찾기가 어렵지 않았다.

함께 계단을 마저 내려온 우리는 당연한 수순이라는 듯 교회 앞 교인들을 기다리며 줄지어 선 택시들 중 맨

앞의 것에 탑승했다. 택시는 늘 새미네 집으로 향했다. 새미 엄마는 목적지를 말하지 않고 가만히 앉아 있었다. 조용히, 모자 그늘 아래에서 창밖을 내다볼 뿐이었다. 기사에게는 항상 우리 엄마가, 마치 새미네 집 전반을 돌봐주는 책임감 있는 집사처럼, 다동초 앞으로 가달라고 말했다. 다동초등학교 앞에서부터 새미네 집까지는 오르막길을 이 분 정도 올라야 했는데, 그제야 새미 엄마는 우리 엄마가 집에서 만들어온 음식 봉투를 나누어 들겠다고 손을 내밀었다. 의외로 뻔뻔한 구석이 있는 사람이라고 생각하지 않을 수 없었지만 새미네 집을 모임 장소로 쓰는 것이니 우리 쪽에서 음식을 마련해 오는 것은 당연한 건가…… 나는 오르막길을 오르는 동안 눈앞의 장면을 이해하고자 했다.

우리집은 새미네 반대편 주택 단지 쪽에 있었다. 일 년 반 전, 임대주택 당첨이 되어 입주한 엄마와 나의 집은 작은 주방이 딸린 작은 거실에 작은 테라스가 딸린 작은 방 하나로 구성되었다. 140대 1 경쟁률을 뚫고 얻은 집에 이사 올 때의 감상은 혼자 살면 더없이 좋았겠다는 것.

입주자 선정 과정에 문제가 있었는지 입주 후 몇 개월 동안 바깥이 소란스러웠다. 아기띠를 앞뒤로 메고 엉엉 우는 남자도 있었다. 당첨되지 못한 이들이 순번을 정해 시위하기로 약속했는지 주택 입구마다 매일 다른 얼굴들이 소리를 질렀다. 둘이서 살기에는 무리일지도 모르겠다는 생각을 첫날부터 지울 수가 없었지만, 입구마다 진을 친 사람들의 얼굴 역시 지우기가 어려워 엄마도 나도 그런 생각을 입 밖으로 표한 적은 없었다.

주택 설계자의 의도대로 안방은 잘 때, 거실은 밥을 먹거나 책을 읽거나 티브이를 볼 때, 주방은 요리를 할 때 머물렀다. 작은 집에서는 두 사람의 식사 시간 취침 시간을 따로 두기가 어려웠다. 집 안에서 엄마와 나는 모든 것을 함께했다. 귀가 후에는 엄마가 옆에 있다, 엄마와 밥을 먹는다, 엄마와 한 침대에서 함께 잠이 든다는 인식으로부터 벗어날 수가 없었다.

어느 날 문득 여기 거실을 절반 정도만 뚝 떼어내 방으로 쓸 수도 있으려나 말을 꺼내보았는데, 엄마가 반색을 하며 그래 그 생각을 왜 못했지 거실 벽 한쪽에 세워둔 책꽂이를 거실을 가로지르는 가벽처럼 돌려놓고 남은 공간은 예쁜 천이나 발을 사다가 문처럼 달면 되겠다고 손뼉을 쳤다.

엄마와 모든 것을 함께할 때는 구체적으로 인식될 수밖에 없었던 엄마의 행동들이 그저 엄마가 저기 저 너머에 있다, 책꽂이와 커튼으로 만든 벽 뒤 주방에서 찻물을 끓이거나 옷을 갈아입고 있겠지 정도로 희미해졌다. 엄마로 가득했던 머릿속에 다른 것들을 넣을 수도 있었다.

그렇게 내 방이 생겼다. 안방 테라스 창문으로는 보이지 않던 것들이 내 방, 그러니까 거실의 커다란 창문에는 담겼다. 공원이 훤히 내다보였다. 비둘기에게 식빵을 배급하는 노인이 늘 앉는 벤치도 내려다보여 나는 아침마다 그의 머리통을 바라보며 가방을 챙겼다. 노인에게 가장 먼저 달려드는 비둘기가 닉인가 제임스인가 또 뭐가 있었댔지 공원을 오가며 몇 번이나 들었는데 나는 그새 잊어버렸다……

어떤 날엔 무심코 먹던 과자를 창틀에 올려두었는데, 공원으로 날아가던 비둘기 중 몇 마리가 우리집 창틀로 날아왔다. 엄마가 책장 너머 있게 된 덕분에, 매일같이 공원을 향해 날아가던 비둘기들의 비행경로에도 연쇄적인 변화가 생긴 것이다. 비둘기들은 떼 지어 날아가는 도중, 야 이제 저 집도 체크해봐야 해, 창가에 나와 있는 사람이 때때로 과자 부스러기 같은 걸 창틀에 뿌려놓더라, 샌드형 과자라 식빵보다 맛도 좋단다, 맛있는 과자니까 저긴 번갈아 가면서 가자, 늘 식빵만 먹으며 살리라는 법은 없지 정말, 흥분해서 집 안으로 들어가지 않게 주의하고! 그래도 노인에게 버릇없이 굴지 말고, 고마움을 잊는 비둘기에게는 미래도 없다, 알고 있지? 이런저런 이야기를 구구 구구 나눌 수도 있을 것이다.

노인은 자신에게 모여들던 비둘기 중 몇 마리가 빠졌다는 것을 눈치챌까? 그럼 좀 슬퍼지려나. 엄마가 천 앞에 어른거리며 나를 불렀다. 기은아, 아침 먹고 가. 바람이 불어듦에 따라 천이 살랑이고 그 리듬에 맞추어 흔들리는 엄마의 그림자. 나의 경우에는 이런 것이 조금 슬프기도 하였다.

*

스물두 살의 새미는 재활의료기기를 취급하는 작은 회사의 관리부에서 일을 시작했다. 스포츠레저학과를 나왔으면 기기에 대한 대략적인 이해도는 있겠네요. 면접관의 말에 새미는 고개를 끄덕였고 의료기기 출고팀에 배치되었다. 하루종일 앉아서 하는 일이었다. 시간은 그렇게 이어지기도 했다. 스포츠레저학과 졸업생으로서 몸의 작동 방식을 잘 알고 있던 새미는 뻣뻣해져가는 허리와 목이 하루하루 실감되었다. 동료들이 요즘 온몸이 찌뿌둥해 스트레칭을 할 때마다 뚝뚝 소리가 난다며 굳어가는 몸에 대해 한마디씩 할 때 새미는 그 위에 어떤 말도 얹지 않았다. 작은 습관들이 쌓여 목과 척추의 디스크들이 어떻게 서서히 어긋나는지 새미만큼 자세히 알면, 그렇게 가볍게 농담처럼 말할 수는 없을 터였다. 삶을 한순간에 도둑맞을 수도 있는 일이야. 새미는 디스크들이 제자리를 벗어나지 않도록, 농담을 하는 대신 좀더 부지런해지는 쪽을 택했다.

처음에는 한 시간마다 한 번씩 일어나기로 다짐을 했지만 출고팀 직원이 그렇게 자주 자리를 비울 핑계를 만들기란 쉽지 않았다. 하루에 여덟 번을 자리에서 일어난다면 다섯 번은 화장실, 세 번은 비품실·탕비실·옥상에서의 통화인 거야. 새미는 이것을 핑계로 삼아보고자 일어날 때마다 몇 번씩 되뇌었지만 거짓 핑계는 아무리 꽉 쥐고 있으려 해보아도 금방 녹아 없어져버렸다. 결국 새미는 하루에 세 번만 화장실을 가되 갈 때마다 칸 안에서 간단한 맨손 체조를 하기로 했다. 폭이 좁아 손을 위로 뻗는 스트레칭만 가능했다. 위로 쭉쭉 좌로 약간 기울여서 쭈욱 우로 약간 기울여서 쭈욱. 벽에 대고 하는 약식 푸시업 3세트. 다리를 가슴으로 당겨 골반에서 무언가 툭 풀어지는 느낌이 들 때까지 스트레칭. 스트레칭. 여러 가지 자세의 스트레칭. 그러다보면 늦은 양치를 하는 사람들이 세면대 앞에 서서 나누는 대화를 듣게 되는 날도 있었다.

―치약 다 쓴 지 사흘은 지났는데 퇴근만 하면 기억을 못해서 지금 연필로 엄청 밀어 쓰고 있잖아요, 저.

―메모해놨다가 주말에 몰아 사야지 그런 건. 하나하나 다 기억 못해요.

―주말에도 잊어버리면 어떡해요.

―알람을 맞춰두고 일어나자마자 사러 가요. 삼 주만 그렇게 하면 습관이 되지.

―좋네요……

―이번 주말에는 뭐 해요?

―운동 좀 시작해보려고요. 마침 동네에 테니스장이 있어서, 새미 씨 추천으로. 새미 씨 어렸을 때 테니스 선수였던 거 알아요?

―아뇨, 몰랐어요. 근데 왠지 어울려.

―그러니까. 어울리죠? 새미 씨…… 귀여운 것 같아요. 뭔가 엉뚱한 것 같기도 하고.

―저 지난주에, 아 지지난 주인가 아무튼, 오전 반차 쓰고 늦게 나오는데 저 앞에 새미 씨가 커피 들고 가고 있는 거예요. 근데 엄청 살금살금 걷는 거야. 사무실 복

도도 아니고 바깥이었는데. 사무실 복도에서 그렇게 걷는 것도 이상하지만. 내가 뛰어가서 왜 그렇게 걸어요! 하니까 습관이래요. 편하게 걸으면 엄청 쿵쿵거리게 된다면서. 왜 쿵쿵거리지? 문득 발을 보니까 발이 진짜 크더라고요. 사이즈 물어볼까 하다가 말았지만.

─어 맞아요. 발이 290. 저는 물어봤잖아요.

─우와. 발볼도 꽤 넓던데요.

─어릴 때부터 발이 컸대. 아무튼 정말 나 운동 좀 해야 하는데.

─그러니까. 일 계속할 수 있으려면 운동을 해야 해. 운동을……

대화는 화장실에 다른 직원이 들어오면서 마무리되었다. 새미는 왼쪽 목 근육을 풀다 말고 변기 뚜껑 위에 앉았다. 내가 언제 테니스 선수였다고 말한 적이 있었던가? 저 사람 동네에 테니스장이 있다는 것도 몰랐는데. 너무 사소해 이야기 나누고 돌아서면서 곧장 잊어버린 것일지도 모르지만. 새미는 사람들이 자신이 없는 곳에서 자신을 두고 엉뚱하고 귀여운 사람이라고 말한 것만큼은 마음에 들었다. 아무도 모르게 얼굴이 붉어지기까지 했다.

새미 엄마는 새미가 사라진 날에 가까워질수록 일기

가 온통 발에 대한 내용뿐이라며 그것이 슬프다고 했다. 사람들이 귀엽다고 하는 걸 몰래 듣고 얼굴을 붉히는 순진한 녀석인데 다들 자기를 발로만 기억하니까 얼마나 슬펐겠느냐고. 새미 엄마가 오죽하면 이런 말도 있었는데요, 말하면서 펼친 가장 최근의 일기장에는 이렇게 쓰여 있었다.

나는 점점 희미해지고 발에서만 자세하다.

새미가 꾹꾹 눌러 쓴 자국을 손으로 따라 읽으며 새미 엄마는 울음을 삼키려는 듯 숨을 참았다. 슬픔은 아직 그만큼 생생했다. 새미 엄마는 그렇게 하면 새미의 억울함이 조금이라도 덜어질까 싶어 새미의 회사에 찾아가 왜 그렇게 애를 발로 알았냐고, 사람 대 사람으로 친절하게만 대해줬더라도 이런 일 없었을 텐데 하고 소리를 지를까도 하였으나 다행히 그게 엉뚱한 화풀이라는 것을 자각하지 못할 만큼 슬픔 한가운데 빠져 있지는 않았다.

일기는 과연 새미가 실종된 날에 가까워질수록 발에 대한 문장들뿐이었다. 새미는 발가락 길이, 발톱 모양, 발목 두께, 발의 폭, 굳은살의 위치, 핏줄의 배치…… 발의 모든 세부를 뜯어보다 문득 언제부터 이렇게 발에 대해 골몰하게 되었는가 고민에 빠졌다. 명확한 계기랄 건 없었고, 존재했더라도 새미로서는 기억할 수 없었다. 하지만 새미가 머릿속에서 늘 발 안팎을 맴돌고 거닐었던 덕분에 새미의 발은 일기장 안에서 점점 뚜렷한 형태와 움직임을 획득해 나날이 자세해졌다. 나는 본 적도 없는 새미의 맨발을 거의 그대로 그려낼 수도 있을 것 같았다. 새미의 얼굴은 방 안의 사진처럼 열여섯 살에 머물러 있지만 발만은 햇볕과 양분을 혼자 다 빨아먹은 듯 무럭무럭 자라나 290밀리미터가 된다.

'나는 점점 희미해지고 발에서만 자세하다.'

나는 이 문장이 비유가 아니라 사실을 명시한 것에 가깝다는 것을, 새미는 자신을 발같이 낮은 존재로 여겨 사라짐을 택한 것이 아니라 자신은 발을 통해서만 인식되는 존재임을 점점 뚜렷하게 깨달았지만 그것을 어떻게 받아들여야 할지 몰라, 또 그 사실로부터 세상을 어찌 달리 대해야 할지 몰라 일기장에 일단 사실 그대로 기록했을 뿐이라는 것을 알았다. 새미 엄마에게도 나의 추론에 대하여 설명하고 싶었으나 결론을 어떻게 맺어야 할지 떠오르지 않아 말을 아꼈다. 새미 엄마에게 중요한 것은 또 하나의 이야기가 아닐 것이다. 나는 다 같이 오리무중에 빠지기보다는 상식적인 슬픔 쪽이 아무래도 낫겠다는 결론에 이르러 입을 다문 채로 일기장 귀퉁이를 만지작거렸다.

*

 사라진 사람은 어떻게 찾을 수 있지? 새미 엄마는 경찰에 신고를 했고 육 개월 동안 지하철역 예순 개를 순회하며 전단을 돌렸다. 방송국에도 제보를 시도했으나 답변은 받지 못했다. 책장 한 칸을 가득 채운 일기장을 모두 뒤져보아도 실종과 직접적으로 관련된 실마리는 찾을 수 없었다. 경찰은 단서가 너무 부족하다고 말했다.
 ─실종이라고 볼 만한 근거도 너무 부족하고요……
 ─실종이 아니라면 무엇이죠? 사람이 없어졌는데요.
 ─사라진 것이죠.
 ─사라진 것이요?
 ─예. 자취를 감추기로 선택했다는 말이에요.
 스스로 사라짐을 택한 사람들이 있다고 했다. 새미도 그 경우일까? 그리고 이렇게 사라진 사람들은 실종된 사람들보다 찾기가 훨씬 어렵다고 아니, 거의 불가능하다고 했다. 찾으려는 시도가 어쩌면 그들을 더욱 불행하게 만드는 일일 수도 있다고 경찰은 말했다. 경찰이 그렇게 말해도 되는 건가…… 생각하며 고개를 들다 엄마와 눈이 마주쳤다. 우리는 맞부딪친 시선이 공중에 흩어지도록 눈동자를 굴렸고 새미 엄마의 이야기는 무탈히 이어졌다.

누군가 새미를 공격해 납치했거나, 새미를 죽이고 그 시체를 어딘가에 숨긴 거라면 새미는 흔적을 남길 수밖에 없었을 것이다. 생활 반경과 패턴을 바탕으로 조사를 해 어느 지점에서 모습을 감추었는지를 알아내고, 그곳에서부터 수사를 시작할 수 있을 것이다. 하지만 새미는 스스로 사라지기를 선택한 듯 집 앞 골목 CCTV에 포착된 모습을 마지막으로 어떤 흔적도 남기지 않았다. 꼭 철두철미하게 준비를 한 사람 같다고 했다.

―처음에는 막막했죠. 이렇게 아무 단서도 없어서야 원 애를 어떻게 찾나, 찾을 수나 있을까 하고요. 경찰 말대로 찾고자 하는 마음이 새미를 더 슬프게 하는 거라면 불안하기 마련이잖아요. 그런데 시간이 좀 지나고 나니까 그래, 이렇게 잘 준비해서 떠난 거라면 다행이다, 생각해요. 궁금한 것은 많지만, 그저 궁금한 것들을 물어보지 못하는 상태일 뿐이라고 여겨보면 그것도 영 틀린 말은 아닌데다가, 우리가 뭐 궁금하다고 해서 다 알고

사는 것은 아니니까……

 슬픔 속에서 발만 동동 구르며 삼 년이 흘렀고 새미 엄마는 이제 새미를 궁금해하기로 했다. 궁금해할 수 있게 된 뒤부터는 그럭저럭 사람도 다시 만나고 교회도 나가고 할 수 있게 되었다. 새미 엄마는 주일마다 우리를 집으로 초대하는 것이 자연스러운 질서가 된 지도 팔 개월이나 지나서야 이런 이야기를 들려주었다. 우리에게 이렇게 말하고 나니 또 다음 단계로 넘어가는 기분이 든다고도 했다. 당황함. 당황함 다음에는 막막함. 막막함 다음에는 슬픔. 슬픔 다음에는 깊은 슬픔. 깊은 슬픔 다음에는 체념. 체념 다음에는 궁금해하기로 결심함. 궁금해하기로 결심함 다음에는 궁금함. 궁금함 다음에는 이야기함. 이야기한 다음에는 다시 일상이 올까, 새미 엄마는 비로소 기대가 된다고 했다.

 집으로 돌아오는 길 내내 엄마와 나는 새미 엄마에게 드디어 다음의 삶이 주어지려는 것 같아 마음이 좋다는 말을 거듭 나누었다. 그러고 보니 오늘은 일기장을 거실 테이블로 몇 권씩 챙겨와 가죽 표지를 쓸어내리며 슬퍼하는 시간도 없었다.

 ─앞으로 남은 시간이 얼마인데. 새미 엄마도 벗어날 때가 됐지.

새미 엄마의 후련해진 얼굴을 스스로에게도 납득시켜보려는 듯 엄마는 고개를 끄덕이며 그렇게 중얼거렸다. 엄마는 다시 그만큼 거대하고 단단한 슬픔을 찾아나서야 할 것이다. 철썩 붙어 맴맴거릴 수 있는 고목 같은 슬픔을. 나는 잠들기 직전까지 엄마의 쓸쓸한 옆얼굴을, 새미 엄마의 담담해져가는 얼굴을, 사라진 새미의 행방을 되새겼다. 모든 게 희미해져가고 있었다.

그런데 사라짐을 택했다고 해서 추적이 정말 불가능한 걸까? 찾고자 하는 시도가 더 큰 슬픔을 일으킬 수 있으니 좋지 않다는 말은 웃기다. 그럼 이쪽의 슬픔은?

으음……

새미는 발이 크니까 발자국을 따라가면 찾을 수도 있지 않았을까. 290밀리미터 크기의 발은 새미에게 달려 있을 때나 특별하지 발 자체로는 아주 드문 크기도 아니니까 발자국으로 찾기에는 아무래도 무리일까. 고양이를 잃어버리면 고양이의 습성과 흔적, 먹이 기호성 같은 것을 바탕으로 동네 수색에 나선다던데. 그럼 대개 집 근처 숨을 만한 곳에 웅크리고 있는 고양이를 발견할 수가 있다고 했다. 고양이 탐정에게 의뢰하면 보다 전문적으로 그런 일을 해준다고 했다. 경찰처럼 당신은 경찰입니다, 공식적으로 인정받은 것은 아니지만 고양이 탐정은 그 전문성으로 자신이 탐정임을 입증해 그의 실력 덕을 본 고객이라면 누구도 그가 탐정임을 부인할 수 없게 된다. 새미의 발자국 흔적과 새미의 습성 같은 것을 바탕으로 은신처에 웅크리고 있는 새미를 발견할 수는 없는 걸까. 경찰은 어렵다고 했으니 그럼 그런 일을 할 만한 탐정은 도무지 없는 걸까, 소설 밖 현실에서는 여간 어려운 일이 아닌 걸까?

*

정답 없는 생각들에 골몰하다 잠이 든 탓인지 작은 소리에도 쉽게 깼다. 새벽 다섯시 반. 엄마가 살금살금 잠든 나를 깨우지 않으려 조심하면서 집 밖으로 나서는 소리가 들렸다. 현관문이 닫힌 뒤 곧바로 다시 열리고 신발장 오른쪽 문 아귀가 맞지 않는 부분에서 뭔가 부러지는 소리가 나고(아직 부러진 적은 없다) 부스럭 우산을 챙긴 엄마가 또 한번 현관문을 여는 소리. 엄마는 이 새벽에 어디를 가는 걸까?

발소리가 멀어진 후 현관으로 가보니 그곳에는 내 초록색 단화만 덩그러니 놓여 있었다. 엄마가 매일 신는 검정색 러닝화는 없었다. 내가 사준 이 러닝화는 발 뒤

축의 넉넉한 쿠션 덕분에 탄천가의 잘 포장된 길을 달릴 때도 좋았고 앞쪽에는 스터드가 박혀 있어 흙길을 달릴 때도 좋았다. 엄마가 러닝화를 신고 진창을 걷다 바삭한 아스팔트 길로 접어들면, 바닥에는 넓적한 쿠션 자국 위 뾰족한 스터드 다섯 개가 동그란 아이스크림 모양으로 남았다.

나는 나의 신발을 신고 집을 나섰다. 아이스크림 모양 발자국을 좇는다면 엄마가 대체 이 새벽에 어디를 가는지 알아낼 수 있을 것이다. 비는 그쳤고 땅도 거의 말라 있었지만 군데군데 물웅덩이가 남아 있었다. 주택 입구 앞 커다란 물웅덩이는 피할 도리가 없어 엄마는 웅덩이 가장자리를 디디고야 만 것 같다. 아이스크림 발자국이 골목 끝나는 곳까지 길게 이어져 있었다. 따라가보자!

나는 발자국을 좇아 걸었다. 이 길을 주중 새벽에 걸어보기는 처음이었다. 엄마는 평일 새벽마다 교회로 기도를 나갔다. 나는 그것을 알고 있었다. 엄마가 나 새벽 기도를 다니기로 했어, 말한 적은 없었지만 그리고 내가 새벽 기도에 동행한 적도 없었지만 그냥 알고 있었다. 나는 단 하나의 사실만 들고 자신 있게 추적에 나섰다. 교회에 도착했을 때는 예배가 한창이었다. 나는 예배당 바깥, 주일이면 주로 엉엉 우는 아이를 안아 든 부모들이 앉아 있는 벤치에서 엄마를 기다렸다. 자판기에서 율무차도 뽑아 마셨다.

예배가 끝날 무렵, 나는 항상 우리보다 늦게 예배당을 빠져나오는 새미 엄마를 기다리던 계단참 자리에 서서 엄마를 찾았다. 사람들은 서로 거리를 둔 채 한 명씩 천천히 계단을 내려왔다. 검은 러닝화를 신은 엄마는 가방을 왼쪽 겨드랑이에 꼭 낀 채 거의 마지막으로 예배당을 벗어났다. 계단을 내려오면서도 아직 기도를 끝마치지 않은 듯 입속으로 무언가 중얼중얼 외고 있었다. 나를 바로 옆에서 지나치면서도 눈치채지 못할 만큼 집중한 얼굴이었다. 소리 내어 불러볼까 했지만 엄마는 몸만 계단을 내려가고 있을 뿐, 의식은 아직 예배당에 남아 있는 것 같았다. 나는 다른 성도들이 그렇게 하듯 엄마와 거리를 두고 계단을 내려갔다. 미행하듯 뒤를 밟아 엄마가 시장을 지나는 것도, 연근과 토마토를 사는 것도, 양손 가득 봉투를 들고 콩나물국밥집에 들어가 아침을 주문하는 것도 지켜보았다. 콩나물국밥집 주방에서 국밥 냄새보다 먼저 허연 김이 펄펄 쏟아져 나왔다. 순간 나도 배가 고파져 들어갈까 했지만 그만두었다. 여기서 내가 나타난다면 엄마의 새벽 기도 루틴에는 내가 번쩍하고 나타날 가능성이 언제까지고 둥둥 떠다닐 것이다. 그럼 엄마는 더이상 지금처럼 예배당을 벗어난 뒤에도 예배당에 남아 있을 수 없게 되겠지. 예배당에 남아 있는 대신 또 한번 갑자기 나타날지도 모를 나를 기다리겠지.

나는 엄마에게서 아무것도 빼앗고 싶지 않아 국밥집을 뒤로하고 집을 향해 걸었다. 아이스크림 발자국을 거꾸로 밟는 상상을 하면서.

어쩌면 새미도 이런 방식으로 추적해볼 수 있지 않을까? 새미에 대해 알고 있는 사람들이 어딘가로 향해 있을 290밀리미터 발자국을 상상하며 일단 걸어보는 것이다. 그렇게 새미를 발견하고 마침내 새미가 다시 집으로 돌아온다면 이번에는 나의 엄마가 새미 엄마를 떠날 것이다. 나는 그런 일들을 이미 벌어진 뒤인 것처럼 볼 수 있다. 나는 골목을 거꾸로 거슬러올라, 공원을 가로질러, 공원을 벌써부터 기웃대는 살찐 비둘기들을 지나쳐, 창틀에 과자 부스러기들이 어김없이 놓여 있을 우리의 집까지 남은 길을 걸었다.

발밑의 일

임준섭의 집에서 눈을 뜨고 임준섭이 마련해둔 음식을 먹고 깨질 리 없는 임준섭 집의 고요를 만끽하는 것, 새미는 칠 년째 그 행운이 자신의 차례가 되기를 기다리고 있었다. 누구나 임준섭의 집에서 살 수 있기를 바랐다. 그 누구나는 물론 모든 소인小人들을 말하는 것은 아니었고 새미가 일상 속에서 관계 맺는 범위 안의 소인들이었다. 임준섭의 집보다 좋은 곳이 많다는 것쯤은 알고 있지만 그런 곳에서는 영영 살 수 없으리라는 사실을 그보다 먼저 체감해 가장 바라는 곳이 고작 임준섭의 집 정도인 평범한 소인들. 임준섭이 시각장애인이라고 알려진 뒤부터는 더욱 많은 소인들이 그의 집에 입주하기를 원했다.

임준섭의 집은 비 오는 날 가기에 좋았다. 동네에 '걷기 좋은 거리'가 조성될 무렵, 병원 제3문으로부터 버스 정류장까지 낯선 수생식물로 장식된 인공 물길이 트였다. 캡슐을 타고 물길을 따라 내려가면 정류장까지 이십 분도 걸리지 않았다. 비 오는 날에는 캡슐을 운전하는 기사들이 제3문 앞 화단 울타리 근처까지 나와 손님들을 맞았다. 수중 캡슐은 운행중 물살이 바뀔 때마다 흔들리고 뒤집혔다. 어떤 방향에서도 정면을 볼 수 있게끔 캡슐은 투명한 구 모양이었다. 버려진 병원에는 층마다 소인들이 빼곡했다. 외출을 할 때면 캡슐을 이용하는 편이 안전했다.

멀미가 심한 탓에 새미는 캡슐을 탈 때마다 헬멧부터 장갑, 밑창이 두꺼운 신발과 고관절 보호대를 모두 착용했다. 새미가 병원 밖으로 나서자마자 기사들이 안전한 운전을 약속하며 몰려들었지만 새미는 모두 뿌리치며 재윤의 캡슐이 있는 곳까지 걸었다. 재윤은 새미가 어딜 가는지, 왜 가는지, 어떤 마음으로 가는 것인지 누구보다 잘 알고 있었다. 재윤의 캡슐을 타면 새미는 멀미도 않고 눈을 뜬 채로도 잘 앉아 있을 수 있었다.

캡슐이 도랑 벽에 부딪힐 때마다 둥 둥 소리가 났다. 창 너머로 보이는, 새미는 금세 잊고 다음 손님을 찾아

우글거리는 기사들, 도랑의 회색 돌, 돌길을 따라 흐르는 회색 물, 비 오는 회색 하늘, 공사가 중단된 지 육 년이 넘도록 방치된 병원 건물, 어느 곳에서도 혼자일 수 없는 병실과 복도들, 샤워실과 화장실, 그리고 옥상까지. 새미는 자신을 둘러싼 것들은 왜 이렇게 소란스러울까 생각하다가 임준섭 집의 고요함을 떠올렸다.

—그렇게 조용한 곳은 처음이었어.

몇 해 전, 재윤은 당시 임준섭의 집에 살고 있던 소인을 캡슐에 태우고 그 집에 다녀와 이렇게 말했다. 어떻게 조용한데? 고요함이 무얼지 상상하다보면 상상마저 다른 생각들로 시끄러워졌고 그래서 새미는 재윤이 임준섭의 집을 보다 그럴듯하게 묘사해주었으면 했다.

—모두 잠든 병원 같아. 아니, 아무도 살지 않는 병원······

—그건 불가능한데.

—말하자면 그렇다는 거지.

재윤의 말만으로는 임준섭 집의 고요를 짐작할 수가 없어 새미는 계속 되물었다. 새미의 거듭된 요구에 지친 재윤은 결국 그 주 주말에 함께 임준섭의 집에 다녀와보자는 제안을 했다. 집주인이 따로 있으니 가보았자 실내에 들어가지는 못하고 복도에 매인 자전거 타이어 안에 앉아 이렇게 저렇게 집 안의 고요함을 가늠해볼 뿐이겠지만 새미는 고개를 끄덕였다.

그렇게 한번 다녀오고 나니 비 오는 날마다 그 집 생각이 났다. 비가 내리는 날 재윤의 캡슐이 빌 때면 새미는 약속이라도 한 듯 임준섭의 집으로 향했다. 집 앞 복도에 앉아 있다보면 열 번에 한 번쯤은 임준섭이 지나가기도 했다. 임준섭은 지팡이로 바닥을 탁 탁 두드리며 복도 끝으로 멀어져갔다.

한 달 뒤로 예정된 삼 분기 입주 심사에 임준섭의 집도 포함되어 있었다. 새미의 나이와 새미가 가진 돈, 대상 주택의 인근 지역 거주 기간 따위를 따져보았을 때 이번 심사가 새미에게는 최적의 기회였다. 새미는 하루에도 몇 번씩 임준섭 기다려, 되뇌곤 했다.

*

임준섭이 정말 사형선고를 받게 될까? 새미의 이웃 소인들은 대부분 이 주 안에는 결정이 되리라고 말했다. 곰곰 따져보면 그리 위중한 사건은 아니어서 판결까지 한 달이 넘어갈 것이라는 소인들도 있었고, 이 주는 무슨 열흘, 아니 일주일도 채 걸리지 않을 것이라는 소인들도 있었다. 처분이 내려질 시기에 대해서는 의견이 분분했지만 그 처분의 종류에 대해서만큼은 누구도 이견이 없었다. 임준섭은 죽게 될 것이다. 임준섭은 갑작스레 출국하거나 장기간 집을 비울 일도 없을 테니 판결부터 집행까지는 며칠 걸리지도 않을 터였다. 인간이 소인의 존재를 눈치챈 게 분명할 때, 그 인간은 죽음을 면하기 어려웠다. 소인들의 세계가 인간들에게 발각되었을 때 닥쳐올 재앙은, 소인이라면 본능적으로 경계하는 일이었다.

세계를 구성하는 존재들을 크게 세 가지로 나누어본다면 인간, 짐승, 소인. 인간은 언제나 자신을 내보이는 데 거리낌이 없고 무자비한 확장성을 지녔다. 짐승은 오직 오늘을 살아내려 할 뿐 인간들로부터 몸을 숨겨야 한다는 사실을 알지 못하며, 때문에 빠르게 번식하고 확장하는 것 이상으로 많은 죽음을 맞는다. 소인들은 철저히 숨어서 인간들과 같이 무한히 확장한다. 소인들은 다른 존재들로부터 몸을 숨겨야만 자신을 지킬 수 있다는 사실을 오랜 세월이 준 교훈 덕분에 잘 알고 있었고, 그래서 특히 도심을 중심으로 인간들 사이에 효과적으로 스며들었다.

인간에게 거의 모든 부분을 기생―소인들은 기생 대

신 '취한다'는 말을 쓴다—하는 소인들은 소인의 존재에 대해서 인간을 완전한 무지 상태로 남겨두는 것을 일생의 숙명처럼 여겼다. 미처 지우지 못한 흔적이 나라마다 대륙마다 전설이나 민담으로 전해지고 있었지만 아직까지 모든 나라 모든 대륙의 소인들은 각자의 숙명을 훌륭히 다하고 있었다. 소인의 정체를 눈치챈, 그리고 그 사실을 이곳저곳 떠벌리고 다닌 오만한 인간들은 그가 전한 말이 소문이 되어 퍼지기도 전에 소인들에게 죽임을 당했다. 그런 인간들에게는 오직 처형뿐. 유죄 추정이 소인들의 제1원칙이었다.

며칠 전, 임준섭의 집에 올해로 삼 년째 살고 있던 소인이 임준섭을 신고했다. 임준섭이 자신의 정체를 알고 있는 것이 분명하며 자신에게 경고의 말까지 건넸다는 이유에서였다. 그가 임준섭을 신고했다는 데 많은 소인들이 놀라움을 감추지 못했다. 그 집에 사는 내내 집 전체를 모두 자신의 것인 양 쓰고 있다며 떠벌려대던 그의 목소리가 모두의 기억에 선명했다. 보통 소인들에게는 아주 작은 영역만이 허락되었다. 인간들이 잘 들여다보지 않는 싱크대 가장 높은 선반 위, 에어컨 실외기 뒤, 전집을 꽂아둔 책꽂이 칸 뒤, 팬트리 어느 구석 정도가 주로 소인들에게 주어진 생활 공간이었는데, 임준섭의 집에 입주해 있던 그 소인은 집 안 어디든 마음놓고 다닌 다고 했다. 임준섭이 아침을 먹을 때에는 식탁 모서리에 자리잡고 앉아 임준섭의 빵이며 바나나를 조금씩 뜯어 먹었고 임준섭이 독감을 크게 앓아 방에만 누워 있었던 때에는 친구 셋을 집에 불러들여 며칠을 함께 지내며 식탁과 침구, 욕조와 테라스를 마구 어지럽혔다.

—그거 불법이잖아.

—그렇지 뭐.

재윤은 그 소인이 이미 다양한 범칙들로 전과가 화려한 자라고 말했다. 새미는 임준섭이 소인의 존재를 알게 되었다는 사실보다 그 집에 입주하는 데 문제가 생길까 봐 두려웠다. 마침내 자신에게도 그럴듯한 거주 공간이 허락되나 싶었는데 왜 하필 지금?

임준섭은 눈이 보이지 않는 상태로 삼십육 년을 살아온 사람이었다. 어쩌면 그 소인이 방심한 사이 임준섭 역시 집 안의 이상한 기척을 눈치채고 있었을지 모른다. 그가 부주의할수록 임준섭은 하던 일을 멈추고 한곳을 응시하는 일이 많아졌을 테다. 그러다 문득 그 소인과 임준섭의 시선이 공중에서 마주치고 만 날이 있었다. 흠칫 놀란 소인이 뒷걸음질치다 식탁 끝에 놓인 병뚜껑을 떨어뜨리자 그 소리에 임준섭은 식탁 끝으로 고개를 돌려 소인 쪽을 가만히 응시했을 것이다. 먼저 입을 연 건 침묵의 무게를 견디지 못한 소인 쪽이었겠지.

—뭐야? 너 내가 보여?

—응, 그러니까 나가.

그는 임준섭이 자신에게 나가라고 말하는 소리를 똑똑히 들었다고 했다. 만약 임준섭이 거기서 주먹만 휘둘렀어도 큰일이 났을 거라며 이건 즉결처분감이라고 떠들었다. 새미는 지팡이로 복도를 탁 탁 울리며 멀어지는 임준섭의 뒷모습을 떠올리며 그가 즉결처분과 얼마나 어울리지 않는 자인지 몰래 생각했다. 사실 여부와 관계없이 임준섭은 죽음을 맞겠지. 그렇다면 그 고요한 집도 영영 안녕이다. 임준섭이 잘못된다면 그 집에 새로 입주할 인간이 소인의 거주에 적합할지 다시 입증할 시간이 필요했다. 또 수년이 걸릴 수밖에 없었다.

신고로부터 사흘 뒤, 평의회는 임준섭의 처형을 결정했다. 열흘 후 사형 집행조가 임준섭의 집으로 파견될 예정이었다.

*

병원 이웃들에게 자신의 과거에 대해 이야기해야 할

상황이 되면 새미는 구체적으로 설명하는 대신 적당히 대답을 얼버무렸다.

―좋지 않은 일들은 꼭 한꺼번에 닥치더라고.

그 덤덤한 어조가 무색하도록 좋지 않은 일은 이번에도 어김없이 새미에게 동시에 다다랐다. 다잡은 마음마저 훌훌 날아가게 만든 절망적인 소식, 병원 건축이 곧 재개될 예정이었다.

육 년 전, 병원은 십팔층 골조까지 세워진 채 공사가 중단되었다. 저층은 마감재 처리까지 거의 마무리가 되었으나, 그 위로는 콘크리트 골조뿐이었고 창문도 모두 뚫려 있어 인간들이 지낼 곳이 못 되었다. 하지만 로비층부터 삼층까지는 창문 마감은 물론, 어떤 방에는 소파까지 들어와 있어 곳곳에 소인들이 바글바글 몰려들어 살고 있었다. 인간 부랑자들이 로비 소파 위에서 때때로 밤을 보내기도 했는데 그자들에게야 발견되는 즉시 먼저 죽여버리면 그만이라는 계산으로 소인들의 생활 영역이 크게 제약되지 않았으나, 최근 몇 주간 새롭게 출몰하는 사람들은 그렇게 간단하지 않았다.

말쑥한 정장을 차려입은 그들은 열댓 명씩 무리 지어 나타나 뭔가가 잔뜩 적힌 서류를 병원 구석구석과 대조해보다 돌아갔다. 그들의 분주한 등장에 불길한 예감이

들었지만 건물 관계자들의 요식 행위겠지 애써 무시하며 소인들은 그와 관련한 얘기를 부러 입에 올리지도 않았다.

또 어디로 가야 하나. 새미는 막막했다. 병원 거주민 대다수는 선택의 여지도 없이 이곳에서 두 시간 거리의 재건축 예정 아파트 단지에 임시 입주할 것이다. 그곳에는 이미 병원보다 훨씬 많은 기거주자들이 있었다. 대규모 이주 과정에서 많은 소인들이 다치거나 죽을 것이고 도착한 뒤에도 정착민들과 크고 작은 싸움을 겪어내야 할 것이다. 그렇게 얻어낸 거처 역시 별 볼 일 없으리라는 사실은 그곳에 가보지 않은 채로도 예견할 수 있었다.

병원에 입주하기 전, 새미는 철거 예정 아파트에서 지내본 적이 있었다. 소인들 팔십만 명이 아파트 네 개 동에 살았다. 매일 잠자리가 바뀌었다. 그곳을 탈출하다시피 빠져나와 병원으로 흘러들어오기까지, 다시는 그런 곳에 돌아가지 않겠다, 나는 아주 조금씩 나아지고 있고, 나아지고 있다는 것만으로도 충분히 괜찮다고 매일 밤 애써 자위하던 기억이 여전히 생생했다. 가만히 누워 질척질척 나아가는 생각의 흐름을 따라가다보면, 임준섭을 신고한 소인이 가장 미웠고 다음으로는 인간으로 태어났다면 이보단 덜 힘들었을까 싶어 소인의 팔자가 원망스러웠고, 마지막으로는 경솔하게 행동해 죽음을 자초한 바보 같은 임준섭까지 싫었다.

임준섭의 처형이 결정된 지 사흘이 지난 날에는 비가 내렸다.

―임준섭은 뭐 하고 있을까.

새미는 자신도 모르게 비 오는 날에 가기 좋은 임준섭의 집을 떠올렸다. 갑작스러운 이주를 대비해 병원 내 소인들은 모두 짐을 미리 꾸려두고 무료한 시간을 그저 흘려보내고 있었다. 재윤도 평소 같았으면 울타리 근처에서 한창 모객중일 시간이었으나 오늘은 꽁꽁 싸둔 가방을 베고 회전문 안쪽에 누워 있었다.

―거기 갔다 와볼래?

―가서 뭐 하게?

―할 건 없고 그냥 가보는 거지. 이제 한동안 못 갈 텐데.

재윤은 한동안이라고 했지만 새미 살아생전에는 영영 가보지 못하게 될 확률이 훨씬 높았다. 이제는 무얼 바라며 살아야 할지 새미는 문득 아득해졌다.

―그럼 지금 가자. 할 것도 없는데.

재윤의 캡슐은 찾는 손님도 없이 며칠째 주차되어 있

었으므로 언제고 임준섭의 집을 향해 출발할 수 있었지만 재윤은 어째서인지 꾸물거렸다. 할말 있느냐고 물어도 아니 그런 건 아니고…… 얼버무렸다. 캡슐에 탄 뒤에도 한동안 재윤은 고민하는 표정이었고, 새미는 그저 기다렸다. 캡슐 벽을 세게 때리던 빗줄기가 잠잠해져 어쩐지 귀가 멍멍해진 것 같았을 때 드디어 재윤이 말을 꺼냈다.

―지금 임준섭 집 빈 거 알지? 임준섭 신고한 소인은 지금 임시 보호소에서 지내고 있으니까.

―알고 있어.

―처형까지는 이제 일주일 남은 거지.

―응, 우리 맨날 이야기하잖아.

―그때까지는 임준섭 집에서 지내볼 수 있지 않을까 해서. 나 그 집에 들어가는 방법도 알고……

그것까지는 이야기해본 적이 없었다. 재윤과 매일 밤 임준섭의 집과 임준섭, 섣불리 신고한 소인의 어리석음에 대해 이야기 나누었지만, 이 기회를 이용해 몰래 임준섭의 집에서 지내보는 것까지는 대화가 나아가지 못했다.

―그럼 짐 좀더 챙겨 가지고 와야겠다.

재윤과는 캡슐에서 바로 다시 만나기로 했다. 새미는

챙기다 만 이삿짐 배낭에 세면도구, 수건, 카디건과 잠옷을 마저 챙겼다. 이것저것 잡히는 대로 넣고 있자니 꼭 여행이라도 떠나는 기분이었다. 읽을 책도 챙겨야 하나. 멀쩡한 아파트에서 지내보는 건 처음이었다. 새미는 일기장과 펜, 앨범까지 넣고 병원을 나섰다.

*

임준섭의 집 오래된 현관문에는 아직도 우유 구멍이 있었다. 박스 테이프가 두어 번 그 위에 감겨 있을 뿐이라 안으로 들어가는 것은 전혀 어렵지 않았다. 현관에 들어서자마자 맞은편 창으로 쏟아지는 햇빛 때문에 눈이 부셨다. 곧 그토록 눈이 부신 게 햇빛 때문만은 아님을 알게 되었다. 임준섭의 집은 온통 희었다. 임준섭이 가구며 소품을 살 일이 있을 때면 무조건 흰색으로 주세요 말하기라도 한 것처럼 벽지와 가구, 소품까지 모두 흰색이었다.

새미와 재윤은 신발장을 벗어나 집 안으로 진입했다. 긴 복도 양옆에 옷방과 빈방이 하나씩 있었고, 정면으로 보이는 방이 침실인 것 같았다. 희고 눈부시고 넓은 임준섭의 집은 상상했던 것보다도 고요했다. 고요란 이런 건가. 재윤이 끝내 이 고요에 대해 설명해내지 못했던 이유도 이해가 되었다. 새미는 자신의 발소리가 크게 울릴까 걱정이 되었다.

한참을 걸어 테라스에 도달했다. 병원이었다면 새미가 머무는 방에서 층계참까지 걷는 거리와 비슷했을 것이다. 매물 정보지에서 읽은 대로 테라스에는 화분이 많았다. 가운데 놓인 넓은 1단 선반에는 일정하게 나뉜 구역마다 작은 화분들이 하나씩 놓여 있었고 왼편의 8단 선반에는 칸마다 스투키 만리향 고무나무가 놓여 있었다. 텅 비어 있는 맨 아래 칸이 소인의 입주 구역으로 나온 공간이었다. 사진으로 본 것보다 쾌적하고 깔끔했다. 흙냄새를 맡으며 화분들을 지나 입주 구역에 들어가보니 이곳에 살던 소인의 짐이 여전히 그대로 부려져 있었다. 옷가지와 물컵, 침구와 간이 식탁, 크기가 다른 아령 다섯 개와 벽에 붙은 사진들. 이 집에서 찍은 것처럼 보이는 사진도 있었다. 임준섭을 신고한 소인까지 네 명의 소인들이 그 안에서 활짝 웃고 있었다. 새미는 마음속으로 '위법자들이다, 위법자들' 중얼거렸다.

이 모든 일을 자초한 사진 속 소인의 얼굴을 한동안 노려보다 그곳을 나왔다. 임준섭이 잠에서 깨기 전에 식탁 위에 올라가보기로 했다. 식탁 위에는 크래커와 말린 과일, 마실 물이 있었다. 이것들이 늘 이렇게 놓여 있었다면 그 소인도 분명 매일 자신의 것인 양 먹었겠지, 처음에는 오며 가며 조금씩 먹다가 나중에는 친구들을 불러놓고 식탁 위에서 파티도 했을 것이다. 재윤은 건사과 작은 조각을 골라 내밀었다.

—이런 거 맨날 훔쳐먹었겠지?

—그랬겠지. 지금 우리처럼.

둘은 말린 과일 다섯 조각과 크래커 약간을 먹었다. 곧 임준섭이 방에서 나와 부엌 쪽으로 걸어왔다.

임준섭은 느릿느릿 움직였다. 부딪힐 것이 아무것도 없어 보였는데도 조심조심 천천히 걸었다. 느린 속도만 아니라면 임준섭은 정말 앞이 보이지 않는 걸까 싶을 만큼 정확했다. 냉장고 문을 열고 사과 두 개와 우유를 꺼내 착즙기에 함께 넣은 뒤 완성된 주스를 한 컵 가득 따랐다. 식탁 쪽으로 몸을 돌려 컵이 넘치지 않도록 더욱 천천히 걸었다. 식탁에 컵을 내려둔 뒤 왼쪽 의자를 빼 한 발을 먼저 밀어넣고 앉았다. 앉은 후에는 컵을 둔 곳까지 손을 살금살금 뻗어 주스를 마셨다. 임준섭이 식탁 앞에서 그렇게 움직이는 동안 새미와 재윤은 임준섭의 손을 피해 식탁 한쪽으로 달렸다가 다시 다른 쪽으로, 그릇 뒤에서 한숨 돌렸다가 임준섭이 크래커로 손을 뻗을 때 또 한번 반대쪽으로 내달려야 했다.

새미와 재윤은 그들에게 주어진 시간이 언제까지고 늘어날 것처럼 며칠을 보냈다. 임준섭은 웬만한 일에는 놀라지도 않는 것 같았다. 상황 앞에 가만히 서서 그것이 주눅들 때까지 지켜보는 임준섭. 이튿날 오후에는 열어둔 창문으로 비둘기가 날아들었는데 임준섭은 푸드덕 구구 소리가 나는 방향으로 고개를 몇 번 돌려보더니 하던 일을 계속했다. 비둘기는 사방 벽에 몸을 부딪히며 날아다니다 곧 바닥을 걸어 다녔고, 얼마 지나지 않아 열린 창문으로 알아서 나갔다. 비둘기가 냉장고 위의 김이며 다시마를 쪼다가 밟고 몇 봉지는 바닥으로 떨어뜨렸는데도 임준섭은 정신을 빼앗기지 않았다. 손가락으로 책을 쭉쭉 읽어나갔다. 비둘기는 거의 지루해서 떠난 것처럼 보였다.

평일 낮 열두시부터 오후 네시까지가 임준섭의 외출 시간이었다. 매일 밤 잠들기 전, 임준섭은 읽던 책과 간식을 넣은 가방을 식탁 위에 올려두었다. 임준섭과 함께 있을 때에는 시간이 무한하기라도 한 듯 보낼 수 있었지만 재윤과 둘이 남았을 때에는 그렇지 않았다. 둘이 남아 희고 넓은 바닥을 거닐었다 쉬었다 창밖을 구경했다가 할 때면 거실 벽에 걸린 시계 초침 소리가 귀 옆에서

울리는 것 같았다. 새미는 마음이 덩달아 초조해졌다. 초조함을 흩뜨려줄 소란이 아무것도 없어 더욱 그랬다. 새미는 계속 나쁜 생각을 했다.

—나 전에 살던 철거 예정 아파트 있지, 거기 룸메이트가 해준 얘긴데.

—뭔데?

—그 사람도 건너건너 주워들은 얘기라고는 했지만…… 벽시계 안에 살던 한 부부에 대한 이야기야. 그 둘은 타고난 부주의함 탓에 자꾸만 아래로 뭘 떨어뜨렸어. 벽시계 아래는 바로 식탁이라 특별히 조심해야 했을 텐데도. 출근 전에 넥타이도 떨어뜨리고, 숟가락도 떨어뜨리고, 이동용 스키 한쪽도 떨어뜨리고. 그래도 아무 일도 벌어지지 않으니 점점 더 조심할 필요를 못 느꼈던 거지. 그런데 그 집 주인은 처음부터 다 알고 있었어. 소인 부부를 보았고 그들이 벽시계 안에 살고 있고 언제 내려와 음식을 가져가는지, 언제 외출하고 어떻게 이동하는지 다 보아서 알고 있으면서도 알은척을 안 했던 거야. 심지어 소인 부부 이야기를 인터넷에 연재까지 했어. 글을 쓰는 사람이었나봐. 거의 아무도 보지 않는 블로그여서 오랫동안 양쪽 모두에게 별일이 없었는데 소인 부부가 이사를 하고 새로운 소인 가족들이, 다섯 명

이었나, 들어오니까 그 집 주인이 자기도 모르게 어? 한 거지. 허공에 대고 어? 했던 것이면 괜찮았을지도 모르지만 부부의 세 딸들이 놀고 있던 찬장 위를 똑바로 보고 어? 했던 거야. 부모는 곧바로 신고했고 집주인은 즉각 처형 조치, 이전에 살다 나간, 다음 세입자를 위험에 빠뜨린 부부도 징역을 길게 살게 됐대. 모두 죽고 없어졌지만 이야기만은 인터넷에 근근이 떠돌다 룸메이트도 듣게 된 거랬어.

—나도 들어본 적 있는 것 같기도 하고.

—어쩌면 우리도 그렇게 될 수 있는 거야. 임준섭은 죽고 없더라도 어떤 식으로든 우리가 여기 왔었다는 흔적이 남을 수도 있는 거지.

재윤은 임준섭이 있거나 없거나 그저 즐거워 보였고 새미는 온갖 종류의 나쁜 생각을 하다 임준섭이 귀가하면 생각을 멈추고 임준섭이 움직이는 모습을 바라보았다. 그러다보면 재윤과 함께 즐거워할 수도 있었다.

*

임준섭의 집에 머무는 며칠 동안 새미와 재윤에게도 아침 일과가 생겼다. 아침이면 테라스는 일곱시도 되기 전부터 볕이 따가웠고, 눈만 부신 것이 아니라 선반이 칸칸이 달궈져 계절과 어울리지 않는 두꺼운 침구를 깔아두어도 뜨뜻한 등이 땀에 흠뻑 젖어 깨기 일쑤였다. 둘은 베개와 얇은 담요만 챙겨 빈방으로 가 좀더 잤다. 빈방은 테라스보다 훨씬 서늘했지만 볕이 잘 들기는 마찬가지여서 새미와 재윤은 한 시간도 안 되어 다시 깨어나, 부엌으로 가 식탁 위에 놓인 것들을 아침으로 먹었다. 먹은 뒤에는 의자로 내려가 잠을 좀더 잤다. 방석과 의자 등받이 사이의 틈이 아늑해 잠깐 눈을 붙이기에 좋았다.

그렇게 지낸 지 사흘이 되었을 때 새미는 무언가 이상하지 않나, 이곳은 인간의 집인데 우리가 이렇게 편히 지내기에 너무도 적합한 것이 아무래도 수상하다고 여기게 되었고 그러자 모든 것이 의심스러워졌다.

─우리 처음 온 날은 식탁 위에 말린 과일이랑 크래커가 있었잖아. 너무 크고 잘 뜯어지지도 않았잖아. 그런데 지금은 뭐가 있어? 크래커랑 과일이 뭘로 바뀌었어?

재윤은 쌀튀밥과 카스텔라를 번갈아 먹으며 튀밥과 빵이라고 말했다. 바삭바삭 우물우물. 소인들이 먹기에 수월한 음식으로 식탁 위가 변한 것, 낮잠 자러 의자 틈새로 내려갔는데 그곳에 양말이, 냄새로 보아 빨래한 뒤

한 번도 신지 않은 포근한 양말이 떨어져 있는 것도 수상했다. 재윤은 양말은 대체 뭐가 수상한 거냐고 물었는데 새미는 당연한 걸 왜 묻느냐는 듯 우리가 들어가서 자면 편하라고 그런 거잖아, 말했다. 테라스 쪽으로 가기 위해서는 진공청소기와 밀대, 분리수거 박스 때문에 경로가 복잡했는데 그것이 어느 날 화분 선반 반대편으로 모두 치워진 것도 이상했다.

—우리가 있다는 걸 아는 거야. 지금 배려해주고 있다고.

재윤은 설마 진담은 아니지 하다가 뭐야 진담이었네 말하며 쿡쿡 웃었고 새미는 너무 깊이 생각했던 건가 싶다가도 비웃는 재윤 때문에 기분이 좋지 않았다. 그렇게 김이 샌 뒤에는 왠지 이상한 배짱이 생겨 임준섭과 이야기를 해 볼 수도 있지 않을까 마음이 담대해졌다. 임준섭이 정말 자신과 재윤에 대해 알고 있다면, 알면서도 배려를 해준다는 것이니까 말을 걸어봐도 좋을 테고, 만약 이 모든 게 자신의 착각이었고 임준섭은 아무것도 모르고 있다고 해도…… 임준섭은 이해를 할 수도 있지 않을까, 아무리 봐도 쉽게 화를 내거나 누군가를 해할 인간은 아니었다.

임준섭의 집에서 지낸 날보다 남은 날이 더 적어졌을

때는 이미 하루하루의 무료함과 안정감 속에 근심은 사라진 뒤였고, 임준섭에게 언제 말을 걸어볼까, 곧 죽게 될 거라는 사실 정도는 알려줘야 하지 않나 새미의 머릿속은 온통 그 생각으로 가득했다. 임준섭을 일방적으로 관찰하다보니 새미는 그에 대한 거의 모든 것을 이해하게 되었다. 이 집에서는 시간이 임준섭의 박자대로 천천히 흘렀는데, 자신뿐만 아니라 그 주변의 속도까지도 조절할 줄 아는 이라면 갑자기 찾아온 이상한 존재들을 그만의 방식으로 쉽게 납득할 수도 있을 것 같았다.

임준섭이 저녁으로 만둣국을 먹은 뒤 와인을 꺼냈을 때였다.

―임준섭은 보통 인간들보다 미각이 더 민감하려나. 미각만으로 안 보이는 음식의 맛을 구별할 거 아냐.

재윤이 속삭였고 새미는 바로 지금이라는 생각에 재윤에게 제발 조용히 하라고 말했다. 일 망치려 들지 말고 입 좀 다물어. 지금이란 말이야.

와인처럼 향긋한 술은 한 병을 다 마셔도 좀처럼 취기가 오르지 않을 것 같아 새미는 재윤을 붙잡고 계속 기다렸다. 임준섭은 머그컵에 졸졸 와인을 따라 한 잔을 오래 나누어 마시더니 곧 식탁을 정리하려는 듯 빈 컵을 들고 일어났다.

─저기.

새미의 목소리가 집 안의 고요를 깼다. 임준섭이 어정쩡한 자세로 허공을 둘러보았다.

─놀라지 말고 들어요.

새미는 자신이 어린 마법사에게 마법 세계의 소식을 처음 전하러 온 전령이라도 된 것 같았다. 그러자 새미 자신은 점점 커지고, 임준섭은 새미의 말 한마디에 운명이 뒤바뀔지도 모를 작은 소년처럼 여겨져 이야기에 점점 자신이 붙었다. 이야기를 전하면서도 이 부분만 끝내면 처형 소식을 최대한 조심스럽게 전달해봐야지 다짐했는데 말의 흐름이 그렇게 되지가 않았다. 임준섭에게는 쓸모없는 소인의 삶의 방식을 그저 낱낱이 펼쳐 보일 뿐이었다.

신빙성을 높이겠다는 일념 하나로, 새미는 임준섭에게 자신과 재윤의 몸을 살짝 쥐어봐도 된다고 했고, 임준섭이 어렴풋하게나마 실루엣 정도는 가늠할 수 있다고 하자 눈높이를 낮춘 그의 눈앞에서 콩콩 뛰어다니다 손바닥에 올라가보기까지 했다.

─와인도 마시나요?

그 모든 과정을 지켜본 뒤 임준섭은 이렇게 말했다. 뭐야, 과연 비둘기가 지루해서 다시 밖으로 날아갈 만한 반응이었다. 임준섭은 작은 컵에 와인을 따라 건넸는데 새미도 재윤도 그것을 받아들려면 다 자란 꽃줄기를 안듯이 양팔을 한껏 벌려야 했다. 일단 예의상 술잔을 받기는 해야 하나 주춤주춤 망설이고 있을 때 임준섭이 먼저 아아 이래서는 안 되지 중얼거리며 다시 자리에서 일어났다. 소주잔마저도 소인에게는 너무 깊었다. 결국 간장종지에 얕게 따른 술을 몸을 잔뜩 굽혀 핥아먹어야 했다. 와인은 우아한 술이라고 했는데 영 그런 분위기는 나지 않았지만 이런저런 이야기를 나누다보니 셋 다 한껏 취했다. 임준섭도 이렇게 많이 마신 것은 태어나서 처음이라고 말했다.

―근데 왜 이렇게 차분해요? 원래 알고 있었던 건 아니죠?

새미는 마지막으로 임준섭의 시시한 반응에 대해 물었다.

―드디어 내게도 특별한 일이 생겼구나 싶어서요. 호들갑 떨면 모든 게 날아갈 것 같은 기분이 들잖아요.

임준섭은 두 분께 맞는 침실을 꾸며주겠다며 와인 케이스를 한동안 만지더니 빈방에 가져다두고는 자신의 침실로 들어갔다.

잠자리에 들며 새미는 재윤에게 으스댈 수 있었다.

―거봐, 임준섭에게는 다 말해도 될 거라고 그랬잖아.
―그러니까, 진짜 미친 것 같아, 아 자기 싫은데.
 재윤이 호들갑을 떨었고, 새미는 이 역시 임준섭의 심심한 반응만큼 김이 빠졌다. 둘은 두 병들이 와인 케이스를 각자 한 칸씩 차지하고 누워 임준섭이 준 손수건을 덮었다. 우묵한 구조가 몸을 알맞게 감싸주어 눕자마자 선물처럼 잠이 쏟아졌다.

*

 이곳에서의 잠은 병원의 딱딱한 바닥이나 낡은 소파에서 청하던 잠과는 차원이 달랐다. 자기 위해 만들어둔 방에서는 꿈도 꾸지 않고 잠만 잘 수도 있는 모양이었다. 정오가 훌쩍 지나 잠에서 깨어 터벅터벅 식탁에 올라가보니 임준섭의 메모가 놓여 있었다. 재윤이 종이 위에 서서 한 글자씩 읊었다.
―새미 씨, 재윤 씨. 깊이 잠든 것 같아 먼저 나갑니다. 아침으로 간단하게 준비해두었는데 입에 맞을지 모르겠어요. 식빵을 가장 아래 깔고 재료들을 쌓은 뒤 다시 또 식빵으로 덮어주면 완성입니다. 알고 있겠지만 저는 네시 조금 넘어 돌아옵니다.

메모 옆에는 잘게 썬 식빵 조각들과 달걀 토마토 양상추와 마요네즈 약간, 어제 먹다 남은 딸기가 키친타월로 덮여 있었다. 딸기도 넣는 걸까? 토마토가 있는데 아니겠지. 임준섭이 마련한 아침은 점심에 먹어도 맛이 좋았다. 식사를 마친 뒤에는 산책하는 기분으로 테라스 화분가를 거닐기로 했다. 햇살이 좋아 화분 받침에 걸터앉아 창밖을 바라보았다. 때때로 새나 비행기가 날아가면 좋았겠지만 파란 하늘뿐이었다.

—이제 이틀 남았어.

새미가 말했다.

—응, 진짜 좋은 시간이었다. 그치?

—그래도 오늘밤에는 말해줘야겠지?

재윤은 음, 하고 답이 없었다. 발을 까딱까딱하다가 떨어진 모래 알갱이들을 걷어차기도 하다가 다시 음.

—나는 그냥 이걸 여행이라고 생각했어서…… 우리는 내일 오후쯤에 그냥 떠나면 되지 않을까.

새미도 음, 할말을 찾아보았지만 한동안 아무 말도 할 수 없었다. 재윤의 말대로 병원으로 그냥 돌아가면 그만일 간단한 문제였다. 간단한 것이 분명하지만 임준섭 입장에서는 터무니없이 매정할 수도 있는 말을 재윤은 조심조심 아무것도 해치지 않기를 바라는 태도로 내뱉었다. 새미가 아무런 대꾸도 없자 재윤은 돌아가면 같이 잘 해보면 될 것 같아 그렇지 않을까, 말꼬리가 빙빙 도는 말을 다시 한번 중얼거렸다. 재윤에게 임준섭은 별로 중요한 게 아니구나, 어쩌면 재윤이 나를 좋아하는 건가? 지금 태도가 좀 이상하다, 재윤의 벌게진 얼굴과 쭈뼛거리는 발짓을 바라보며 새미는 그런 생각을 하다가 각자 중요한 게 다 다르지, 나는 뭘 중요하다고 여겨야 할까 엉뚱한 생각으로 빠져버렸고 임준섭에 대해서는 재윤 말대로 어려울 게 없는 간단한 문제라고 아무렇게나 생각해버리기로 했다.

임준섭은 여섯시가 다 되어 돌아왔다. 매일 네 시간씩 점자 도서 검수도 하고, 시간이 남으면 책을 읽기도 하는 도서관 앞으로 아버지가 찾아왔다고 했다. 보통 도서관 근처 식당에서 밥을 먹고 집에 와 차 마시며 이야기를 이어가곤 했는데 오늘은 아버지가 집에 들르지 못하게 막느라 생각보다 늦어졌다고 했다.

―집에 애인이라도 있는 거냐고 하시는데 엄청 난처했어요.

가방과 외투를 정리하면서 별일 아니라는 듯 말했지만 임준섭은 분명 들떠 있었다. 대부분의 시간을 혼자 보내야 했던 임준섭은 때때로 이런 상황, 여러 사람들이 동시에 자신을 필요로 하는 상황에 처한다면 뭐라 말해야 할지 떠올려보곤 했던 것이다. 눈앞에 소인들이 나타나리라 상상해본 적은 없었지만, 갑작스러운 두 약속 사이에 끼어 난처해지는 상황은 몇 번이고 떠올려본 적이 있었다. 그럴 때마다 어떻게 말할 수 있을지에 대해서도 물론 완벽히 숙지하고 있었다. 임준섭은 그중 가장 마음에 드는 문장을 내뱉었고, 새미는 임준섭의 그런 능숙함이 어색했다.

—배고프죠?

식탁 위에 올려둔 임준섭의 가방에는 그날 저녁의 시간이 들어 있었다. 평소보다 늦은 것이 꼭 아버지 때문만은 아닌 듯했다. 그는 미니 쿠션 열쇠고리와 수면 양말 네 켤레, 임준섭 손바닥 두 개를 합친 것보다도 큰 덩어리 치즈(임준섭은 치즈를 꺼내며 〈월레스와 그로밋〉에서 월레스가 달에 간 편 아나요? 치즈 같은 달 표면을 뚝 베어내어 크래커에 발라 먹는 편인데, 모르려나, 알 수가 없으려나요, 학교 다닐 때 들었던 이야기인데 영화를 보기라도 한 것처럼 몇 번이고 생각나더라고요, 멋쩍게 웃었다), 바게트와 제철 과일 등을 식탁 위에 늘어놓았다.

해가 저물기 시작한 창 쪽으로 앉아 임준섭은 꺼낸 음

식들을 일렬로 정돈해두었다. 가장 왼편에 치즈를 덩어리째 올려두었고 바게트 빵과 과일들을 조금씩 덜어 그 옆에 놓아 새미와 재윤이 식탁 위를 바삐 오가지 않고 편히 먹을 수 있도록 해주었다. 음식들은 서로 잘 어우러졌다. 와인과 함께 먹으니 더욱 그랬다. 조리가 어렵지 않은 음식들 위주로 식사하는 것이 익숙한 임준섭은 과연 재료들을 잘 고를 줄 알았다.

창밖에 어둠이 내릴 때까지 셋은 별다른 말 없이 식사를 했다. 수년 동안 몇 번을 되뇌었던 대사를 뱉은 후 줄곧 들떠 있었던 임준섭은 그 이후의 상황에서는 어떻게 해야 즐거운지 알지 못해 점점 혼란스러워졌고 재윤은 자꾸만 새미의 눈치를 보게 됐다. 새미는…… 새미는 무거운 마음마저 간단한 문제라 여기고 싶어 모두에게 장난을 걸 요량으로 바게트 조각을 들고 치즈에 올랐는데, 녹은 치즈 표면이 양말에 다 들러붙었다. 바게트 위와는 달리 양말에 붙은 치즈는 그저 고약한 오물 같았고 양말을 벗어도 발에서 계속 냄새가 나는 것 같았다.

*

임준섭이 새미와 재윤의 잠자리를 마련해준 빈방에

서는 복도에서 나는 소리가 그대로 들렸다. 오가는 인간들의 발자국 소리며 택배 상자 떨어지는 소리, 멀리서 들려오는 개 짖는 소리까지. 저녁 식사가 아홉시도 되지 않아 마무리되고, 임준섭은 끝마쳐야 할 일이 많이 남아 늦게 자야 할 것 같다고 했다. 새미와 재윤은 술을 마셔 그런가 저희는 이만 잠자리에 드는 게 좋겠다고 대꾸했다. 미니 쿠션 덕분인지 눕자마자 잠이 들기야 했지만 밖에서 소음이 들려올 때마다 깨는 바람에 내내 선잠을 잤다.

딸깍, 소리가 났을 때에도 새미는 잠에서 깨어 또 누가 지나가는가보다 했다. 이대로라면 내일도 늦게 일어날 것 같은데, 마지막날인데 그렇게 되면 내내 아쉬울 것 같아 다시 잠들기 위해 노력했다. 여기서 뭐 해요? 말소리가 들렸고 정말 옆에서 말하는 것처럼 방음이 안 되네 생각하는데…… 여기서 뭐 하냐구요, 높아진 언성에 그제야 눈을 떴다. 위아래 모두 검은 작업복에 마스크까지 쓴 소인이 와인 케이스까지 올라와 우묵한 부분에 누워 있는 새미를 내려다보고 있었다.

―언제부터 여기서 지냈습니까?

그는 딱딱한 말투로 새미와 재윤을 다그쳤고 신상을 캐물으며 아이디카드를 보여달라고 요구했다. 임새미,

이재윤…… 묻는 대로 답하는 수밖에 다른 방법이 없었다. 이대로라면 병원에 돌아가기는커녕 평의회에 먼저 회부될 것이었다. 빈집에서 휴가를 즐겼을 뿐이었다고 우기면 형이 좀 낮아질까? 그러기에는 미니 쿠션이며 수면 양말, 와인 케이스 모두 인간의 물건이었다. 등반용 흡착 발판도 케이스 벽면에 그대로 붙어 있었다. 처형 예정인 인간과 직접 소통했다는 사실이 밝혀지면 새미와 재윤도 결코 무사하지 못할 터였다.

─처형 일은 내일이 아니었나요.

재윤이 우물쭈물 물었고 그는 지금 그게 대수냐고 소리치다 항상 이렇게 하루 정도 먼저 들러 동선을 체크한다고 설명했다. 그는 판에 박힌 업무를 위해 들른 현장에서 마주한 예상치 못한 수확에 기쁨을 감추지 못했다. 설마 이건 임준섭이 준 거야? 손수건을 발로 툭툭 건드렸다.

─도망갈 생각을 하는 건 아니겠지, 바깥에서 동료 둘이 망을 보고 있다고.

집행조도 결국 꼭두각시일 뿐인데 그들은 맡은 일이 자신들의 권력이라도 되는 것처럼 거만하고 무자비하게 굴었다. 소문으로만 듣던 행태를 마주하니 소문일 때처럼 가소롭지 않았고 무서워서 무릎이 덜덜 떨렸다. 구치소가 어떻다고 했더라, 새미는 전전 거주지에서 만난, 구치소를 다녀온 경험이 있는 누군가가 들려주었던 이야기를 떠올려보려고 노력했다.

새미가 기억에 다다르기도 전에, 재윤이 갑자기 집행조원을 향해 내달렸다. 그는 동료들을 호출하러 다시 복도로 나가보려는 듯 와인 케이스 가장자리에 앉아 흡착 발판에 발을 끼우고 있었다. 재윤은 그를 등뒤에서 덮쳐 움직이지 못하도록 양팔을 붙잡았다.

─새미야, 쿠션!

눈앞에 벌어지고 있는 상황의 인과를 따져보기도 전에 새미는 베고 잤던 쿠션을 가져와 쿠션에 달린 노끈 고리로 그의 손목을 결박했다. 한 번의 결박으로는 부족할 것 같아 재윤의 쿠션까지 가져와 발까지 돌돌 묶은 뒤 덮고 자던 손수건으로 몸 전체를 감쌌다. 모서리 부분은 입안에 쑤셔넣어 목소리를 내지 못하게 만드는 것도 잊지 않았다.

─씨발 어떡하지. 이제 씨발 어떡하지.

재윤은 미라 형상이 된 사내를 앞에 두고 울음이 터질 것 같은 얼굴로 발을 동동 굴렀다. 새미는 사내를 와인 케이스 우묵한 부분에 굴려넣고 하나 남은 손수건으로 그 위를 덮은 뒤, 사내가 신으려다 실패한 흡착 발판을 발에 끼우고 아래로 내려갔다. 재윤은 계속 어떡하지 뭐 어떻게 하려고 외치면서 뒤따라 내려왔다.

반쯤 닫힌 임준섭의 침실 아래로 흰 불빛이 새어 나오고 있었다. 새미는 불빛이 드리운 흰 선을 향해 뛰었다. 임준섭에게 그가 처한 운명에 대해 진작 말해주고 대책을 세우도록 채근했다면 지금보다는 상황이 나아졌을까? 임준섭뿐만 아니라 자신과 재윤에게도 내일이 가능할지 알 수가 없어 눈물이 나올 것 같았다. 방에 들어가자 노트북을 켜둔 채로 모로 누워 잠든 임준섭이 보였다. 새미는 곧장 침대 위로 올라가 임준섭을 깨웠다. 임준섭을 깨워 닥치는 대로 야식을 시켜달라고 했다. 인간과 살게 되면 가장 해보고 싶었던 일이라고, 오늘 한 번만 부탁한다고 말하고 또 말했다.

아이참 한밤중에 이러면 곤란한데, 말했지만 임준섭의 얼굴은 전혀 그렇지 않았다. 연극배우처럼 기뻐하던 저녁 때와는 또 다른 표정이었다. 임준섭은 진짜 기쁠 때 저런 얼굴이 되나?

임준섭은 휴대폰을 켜 배달, 하고 말했다. 배달, 하니 켜진 앱에 대고 짬뽕, 하고 말하고 햄버거, 곱창, 찜닭, 감자탕을 또박또박 발음했다.

제일 먼저 올 음식은 짬뽕, 십육 분. 십육 분만 지나면 배달원이 복도에 들어설 것이고 망을 보던 집행조 둘은 잠시 후퇴해 몸을 숨길 것이다. 복도 구석에 숨어 있던 둘은 계속 나타나는 배달원들을 보며 오늘은 너무 위험하다고 판단하고 완전히 물러날 것이다. 일단 오늘밤은 그렇게 지나가겠지.

―와인 가져올까요?

임준섭은 남은 와인을 가지러 부엌에 나갔다. 활짝 열린 방문 너머 보이는 임준섭의 부엌, 임준섭의 거실, 임준섭의 뒷모습. 새미와 재윤은 배달원이 오기만을 간절히 기다렸다. 아직 변한 것은 아무것도 없었다.

슬픈 마음 있는 사람

서울외곽순환고속도로는 서울 외곽을 돈다. 거여동에서 도로는 정식 명칭 대신 거여고가교라는 이름으로 불리었다. 거여동 주민들은 마을 위를 지나는, 때때로 마을보다도 커 보이는 다리를 올려다보며 여기가 바로 서울 외곽이구나 깨닫지는 않았고, 그 대신 와 정말 크다, 무너지면 동네가 통째로 사라지겠네 하는, 다리를 보면 누구나 할 법한 생각을 했다.

 사람 다섯이 팔을 펼쳐 감싸도 모자랄 만큼 두꺼운 기둥이 일정한 간격으로 고가교를 받치고 있었다. 기둥은 낙서들로 우글거렸다. 어떤 것들은 사다리에 올라타 써넣었나 싶을 만큼 꼭대기에 있기도 했다. 대개 의미를 알 수 없는 그림들, 혹은 광고성 전화번호였다. 어떤 낙서는 연속되었다.

   김병철 들어라 31. 당신은 우리를 파멸시켰고 나와 내 가족들을 구렁텅이에 처넣엇다 죽어야 마땅한 사람아

   낙서는 동네 곳곳에서 산발적으로 발견되었다. 김병철 들어라 17은 버스 정류장 옆 전봇대에, 김병철 들어라 4는 철거를 앞둔 빌라 외벽에, 김병철 들어라 8은 한 동짜리 아파트 분리수거장 울타리에 써 있는 식이었다. 걸을 때의 기은은 본래 생각하는 사람이었다. 풍경과 사물, 행인 들을 살필 새가 없었다. 그런데 언제부턴가 기은은 자신이 걸을 때 평소처럼 공상에 빠지는 대신 또 다른 김병철을 찾아 가로수나 전신주 따위를 유심히 들여다본다는 것, 그렇게 김병철 외에는 텅 비어버린 머리로 두리번거리며 발을 내딛고 있다는 것을 문득 알아차렸다.

*

   준영과는 평일 교회에서 만나 가까워졌다. 주일 아닌 날의 교회는 저녁기도회가 있는 수요일을 제외하면, 교

회보다는 도서관이나 베이커리에 더 가까웠다. 아무나 들어와 책을 읽거나 목사가 구워둔 빵을 먹거나 커피를 내려 마실 수 있었다. 교회는 그런 곳이었다, 찾아오는 사람을 막지 않고 무작정 환대하는.

지난 주일예배가 끝난 뒤의 다과 시간, 사모가 기은 앞에 직접 뜬 수세미 몇 개를 내려놓으며 말했다.

―기은 씨가 온 지 벌써 한 달이 되었네요. 책 좋아한다고 들었어요. 평일 아무 때나 들러 책 읽어도 돼요. 커피도 마시고요. 빵도 먹고요. 창고에 탁구대도 있어요. 피아노를 쳐도 되고요. 오전 열시부터 한밤이 되기 전까지는 늘 열어두니까.

기은은 네 그럴게요, 답하며 수세미 하나를 챙겨 가방에 넣었다. 평소 같았다면 그런 말들을 인사치레로 넘겨버리고 행동에 옮기는 일은 없었겠지만, 교회란 지난 한 주의 잘못을 참회하고 다른 많은 사람을 위해 전심으로 기도하기로 약속한 장소인데다가 일반 성도라면 몰라도 사모라면 누구보다 교회 그 자체인 사람일 테니 기은이 그때 알겠다고 했던 대답은 진심이었다. 기은은 그 주 목요일 오전부터 교회에 나와 책을 읽기 시작했다. 사모의 말을 그대로 믿고 행하는 것은 기은이 교회에 마음을 다하는 한 방식이었다.

평일 오후의 교회에는 아이들이 많았다. 아이들은 동화책 코너에 자리잡고 앉아 조용히 책을 읽었다. 때때로 자리에서 일어나 냉장고를 열어 아무렇게나 빵을 갖다 먹기도 했다. 기은은 아이들과 멀리 떨어진 자리에 앉아 소설책을 읽었다. 첫날은 집중이 잘 안 되어 아이들 구경으로 시간을 보냈다. 빵을 잘도 가져다 먹는구나. 가루를 흘리지 않고 먹는 법은 어디서 배웠을까? 기은은 그렇게 며칠간 교회에 들러 같은 책을 읽었다. 책을 다 읽어갈 때쯤 기은도 주방에서 물 한 잔 정도는 자연스레 떠다 마실 줄 알게 되었다.

기은을 제외하면 이 시간 교회를 찾는 성인은 준영뿐인 것 같았다. 매주 주일예배에서 마주치긴 했지만 이야기를 나누어본 적은 없기에 도서관이 된 교회에서도 고개인사만 나누고 각자 자리에서 할일을 했다. 준영은 아이들만큼 아무렇게나 빵을 갖다 먹었다. 사모가 괜찮다고 했어도 엄연히 교회의 냉장고인데 저렇게 굴어도 되나? 한입 베어 물 때마다 준영의 입가에서 빵가루가 후드득 떨어졌다. 이런, 아이들보다도 못한…… 괜히 초조한 마음이 되어 그쪽을 거듭 엿보다보니 기은은 곧 준영이 무엇을 읽고 있는지를 알아보았다. 기은이 고등학교 시절 한창 빠져 있던 수영 만화였다. 스포츠 만화 재밌는데. 뭘 하지 않아도 숨찬 운동을 한 것 같은 효과를 준다. 기은은 친한 친구에게 만화를 신나게 소개해주던 때를 떠올렸다. 스포츠 만화 좋은 점이 뭔 줄 알아? 기은의 질문에 고개를 젓는, 이름이 어느새 가물가물해지고 만 친구. 주인공들이 나 대신 내 땀을 다 흘려준다는 거야.

처음 고른 소설을 완독한 다음날, 기은은 열시부터 교회에 나갔다. 가자마자 만화책 코너에서 다섯 권짜리 탁구 만화를 골랐다. 내친김에 냉장고를 열어 꽝꽝 언 크림빵 하나도 꺼내 먹었다. 녹다 만 크림이 서걱서걱 씹히고 입안이 뜨거울 만큼 시려 숨을 후, 내뱉자 김이 뿜어져 나왔다. 그렇지만 결코 춥지는 않았는데 그건 다 한 컷도 치열하지 않은 순간이 없는 만화 덕분이었을 테다.

마지막 권을 읽고 있을 때 준영이 들어왔다. 고개인사. 준영은 그날따라 부엌을 몇 번씩 오가며 기은이 앉은 자리 쪽을 흘끔거렸다. 치열한 탁구 대련 장면을 읽던 차에 기은은 준영의 따가운 눈빛이, 어서 그 책을 다 읽고 자신에게 넘기라고 채근하는 듯한 부산스러운 몸짓이 신경 쓰여 만화 속 탁구대 위로 튀어 오른 공이 어디로 가는지 제대로 따라갈 수가 없었다.

기은이 같은 페이지에만 몇 분째 머무르고 있을 때,

준영이 기은에게로 다가왔다.

—교회에 탁구대 있는데. 탁구 칠 줄 아세요?

—아, 조금요.

준영은 창고에서 새파란 이동식 탁구대를 꺼내 왔다. 탁구대 바퀴가 굴러감에 따라 아이들의 고개도 천천히 돌아갔다. 준영은 의자와 탁자들을 한쪽으로 치우고 탁구대를 펼쳤다. 테이블 가운데 네트를 끼우고 탁구채를 고른 뒤 하나를 기은에게 건넸다.

둘은 탁구를 치기 시작했다. 기은의 머릿속에는 방금 읽다 만, 한 선수의 무릎을 평생 못 쓰게 만들 수도 있을 만큼 불꽃 튀던 대회의 잔상이 남아 있었고, 그 이미지 탓인지 기은은 탁구채를 세게 후리거나 공을 터무니없이 깎게 되었다. 화려한 잔상과는 달리 기은으로부터 출발한 공은 궤적이 일정하고 또 따분했다. 탁구공 튀는 소리가 계속되는데도 어쩐지 교회 안이 전보다 조용해진 것 같았다. 기은 안에 맴도는 장면들의 열기를 잠재울 만큼 고요한 리듬이었다. 기은은 곧 만화에서 빠져나와 눈앞의 잔잔한 대결에 몰두하였다. 준영이 똑- 넘긴 공을 기은이 다시 딱- 넘기는 것으로 두 시간을 보냈다.

*

 때때로 낯선 사람이 불쑥 교회를 찾았다. 전체 성도 수가 스무 명이 채 안 되고 예배당도 작아서 새로운 사람이 오면 그를 지나칠 때마다 꼭 한마디씩 말을 걸어야만 할 것 같은 부담감에 시달려야 했다. 원래 교회는 다녔는지, 이 동네 사람인지, 여기는 어떻게 알고 찾아왔는지. 성도들은 교회에 대한 대화의 포문을 열어주는 질문을 환영 인사처럼 건넸다.

 지나온 시간과 스스로를 돌아보게 만드는 질문들 탓인지, 아니면 교회에는 원래 그런 사람들이 자주 오는 것인지, 낯선 이는 어디서부터 시작해야 할지 모르겠다는 말을 시작으로 끝나지 않는 긴긴 얘기를 늘어놓았다. 교회에 와서야 털어놓는 이야기라는 것이 대개 먹고사는 문제와는 관련이 없으나 그 나름대로는 충분히 무거운 것들이라 이들의 장황한 이야기는 붕 떠올라 당사자만 아는 리듬대로 흘러갔다. 그들 곁에 마지막까지 남아 있는 것은 주로 목사와 사모뿐이었다.

 자리를 뜰 순간을 놓치는 바람에 기은도 목사, 사모와 함께 길 잃은 나그네의 인생 방황기를 한 시간 넘도록 들어야 했던 날이 있었다. 그가 기은에게만 시선을 둔 까닭에 일어나기가 더욱 어려웠다. 질문을 퍼붓던 성도들은 주방 정리를 하겠다며 어느새 하나둘 빠져나간 지 오래였다. 그의 일대기는 중학교 시절에만 한 시간째 머물러 있었다. 마침내 그가 말을 멈추고 물 한 모금 마실 때 기은은 지금이다! 얼른 일어나야지, 생각했으나 그는 곧장 그래서 고등학교 때는요, 하고 이야기를 이어나갔다. 아무리 생각해도 탈출구가 보이지 않았고 이야기는 끝날 기미가 없었다. 막다른 길에 다다른 기은은 아무런 양해도 구하지 않고 자리에서 벌떡 일어나 저벅저벅, 문을 열고 교회를 벗어나 그대로 집으로 갔다.

주일날처럼 주보에 시간과 순서가 명시된 것은 아니었지만 평일의 교회에도 질서가 있었다. 기은이 점심시간이 다 되어서 교회에 가 책을 읽고 있으면, 이른 아침부터 와 있었을 아이들은 세시쯤 집으로 돌아가고 늦은 오후에 준영이 나타났다. 간헐적으로 출현하는 사람들도 있었지만 그들이야 질서 안에 들어올 수 없는, 그저 지나가는 이들이었다.

기은도 준영도 날을 정해 교회에 가는 것은 아니었으나 만나면 약속이라도 한 듯 인사를 나누고, 한두 시간 책을 읽다 탁구를 쳤다. 그러다 목이 마르면 주스를 꺼내 마시거나 커피를 내려 마셨고 배가 고프면 빵을 꺼내 먹었다. 집에 돌아갈 때는 늘 각자 교회를 나섰다. 대개 기은이 먼저 조심히 들어가세요, 인사한 뒤 문밖을 나서곤 했다. 준영을 잠시 기다릴 수도 있었겠지만 교회 바깥에서는 둘이 함께 걸어본 일이 없어 망설여졌다. 교회의 안과 밖은 그렇게 달랐다.

그러나 문밖으로 먼저 나서기 위해 아무리 서두른다고 해도 엎질러진 물컵을 모른 척할 수는 없었다. 기은이 탁자 아래로 뚝뚝 떨어지는 물까지 모두 닦아냈을 때, 준영도 나갈 채비를 모두 마쳤다. 둘은 처음으로 함께 문으로 향했다. 기은은 순간 화장실에 들렀다 갈 테니 먼저 가시라고 말할까 망설였지만……

―어느 쪽으로 가세요?

준영이 물었다.

―고가도로 쪽 사거리로요.

거여고가교까지 둘은 함께 걸었다. 기은은 교회에서 만난 사람과 어떤 이야기를 나누어야 할지 몰라 말없이 걸었다. 준영에게 몇 살인지, 무슨 일을 하고 있는지, 무슨 일을 하고 싶은지, 혼자 사는지, 가족과 사는지 이런 것들을 물어볼 수도 있겠지만 교회 바깥으로 나왔다고 이런 것들을 물어도 되는 걸까. 준영도 똑같이 조심하고 있는 것인지, 교회를 오래 다닌 사람들에게는 이런 원칙이 있는 것인지, 그게 아니면 본래 이런 질문들에는 영 관심이 없는 것인지, 준영 역시 기은에게 세상적인 질문들을 건네는 법이 없었다.

기은은 눈앞에 보이는 것들에 대해 말했다. 가령 오래된 동네의 커다란 나무 이야기 같은 것들. 방금 지나간 남자 머리 가발인 것 같지 않아요? 이사 온 지 이 년이 다 되도록 동네에 이렇게 커다란 고가교가 있는 줄도 몰랐잖아요. 교회를 이쪽으로 다니지 않았다면 더 오래 몰랐을걸요. 지나치는 것마다 지나치지 않고 말로 만들어 내뱉는다. 처음에는 어색했지만 하다보니 계속할 수 있었고 오히려 이편이 더 편하다고까지 생각하게 되었다. 이런 대화라면 끝없이 할 수 있을 뿐 아니라 자신에 대해 말하지 않고도, 또 준영에 대해 묻지 않고도 대화를 이어갈 수 있었다. 이 동네를 이루는 건물과 나무, 사람 들을 이렇게 자세히 관찰했던 적이 있었나, 기은은 동네에서 유독 자주 들리는 새소리와 그 종에 대한 이야기도 했다.

―기둥에 있는 낙서도 봤어요?

―낙서?

기은에게 동네 곳곳에 널린 김병철 들어라의 존재를 처음 알려준 것이 준영이었다. 준영이 마주친 김병철 들어라 중 가장 최근에 씌어진 것으로 추정되는 낙서는 김병철 들어라 156이었다(에미 애비도 몰라볼 김병철 들어라).

 백오십육 개의 낙서를 차례차례 목격한 것은 아니고 그중 실제 본 것은 이삼십 개 정도. 대부분은 김병철 들어라 넌 곧 파멸한다는 식의 단순 경고였다. 낙서 주인이 김병철에게 왜 그렇게 큰 원한을 갖고 있는 것인지, 간혹 그 근거가 담긴 낙서도 있었다. 그런 낙서는 상대적으로 귀하다고 했다. 준영은 낙서한 본인 혹은 그의 가족 중 누군가가 김병철 때문에 큰 화를 입었으며 김병철도, 낙서를 쓴 사람도 남자로 추정된다고 했다(김병철 들어라 개잡놈아 우리가 한때 부랄 친구이던 시절이……). 낙서 주인 혹은 그의 가족은 무언가를 팔거나 배달하는 일에 종사했다. 그게 뭐였는지는 모르지만. 낙서 주인이 이곳을 옛 지명으로 부르는 것으로 보아(김병철 들어라 까치동산은 내게 창살 없는 감옥이었고……) 적어도 십오 년 전에 기록된 낙서임이 분명했다.

 —저 좀 이상해 보이나요?

 그동안 김병철에 대해 알아낸 모든 것을 털어놓은 뒤 준영이 말했다.

*

 작은 교회의 성도들은 나이가 많았다. 기은이 교회에 다닌 세 달 남짓한 시간 동안 두 번의 장례식이 있었다. 열일곱이었던 성도가 열다섯이 되었다. 교회는 내내 추도 의식에 잠겨 있었다. 슬픈 사람은 슬픔 한가운데 서 있었고 실은 슬프지 않은 사람들은 슬픈 얼굴을 하고 슬픔 한가운데 선 사람들의 기색을 살피다 집으로 돌아갔다.

 기독교도의 장례식이라고 해서 모두 기독교식 장례인 것은 아니었다. 교인들이 다 함께 방문했던 지난 장례식에서는 목사의 인도하에 장례 예배를 드렸지만 이번 장례식엔 각자 참석하기로 했다. 기은이 식장에 들어서자 신발장 옆에 선 채 이야기를 나누던 성도 둘이 보였다. 들어갔다 오셨나요? 아직요. 셋은 나란히 빈소로 향했다. 한 성도는 손을 맞잡고 눈을 꼭 감은 채 기도를 했고 다른 하나는 얼마간 사진을 응시하다가 두 번 절했다. 기은은 눈을 감으면 언제 떠야 할지 몰라 그것이 두려워 마찬가지로 사진을 한 번 바라본 뒤 두 번 절했다.

 문 앞에서 남편을 여읜 권사님이 기은의 두 손을 꼭 잡으며 말했다.

―기은 씨, 자꾸만 장례식에 오게 돼서 어떡해요.

권사님의 남편, 그러니까 성찬식 때 빵 조각과 포도주스가 담긴 쟁반을 들고 장의자 사이를 흔들흔들 걸어다니던 집사님은 일을 마치고 집 앞에 다 와서 쓰러진 뒤 영영 깨어나지 못했다. 기은은 손끝에서부터 머리끝까지 온몸이 새빨갛게 달아오르는 것을 느끼며 아녜요, 저는…… 하고 그다음에 무슨 말을 이어야 할지 몰랐다. 적당한 위로의 말을 건네고 꾸벅 작별 인사를 했어도 그만이었을 텐데 맞잡은 손이 갑작스러워 그러지 못했다. 권사님이 다시 빈소 안으로 들어간 뒤에도 얼굴은 식을 기미가 없었고, 기은은 화장실로 가 찬물에 적신 손을 양 볼에 갖다 대었다.

장례식에서 나눈 대화는 그 장면을 오래도록 곱씹게 하는 힘이 있었다. 권사님의 슬픈 눈동자가 너무 또렷한 탓에 당황하고 말았다. 이렇게 얼굴을 가까이 두고 얘기한 것이 처음이라서.

내가 두 번 절하는 것을 권사님도 보았을까? 기은은 장례식장에서 집까지 걷기로 했다.

큰길을 지나 골목으로 접어들자 금세 익숙한 가게들이 이어졌다. 몇 주 전 발견했던 김병철 낙서 한 구절을 지나치자 화끈거리던 기운이 좀 가라앉는 것 같았다. 기은은 곧 자신에 대해 골몰하는 대신 바깥을 보며 걸었다. 기은의 나쁜 시력으로 바라보는 세상은 실제보다 흐릿하고 많은 것이 생략돼 있었지만 나이 많은 가로수, 이상한 간판, 농구장, 족구장, 테니스장과 산책하는 강아지, 자전거를 탄 사람들은 좋지 않은 눈에도 쉽게 정체를 밝히고 말았다. 그것들을 헤아리며 걷는 일은 사물들처럼 멍해지는 일, 지나가는 한 사람이 되는 일이었다.

기은이 유일하게 외는 성경 구절이 있다. 예수의 안수를 받은 맹인이 무엇이 보이느냐는 예수의 물음에 아직 완전히 밝아지지 않은 눈으로 "나무 같은 것들이 걸어가는 것을 보나이다" 하고 말하는 구절. 사람을 보고 나무 같은 것들이라 말했던 수세기 전의 맹인을 생각하며 기은은 저기 저 푸른 건 진짜 나무겠지, 하며 나무에 가까이 다가가 절대 다른 것일 수 없는 나무를 확인했다. 역시나 나무였던 나무 옆을 지나던 기은은 오늘만큼은 교회 앞을 지나치기 싫어 새로운 골목으로 진입하였다. 그러자 골목 끝에 기은의 몸보다 훨씬 큰 오카리나 두 개가 붙은 건물이 보였다. 오카리나? 한 걸음 한 걸음 가까워져도 오카리나는 여전히 오카리나였다. 흰색 오카리나 하나, 주황색 오카리나 하나. 흰색은 세로로, 주황색은 가로로 건물 외벽에 자리하고 있었다. 저기 오카리나 같은 것이 매달려 있는 것을 보나이다. 건물 바로 앞에 다다랐을 때까지도 오카리나가 다른 평범한 간판으로 둔갑하는 일은 벌어지지 않았다.

3F, 한국오카리나박물관. 기은은 또 다른 층위의 산책을 맞이하게 되었다는 확신 속에 잠시 그 자리에 서 있었다. 가장 낮은 층위의 산책이라면 오직 자신에 대해 골몰하며 걷기. 김병철을 저주하는 마음으로 마을을 거닐었을 낙서 주인의 산책과도 같은 층위이다. 나를 싫어하는 사람과 그 이유, 내가 좋아하는 사람과 그 이유, 손해 보지 않고 살아가기 위한 적당한 처세술, 그때 그렇게 말했어야 했어, 하는 생각들에 빠져서 하는 산책. 두 번째는 나무 같은 것들이 걸어가는 모습을 보면서 걷기. 일종의 수양과도 같은 산책인데 커다랗고 예상 가능한 것들을 바라보며 걷다보면 머릿속이 투명해지고 맑아진다. 맑아진 머리로는 잠을 잘 잘 수 있다. 마지막으로 가장 어렵고 때로는 커다란 용기를 필요로 하는 걷기, 바로 동네의 비밀을 파악하는 산책이다. 준영은 김병철 낙서를 유심히 들여다보다가 행인과 시비가 붙은 적도 있다고 했다. 이거 당신이야? 당신이 그랬어? 다짜고짜 우산을 휘두르며 다가오는 자에게 욕을 퍼부어줄까 하다가 준영은 그저 아무 말 없이 물러났다고 했다. 그렇

게 집으로 돌아오는 길, 준영은 행인에게 맞서고자 했던 자신이 부끄러웠지만 또 동시에 그 사람을 흠씬 패주고 싶은 마음도 여전해서 그러지 말자, 하나님 도와주세요, 마음속으로 기도했다고. 기은은 지금 김병철 낙서와 비슷한, 마을의 괴상한 오카리나 표정 아래 서 있다. 오늘 본 것을 잘 정리하여 준영에게 들려줄 수도 있을 것이다!

삼층 계단참에는 박물관 설명이 적힌 현판이 벽면을 가득 채우고 있었다. 작은 거위라는 뜻의 오카리나는 거위 형태로 빚어진 취주악기이며 지금 형태는 이탈리아 부드리오 출신의 주세페 도나티에 의해 고안된 것이다. 현판의 설명에 따르면 오카리나박물관은 이탈리아 부드리오와 대한민국 서울 송파구 거여동 이렇게 두 곳뿐. 한국오카리나박물관에서는 천백여 점의 전 세계 오카리나를 수집 및 전시하고 있으며 관람은 무료이다. 2007년 6월에 개관했으며 화, 목, 금에는 오카리나 강습을 신청할 수 있다.

문을 열자마자 오카리나를 부는 관장이 들리는 동시에 보였다. 마치 누군가 올라오는 소리를 듣고 시작하기라도 한 것처럼 연주는 아직 전주 부분에 머물러 있었다. 관장은 분명 기은과 눈이 마주쳤는데도 오카리나 불기를 멈추지 않았다. 관장이 부는 노래는 기은도 이미 알고 있는 것이었다.

 기은은 음음 음음 음음 슬픈 마음 있는 사람 음음, 하고 속으로 흥얼거리다 마침내 제목을 기억해냈다. 관장은 찬송을 4절까지 모두 불려는 것 같았다. 오카리나로 부는 가사 없는 찬송은 1, 2, 3, 4절 다 똑같이 들렸다. 레 솔 시라 솔라 솔― 레―. 기은은 끈기 있게 반복되는 찬송을 들으며 박물관을 둘러보았다. 천백여 점의 오카리나가 진열장마다 그 온전한 형태를 들여다보기 어렵게끔 빽빽하게 늘어서 있어 관람에 맞춤한 공간은 아니었다.

 오카리나들은 크기와 색깔이 제각각이었으나 모양은 서로 거의 같았다. 대가족처럼 보이는 지루한 오카리나들을 지나 마침내 기은의 눈에 들어온 것은 거위 모양 오카리나였다. 오카리나의 어원대로 작은 거위 모양을 그대로 본뜬, 날개와 부리까지 실감나게 조각돼 있는 정직한 모양새였다. 저런 거라면 가지고 싶다, 거위의 몸통을 양손으로 감싼 채 부리를 물고 박물관 관장처럼 〈슬픈 마음 있는 사람〉을 불 수도 있을 것이다.

 ―하나에 만삼천원이에요.
 ―네?

―거위 모양 그거. 만삼천원.

기은은 좀더 둘러본다고 해야 하나 고민하다가 거위 모양 오카리나 두 개를 달라고 했다. 관장은 작은 거위 두 마리를 신문지에 감싸 검은 봉지에 넣어주었다. 그는 기은이 구입을 마친 뒤로는 더이상 오카리나를 불지 않았다. 그가 쥐었던 오카리나는 손때가 묻어서 변색이 된 듯한 상아색이었고 건물 외벽에 달린 거대 오카리나 둘과 똑같은 모양이었다.

*

오전 열시쯤 일어나 바나나 따위로 아침을 먹고, 어슬렁어슬렁 교회로 가 만화책이나 소설책을 읽다가 준영이 오면 탁구 치면서 빵과 커피를 먹고 마신 뒤 고가 근처를 산책하다 집으로 온다. 어느 한밤, 기은에게는 질서 잡힌 하루를 마치고 누웠을 때 드는 노곤함이 깃들었는데, 이는 삼 개월 전 회사를 다닐 때에는 매일같이 느꼈던 감각으로 무척이나 익숙했지만 실로 오랜만이기도 했다. 복귀까지는 삼 개월이 더 남았고 그때부터는 또다른 일들이 노곤함의 이유가 되어줄 것이다. 기은은 영원할 리 없는 지금의 질서를 들여다보았다. 똑딱똑딱 일상의 리듬. 준영과 주고받는 탁구공처럼. 탁구공은 똑, 딱, 테이블을 오가는데, 가끔 준영이 밤새도록 수비형 탁구 영상을 보고 왔다는 날이면 똑-, 딱(파르르 공에 스핀 먹는 소리), 픽, 다른 리듬이 된다. 다른 리듬도 리듬은 리듬이어서 곧 적응하게 되지만. 똑, 딱, 픽. 똑, 딱.

교회에 가기 전 기은은 배낭에 오카리나 두 개를 챙겼다. 책을 읽고 있으니 세시쯤 준영이 왔다. 수인사를 나눈 뒤 두 시간 후 탁구를 한판 쳤다. 그러고 나서 반쯤 남은 커피를 들고 함께 밖으로 나섰다.

─앉아서 마시고 갈까요?

고가 아래 벤치로 다가가며 기은이 말했다. 이곳에 앉아 있으면 고가 밖 자전거 타는 사람들도 볼 수 있고 고가 밑 농구장, 족구장에서 공놀이하는 사람을 구경할 수도 있었다. 지역구 출마 의원들은 진영을 막론하고 고가도로 체육 시설 및 주민 편의 시설 확충을 공약으로 내걸었다. 고가 밖을 지나가는 사람들에게는 한낮의 그림자가 따랐으나 고가 밑에 모였다 흩어지는 사람들은 발밑에 아무것도 달려 있지 않았다. 기은은 검은 봉지에 담긴 오카리나 하나를 준영에게 건넸다.

오카리나에서는 텁텁한 흙 맛이 났다. 유약을 바르지 않고 초벌구이만 한 것일까? 기은은 관장이 하던 대로 왼손을 아래, 오른손을 위에 두고 오카리나를 감싸쥔 뒤 한 음 한 음 불어보았다. 어릴 때 리코더 불던 기억을 되짚어가며 음계를 더듬다보니 곧 7음계를 모두 불 수 있게 되었다.

—원래 불 줄 아나요?

—아뇨. 근데 누가 부는 걸 봤어요.

—누가 부는 걸 봤다고요?

기은은 오카리나박물관과 관장에 대해 말했다. 이 동네에 그런 데 있는 거 알았어요? 간판 대신 커다란 오카리나 모형이 두 개나 달려 있는 곳. 박물관이라기보다는 음…… 어쨌든 오카리나가 엄청 많았는데요. 관장이 계속 불던 찬송이 이거였거든요. 멜로디가 레 솔 시라 솔 라 솔—레—미 라 파미 솔미 레. 기은이 그랬던 것처럼 준영도 음음 음음 따라 부르더니 이내 노랫말까지 넣어 흥얼거렸다. 족구 차던 사람들이 경기가 소강상태에 빠질 때마다 이쪽을 흘끔흘끔 쳐다보는 바람에 기은은 4절까지 연주하지 못하고 그만두었다.

준영은 오카리나 부는 연습을 하느라 다 식어버린 커피를 오래도록 마셨다. 기은은 준영의 곁에 앉아 사람들의 발을 떠난 공이 반대편 코트 안으로 꽂히는 것을 바라보았다.

—아, 제가 이 말 했던가요? 저희 교회 목사님, 제 아버지예요.

고가도로 위쪽으로는 당연히 넓은 도로가 나 있을 테고 많은 차가 다니겠지. 그 차들을 다 떠받치려면 고가교가 무척 튼튼해야 할 것이다. 기은은 준영이 건넨 말이 왜인지 참 무거웠다.

아니, 별거 아닌가, 아버지가 목사라는 사실쯤은. 그간 왜 몰랐을까. 연이은 장례식으로 교회 분위기가 어수선해서? 교회에서는 절대 티를 내지 않도록 미리 부자간 합의를 이룬 사안이라서? 정확히 말하자면 아버지가 목사라는 것보다는, 조금 독특한 사실이기는 해도 그건 별게 아닐 수도 있지만, 무엇보다 기은은 이런 대화가 낯설었다. 준영과 함께 물위를 붕붕 떠 흘러가고 있다고 생각했는데, 조금씩 헤엄치는 법을 깨치며 물 밖에서도 물을 생각했고 기은은 그런 자신이 때때로 마음에 들기까지 하였는데, 준영은 물 태생의, 도무지 발을 붙일 수 없다고 생각했던 곳에 발을 단단히 붙이고 어떤 유속에도 물 안을 물 밖처럼 자연스레 거니는 사람이었다는 것이…… 무거움의 이유를 재빠르게 파헤쳐보자면 아마 이런 마음들이 그 안에 도사리고 있을 것이다.

어릴 적 들었던 자장가를 흥얼거려보라고 하면, 나로

슬픈 마음 있는 사람

서는 처음 듣는 찬송가를 너무도 익숙하게 흥얼거릴 사람이야, 저 사람은. 그래서 그렇게 교회가 익숙했구나. 준영에게는 교회가 무슨 말구유 같은 곳이라서. 준영과 헤어져 혼자 집까지 걷는 동안 기은의 양어깨에 생생하던 무게는 준영을 향한 원인 모를 야속함으로 그 얼굴을 바꾸어갔다.

내가 그래서 뭐라고 반응했더라? 준영의 말에 기은은 자신이 그저 아, 하고 말았음을 떠올렸다.

아.

기은은 그날 처음으로 집에서 성경을 펼쳐 알고 있다고 말할 수 있는 단 하나의 구절을 찾았다.「마가복음」8장 23절에서 26절 말씀.

"예수께서 맹인의 손을 붙잡으시고 마을 밖으로 데리고 나가사 눈에 침을 뱉으시며 그에게 안수하시고 무엇이 보이느냐 물으시니 쳐다보며 이르되 사람들이 보이나이다 나무 같은 것들이 걸어가는 것을 보나이다 하거늘 이에 그 눈에 다시 안수하시매 그가 주목하여 보더니 나아가 모든 것을 밝히 보는지라 예수께서 그 사람을 집으로 보내시며 이르시되 마을에는 들어가지 말라 하시니라".

예수는 맹인에게 마을로는 돌아가지 말라고 했다. 왜

그랬을까? 맹인은 예수의 말을 따랐을까? 내가 맹인이었다면 눈을 뜨게 해준 예수의 말을 따라 마을로 돌아가지 않았을 거야. 그럼 마을 밖에는 마을로의 복귀를 미루거나 제쳐둔, 멀었던 눈을 뜨게 된 사람도 있고 걷지 못하다 걷게 된 사람도 있고 성경에는 미처 다 씌어지지 못한 많은 기적이 있겠지. 마을 안에만 머무는 사람들로서는 전혀 모르는 기적들이.

기은은 어렴풋이 알고 있던 단 하나의 구절을 더욱 자세히 알게 되었다. 전혀 모르는 수많은 구절까지는 더이상 읽지 않고 성경을 덮었다.

*

늦은 아침을 먹고 교회로 가는 대신, 기은은 배낭에 바나나와 얼음물, 손수건과 안경집, 수첩과 펜을 챙겨 집을 나섰다.

지난밤 기은은 오래도록 잠들지 못했다. 질서를 이루던 것들이 흩어져 허공에 둥둥 떠다니는 것 같았다. 기은은 떠다니는 것들을 하나씩 붙잡아 만지작거리다 준영과 나란히 앉아 있던 오후의 기억에 오래 머무르게 되었다. 사실 다른 것들은 징검다리처럼 통통 뛰어넘었고 준영이 자신의 아버지가 목사라고 고백했던 그 기억 돗자리에 자리를 잡고 드러누웠다고 하는 편이 맞을 것이다. 이제 기은은 준영이 목사의 아들이라는 사실과 그 사실이 주는 이상한 배신감보다는 그때 아무 말도 하지 못하고 어색하게 굴었던 스스로가 싫었다. 뭐라도 말해줄 걸. 웃기라도 했으면 좀 나았을 텐데. 아니, 나 역시도 준영에게 제 아버지가 목사예요, 하는 것과 비슷한 대답을 해줬어야 했는데. 하지만 기은에게는 꼭꼭 감춰두었다가 불시에 톡 까놓을 만한 비밀이 없었다.

음……

기은은 이런 결론에 이르러서야 마침내 잠들 수 있었다.

내일은 김병철 낙서를 좀더 모아볼까봐. 준영이 지금까지 모으지 못한 종류의 낙서들을 찾아 나섰다가 일이 잘 풀린다면, 그것들을 잘 기억했다가 준영에게 말해줄 수도 있을 것이다!

직접 목격하거나 준영과 맞춰보아 아는 낙서 위치들은 집을 나서기 전 수첩에 미리 정리해두었다. 준영과 나누었던 대화를 샅샅이 되짚은 끝에 서른한 개의 김병철 들어라 지도가 완성되었다. 고가교 아래 여덟 개, 기은의 집 왼쪽 주택가 첫번째 골목에 두 개, 세번째, 여덟번째 골목에 각각 세 개씩, 아파트 분리수거장 울타리에 한 개, 그 옆 전봇대에 한 개, 연속된 나무 세 그루에 각각 한 개씩. 초등학교 담장 세 면마다 한 개씩 총 세 개. 학교 안 미끄럼틀 기둥에 두 개, 학교 후문 버스 정류장에 한 개, 역시 그 옆 전봇대에 한 개, 옆 나무들에 총 세 개. 도무지 기억나지 않는 것들이 열 개 정도 되었는데 아마 내용이 중복되거나 별거 아니라서 그렇겠지. 오늘 또 다른 낙서를 목격하게 된다면 그게 이미 아는 것인지 아닌지는 바로 알 수 있을 것이다.

  주택가 쪽으로 먼저 가보자. 골목을 벗어나며 기은은 지금 마을 밖으로 향하고 있다는 실감이 들었다. 마을 바깥으로, 마을 안에서는 영 알 수 없는 것들을 향해 가고 있었다. 벗어나고 있어. 최고기온이 삼십 도까지 치솟을 예정인 더운 날이어서 오전인데도 공기가 따뜻했다. 기은은 주택가에 다다르기도 전에 얼음물을 다 마셔버렸다. 걸을 때마다 물통 안 얼음이 달그락거렸다.

  산책길에 목적이 생기자 걸음마다 신중해졌다. 기은은 담벼락에 딱 붙어 걸었다. 한여름 무성해진 담쟁이덩굴과 낡은 건물 외벽 틈을 비집고 돋아난 잡초가 살랑살랑, 지금 대체 무얼 하느냐고 묻는 듯한 몸짓으로 기은의 목적을 방해하려 들었다.

김병철 낙서 찾기는 오늘 하루 안에 끝나야 했다. 기은에게는 내일 또다시 같은 목적을 가지고 집을 나서는 것이 불가능하다는 확신이 있었다. 하루쯤은 괜찮지만 이틀이 된다면 그건 너무 본격적이었고 본격적인 목적이 된다면…… 마침내 자신이 이상해졌다는 울적한 예감에 빠지게 될지 몰랐다. 그렇다고 일을 벌인 지 이틀째가 되었는데 목적을 달성하지 않을 수는 없으니, 기은은 자신도 모르게 또 한번 열심히 임할 것이고 이틀은 사흘이 되기 쉽고 사흘이 되면 일주일은 금방이고 일주일이 지나면 영영 낙서 찾기를 그만둘 수 없는, 지독한 도착倒錯에 빠진 사람이 되고 말 것이다. 기은은 한낮의 교회에서 그렇게 된 사람들이 나오는 소설을 많이 읽었다. 기은은 책 바깥에서 인물들을 내려다보며 한 번쯤은 뒤를 돌아봐도 좋지 않겠니, 물었으나 인물들은 구렁텅이로 직행했다. 여차하면 뒤를 돌아보자는 마음으로, 기은은 식물로 뒤덮인 담벼락도 지나치지 않고 꼼꼼히 뒤졌다. 이파리들을 일일이 걷어보며 놓친 김병철은 없는지 살피고 또 살폈다.

그렇게 한참을 걸었다. 그림자가 짧아졌다 다시 길게 늘어지기 시작했다. 담벼락, 그 앞에 놓인 화분들, 거리의 식탁 의자, 식탁 의자에 앉아 있는 노인들을 몇 번씩이나 지나친 뒤에 기은은 자신이 지금 같은 곳을 돌고 있는 것은 아닌지 혼란스러웠다. 비슷하게 생긴 작은 벽돌집들이 다닥다닥 붙어 있는 골목이 계속되었다.

이대로라면 아무 성과도 거두지 못하고 해가 저물고 만다. 김병철로 시작되는 낙서 두 개를 발견하기야 했지만 다른 표현의 저주일 뿐 새로운 내용이랄 게 없었다. 종일 낙서를 찾아 헤맸다는 사실 말고는 준영에게 전해줄 만한 소동도 전무했다.

기은이 차마 발길을 돌리지 못하고 벌써 몇 번째 지나쳤을지 모를 담벼락 앞에 서서 벽돌 틈을 꼭 움켜쥔 애꿎은 덩굴 잎을 한 장 한 장 들추고 있을 때, 건너편에 고목처럼 앉아 있던 노인 둘이 말을 걸어왔다. 둘 중 누구의 목소리였을까? 기은이 네? 되물으며 골목길을 건너가자 노인 둘이 동시에 외쳤다.

—여기서 무얼 찾느냐고!

기은은 준영이 자신에게 처음 김병철에 대해 들려주었던 때처럼 조심스러운 태도로 말을 꺼냈다.

—낙서를 좀 찾고 있어요, 김병철 들어라라고……

그러자 노인들은 기은을 앞에 세워둔 채 둘만의 대화를 이어나갔다. 김병철? 이이가 그럼 최창엽네 딸인가? 아니야, 최창엽은 딸 없어. 그럼 낙서를 왜 뒤지는 거야?

마땅한 답을 찾지 못해 기은이 우물쭈물하는 사이, 대답 따위 필요 없다는 듯 노인들의 이야기가 시작되었다.

2000년대 거여동은 다단계 사업체의 온상이었다. 2011년 단속이 본격화되기 전까지 골목골목마다 교육장이며 숙소가 자리했다. 김병철은 청록색 자기에 나비와 곤충이 그려진 찻잔 세트를 터무니없는 가격에 판매토록 하는 무리의 수장이었고(집집마다 그거 한 세트씩은 다 있었어. 나도 그거 있었잖아. 응, 그거 세 번 마시면 영락없이 깨져버리는 컵. 희한하게 손잡이가 똑 떨어진다고……) 영업 일을 주업으로 삼으면서 주택가 인근에 이십대 초반의 판매책들이 머물 원룸, 끼니를 해결할 만한 저렴한 백반집, 시간을 하릴없이 때울 수 있는 피시방까지 굴리며 돈을 긁어모았다. 수백 명의 청년이 짧게는 며칠부터 길게는 십여 년까지 김병철에게 세월을 저당 잡혔고 최창엽의 아들은 그렇게 십삼 년을 일했다. 낙서는 최창엽의 작품이었다. 최창엽이가 얼마나 오래 그러고 다녔는지 알 만한 사람들은 다 알지…… 최창엽은 김병철이 죽은 뒤에도 낙서를 멈추지 않았다.

와…… 쏟아지는 이야기를 노트에 다 적어두어야 하나? 기은은 넋을 놓고 이야기를 듣다가 물었다.

―김병철이 죽었나요?

―그럼. 작년엔가, 외국에서.

김병철은 죽고 없구나. 기은은 김병철의 결말을 듣자마자 준영에게 김병철이 죽었대요, 하고 알려주는 장면을 떠올렸다. 준영은 김병철이 아직 죽었는지 살았는지 알 수 없는 시간 속에 있고 기은은 이미 김병철이 죽고 없는 세계에 와 있다. 말하자면 기은은 준영보다 자세한 미래에 와 있는 셈이었다. 기은은 준영에게 김병철이 죽었대요, 말해줌으로써 가뿐히 준영의 손을 잡고 함께 미래로 올 수 있었다.

준영보다 먼저 미래에 도달한 소감은, 음……

기은은 노인들에게 고개 숙여 인사한 뒤 교회 쪽으로 걸었다.

고가 아래 벤치에 앉아 있는 준영의 뒷모습이 보였다. 준영의 뒷모습은 안경을 쓰지 않아도 생략되지 않는구나, 오카리나박물관의 오카리나 모양 간판처럼. 기은이 다가가 인사를 건네기도 전에 준영은 기은의 존재를 알아차렸다. 족구장과 농구장 가운데 어디쯤 시선을 두고 있으면 족구장과 농구장, 그리고 벤치 주변을 지나는 사람들까지 모두 한눈에 바라볼 수 있다는 것을 기은도 이미 알고 있었다.

―어디 갔다 와요?

준영이 물었다. 기은은 곧바로 대답하지 않고 그 앞에 잠시 서 있었다. 허공에 두었던 준영의 시선이 기은의 두 눈으로 향할 때까지.

—김병철이 죽었대요.

준영은 엉? 정말요? 하고 놀라지를 않고 아…… 하였다. 너무 다짜고짜 죽음부터 알렸나? 그간 나름대로 취미처럼 낙서를 모으던 사람이었는데 일격에 그 취미의 목을 베고 말았나? 지금 맥락도 없이 덥석 준영의 손을 잡고 내가 있는 곳으로 오세요, 여기 재미있는 게 있으니까, 해버린 건가? 기은은 결말부터 밝히고 만 이야기를 어디서부터 어떻게 설명해야 할지 그제야 고민하기 시작했고, 준영 역시 뭘 어디서부터 물어야 할지 골똘한 얼굴이 되었다. 족구 네트를 넘나드는 공이 고무 바닥에서 통통 튀는 소리가 침묵을 메워주었다.

그때 뒤쪽 길가에서 한 아이가 준영을 부르며 달려왔다. 손에 탁구채를 든 채 얼굴이 발갛게 달아올라 있었다. 교회에 모인 아이들과 탁구를 치는 도중 구경하던 친구가 탁구대 위로 올라가더니 날아오는 공을 손으로 쳐보겠다고 선언했고, 그 아이가 탁구대 접히는 지점을 밟는 순간 걸쇠가 풀리며 탁구대가 무너져 내렸다는 설명이었다.

―친구는 괜찮은데요, 탁구대가……

준영은 기은에게 가보겠다는 인사를 하고는 아이와 함께 교회 쪽으로 사라져갔다.

기은은 다시 홀로 벤치에 남아 오늘의 모험을 찬찬히 되짚어보았다. 거여고가교 아래 서늘한 공기에 몸이 식자 머릿속 뒤죽박죽이었던 장면들이 제자리를 찾았다. 기은은 오늘 모험을 나선 목적이 김병철의 낙서를 밝혀내는 데 있지 않고 준영에게 이 모든 것을 알려주고자 함에 있었다는 사실을 깨달았고 자신이 출발부터 그 사실을 알고 있었다는 사실까지도 연달아 알게 되었는데, 그러자 마음에 슬픔이 깃들었다. 준영을 뒤따라 교회로 달려가고 싶었지만 왠지 그럴 수 없었고 이것은 슬픈 마음이었다. 기은은 자신이 비로소 슬픈 마음 있는 사람이 된 것에 아늑함을 느끼면서도 슬픈 마음을 가지게 된 덕분에 슬픔 속에 한참을 머물다 자리를 떴다.

*

주일날 본예배는 늘 오전 열한시에 시작되었다. 이 교회의 목사가 목회를 본 지 십삼 년이 되었다고 했으니, 그는 십삼 년 동안 일요일 열한시가 되면 사람들 앞에서 그날의 기도를 읊조렸을 것이다. 늦지 않고 예배에 참석하려면 열시에는 일어나 씻고 집을 나서야 했지만 눈을 뜬 뒤에도 갈까 말까 한참을 망설였던 탓에 기은은 결국 지각을 하고 말았다.

예배당 맨 뒷줄은 처음이었다. 열다섯 사람의 기도하는 뒤통수를 바라보며 기은도 눈을 감았다. 목사의 기도 다음에는 그 주를 대표하는 성도의 기도가 이어졌다. 그후 찬양을 세 곡 정도 함께 부른 뒤 설교가 시작되었다. 큰 교회에 다닐 때에는 부르기도 좋고 가사도 예쁜 복음성가를 많이 불렀는데 이곳에서는 찬송가 뒤편에 수록된 오래된 곡들만 부를 수 있었다. 반주할 사람이 없어 반주기에 등록된 찬송만 가능했기 때문이었다.

세 곡 중에 앞의 두 곡은 항상 같은 곡이었고 마지막 곡만 매주 바뀌었다. 기은으로서는 모르는 곡이 훨씬 많았지만 찬송은 대개 4절까지 계속되기에 1절은 배우는 마음으로, 2절은 연습하는 마음으로 부르다보면 3절과 4절은 곧잘 부를 줄 알게 되었다. 그렇게 한번 귀에 익힌 찬송에는 더이상의 주저함 없이 진입할 수 있었다.

기은이 자리에 앉았을 때 예배당은 두번째 찬송이 끝난 뒤의 고요 속에 잠겨 있었다. 마지막 곡의 전주가 흘러나오자마자 기은은 이 곡의 제목이 무엇인지 알아차리기도 전에 음음, 흥얼거렸다.

―슬픈 마음 있는 사람 예수 이름 믿으면 영원토록 변함없는 기쁜 마음 얻으리.

기은은 찬송을 부르며, 점점 더 크게 부르며, 양옆으로 까닥이는 준영의 동그란 머리통을 바라보았다. 마지막 찬송을 이걸로 하자고 한 건 준영의 의견이었을까? 그럼 준영은 어젯밤 목사가 설교 준비를 할 때 아빠, 오늘 마지막 찬송은 〈슬픈 마음 있는 사람〉으로 하자, 이렇게 말했을까? 아니 아버지, 오늘 마지막 찬송은 이걸로 해요, 이렇게 말했겠지. 그편이 더 자연스럽다.

기은은 준영의 머리통이 똑딱똑딱 흔들리는 박자에 맞추어 열심을 다해 마지막 찬송을 불렀다. 찬송은 4절까지 계속되었다. 찬송의 전반부는 가사가 계속 바뀌었고 후반부는 같은 구절의 반복이었다.

검은 강에 둥실

여름방학이 시작되자마자 새미는 할머니 집에서 지내게 되었다. 할아버지는 몇 주 전 갑작스러운 오토바이 사고로 죽고 없었다. 지프차와 충돌해 몸이 붕 떠오른 할아버지는 머리부터 빠르게 추락했고 아픔을 느낄 새도 없이 곧바로 죽음을 맞았다. 엄마 아빠는 할머니가 갑자기 혼자 지내게 되어 외로우실 테니 새미가 곁에 머무르며 쓸쓸함을 달래주는 것이 좋겠다고 했다. 새미는 으응…… 짐을 쌌다. 새미는 어른들이 하라고 하는 것은 대체로 그저 하는 편이었다. 새미의 부모는 새미의 조용하고 순종적인 성격을 우려해 담임선생님을 찾아가 면담을 하기도 했으나 지금처럼 새미가, 새미만이 맡아줄 일이 있을 때에는 새미의 성격을 이용하기도 했다.

"새미 네가 할머니 옆에 좀 있어드려. 할머니 안 외로우시게."

"으응……"

차로 두 시간 거리의 할머니 집. 뒷좌석에서 내내 새미는 할머니를 대체 어떻게 달래줘야 한다는 것인지 전에 없는 책임감에 시달려야 했다.

엄마 아빠는 점심 먹자마자 다시 차에 올랐고 첫날 밤 새미는 잠들기도 전에 할머니는 달래줄 필요가 없는 사람이라는 사실을 알았다. 할머니는 슬퍼할 시간도 없어 보였다. 아침에 일어나면 이층 거실 통창 앞 창가에 떠놓은 물그릇 일곱 개를 닦고 다시 새 물을 채워둔다. 아침 뚝딱 만들어 먹은 뒤에는 할아버지 살아 있을 적에 쌀가게를 했던, 여기 올 때마다 새미가 두툼한 녹두전처럼 쌓인 쌀 포대를 뛰어넘으며 시간을 보내던 일층 뒷마당 텃밭 관리. 물을 주고 다 익은 작물들을 수확하고 동네 고양이들이 배설물 묻으려고 밭 곳곳 파둔 구덩이들을 덮으며 고양이 독살 다짐하는 혼잣말을 내뱉는다. 일층과 이층을 잇는 야외 계단 층층이 놓인 화분들을 돌보고는 점심 먹고 선산행. 집 뒤편에는 조상들 4대가 묻혀 있는 야트막한 선산이 있다. 한여름 빼곡해진 나무들에 가려져 아래서 올려다보면 무덤들이 어드메 있는

지 잘 가늠되지 않았다. 할아버지도 역시 그 산에 묻혔고 할아버지 무덤 옆에는 할머니 예비 못자리가 봉긋 솟아 있었다.

선산까지 가기 위해서는 뒷집 보리밭을 지나야 했는데 보리밭에는 새미 키보다 큰 고철 울타리에 ※위험 고압 주의※ 팻말이 붙어 있었다. 보리밭 바로 옆 자동차 주차된 곳을 지날 때에는 울타리와 차 사이를 아슬아슬 지나야 했고 할머니는 때때로 아이구! 기우뚱하며 고압선을 맨손으로 짚고 말 때도 있었다. 새미가 할머니 괜찮아? 물으면 어어, 하고 손을 털었지만 저 고압선 가짜지? 물으면 진짜라면 진짜라고 믿어야지 토를 달아서는 안 된다고 말했다. 할머니는 걸음이 위태로울 때마다 진짜라고 믿는 고압선 울타리에 마음놓고 의지했다. 손을 턱턱 짚어가면서. 선산에 가서는 할아버지 무덤, 할아버지의 부모, 그 부모의 부모의 부모 묘까지 살피고 내려와서는 저녁 식사 후 오전에 떠둔 물그릇마다 중얼중얼 기도를 올리고 텔레비전 보다가 아홉시면 창문과 현관문을 모두 걸어잠근 뒤 잠에 든다. 꽉 찬 일과에 새미가 위로를 전할 틈은 없었다. 새미도 할머니를 졸졸 따라다니며 마찬가지로 꽉 찬 하루를 보낼 뿐이었다.

새미도 곧 할머니가 보내는 일과의 질서, 선산 무덤을

들르는 순서나 각각의 물그릇마다 올리는 기도의 종류 따위에 익숙해졌다. 할머니가 부엌으로 물그릇 다섯 개를 옮기는 동안 새미도 두 개 정도는 옮기는 것을 도울 수 있었고 선산에서는 할머니보다 앞장설 수도 있게 되었다.

선산은 크게 세 구역으로 나뉘었다. 둘은 선산 꼭대기로 올라가 가장 오래된 무덤을 살피고 또 그 대각선 아래쪽으로 두번째 오래된 무덤을 살피러 갔다. 큰할아버지 큰할머니와 할아버지는 같은 구역에 묻혀 있었다. 높이로 따진다면 선산의 중간쯤이었고 들르는 순서로는 마지막이었다. 지난여름 태풍에 둥치째 무너진 나무를 치우지 않아 할아버지에게 가기 위해서는 나무 터널 같은 구간을 지나야 했다. 새미는 쓰러진 나무 아래 좁은 공간을 통과하는 것이 좋아 선산에 가면 그 구간만 기다렸다. 두번째 조상님 무덤까지는 딴생각만 했다. 할머니가 큰할아버지 부부 무덤에 돋아난 잡초를 뽑고 있을 때 새미는 생긴 지 얼마 되지 않은 할아버지 무덤을 내려다보았다.

'새 무덤인 티가 너무 난다…… 잔디도 그렇고 비석도 어딘가 어색해……'

할아버지 무덤에는 계속 바라보게 하는 무언가가 있

었다. 그렇게 바라보다 새미는 수상한 무언가를 실제로 발견하기도 했다.

"할아버지 무덤 이상한데."

"뭐가!"

"무덤에 구멍이 났잖아."

"에구머니!"

 무덤 뒤쪽에 커다란 구멍이 나 있었다. 구멍이 깊이 패어 잔디가 다 떨어져 나간 것은 물론이고 거의 관짝이 보일 것만 같았다. 할머니는 허둥지둥 거의 눈물을 흩뿌리며 집으로 달려갔다. 그날 저녁 아빠 엄마, 작은아빠 작은엄마가 할머니 집으로 모두 급히 모여 할아버지 무덤이 파헤쳐진 연유와 그 해결 방법에 대해 긴 시간 동안 이야기를 나누었다. 할머니는 내가 칠십 평생 원한 살 짓을 한 적이 없는데 누가 이런 짓을 하겠느냐고 말하다가 또 한번 울어버렸다. 사람이 한 짓은 절대 아니니까 어머니 너무 상심하지 말라고 아빠가 위로를 건넸다. 네 사람은 아무래도 선산에 사는 멧돼지들의 소행인 것 같다고 했다. 할아버지가 묻힌 지 얼마 안 되어서 냄새가, 그러니까 시체 썩는 냄새가 나서 산짐승들이 무덤을 파본 것 같다고. 처음에 아빠는 냄새라고 말하기도 조심스러운 듯 보였는데 몇 번 그렇게 그런 것 있잖아요, 아버지가 그렇게 된 지 얼마 안 됐으니까 산짐승들 그 기막힌 후각으로는 또…… 아무것도 특정하지 않는 말로 애를 먹은 뒤에는 에잇 그냥 시체 썩는 냄새라고까지 자연스럽게 말할 수가 있었다. 다음날 네 사람은 할아버지 무덤 둘레에 나무 울타리를 세우고 비닐로 무덤을 꽁꽁 덮어두고는 점심 지나 각자의 집으로 돌아갔다.

*

새미는 다시 할머니 곁에 남았다. 있던 대로 있었던 것이지만 무덤 사건을 겪고 나니 꼭 새로운 임무를 안고 다시 돌아온 것 같았다. 네 사람이 돌아간 뒤 할머니는 몸져눕거나 하지는 않았고 역시 그날의 남은 일과로 돌아갔다.

다음날 새미가 아침에 일어나 물그릇 채우기를 도우려고 보니 그릇이 네 개밖에 없었다. 네 개쯤은 할머니가 번개처럼 옮기고 씻고 채울 수 있었기 때문에 새미는 빈손으로 창가 물그릇들이 남은 물을 찰랑거리며 부엌으로 옮겨지는 것을 바라보았다.

"왜 그릇이 이것밖에 없어?"

"네 할아버지한테 이것저것 말하려고 몇 개 더 놔뒀

던 건데 그 양반 내 말 들어줄 정신이나 있겠어. 그렇게 무덤이 어 그렇게 됐는데."

 닦을 것도 없는 물그릇을 벅벅 문지르는 할머니의 뒷모습을 바라보며 새미는 마음이 무거워졌다. 개수가 줄어든 대신 할머니는 훨씬 긴 기도를 올렸다. 평소보다 높아진 목소리 탓에 새미도 기도 내용을 모두 알아들을 수 있었다. 본래 그릇마다 기도 제목이 다르다고 했는데 기도 대신 하소연이 많아져 모든 그릇의 기도가 비슷해지고 있었다. 제가 얼마나 힘들게 살아왔는지 하늘만은 알 거라고 생각했는데 어제처럼 그런 변고가 있을 줄은…… 내가 저승에서만큼은 편하게 살고 싶어서 얼마나 힘들게 살았는데 영감 가는 길까지 그러는 법은 없지 않아요…… 나는 그 옆자리에 들어가 누워야 하는데 어떻게 눈을 감을 수 있을까 무섭고 불안해서 어떻게…… 할머니는 어깨 들썩이며 울기까지 했다. 흔들리는 꼬부랑 뒷모습을 보니 새미도 눈물이 나올 것 같았지만 할머니 기도를 망치면 안 될 것 같아 밖으로 나왔다.

 더운 여름바람이 불어올 때마다 뒷집 보리밭 보리들 흔들리는 소리가 들려왔다. 바람 따라 보리들이 일제히 쏴 하는 소리 내며 허리를 굽히고 다시 고요히 원래 모습을 회복했다. 보리들은 더위일랑은 모르는 것처럼 살랑거렸다. 새미의 이마에는 땀방울이 금세 송골송골 맺혔는데.

새미는 보리밭 쪽으로 걸었다. 보리밭 반대쪽 산 아래로 내려갈 수도 있었지만, 그리고 그 길도 아빠 차 타고 매번 지나던 길이라 영 모르는 것도 아니었지만 혼자 걸어본 일이 없어 새미는 할머니와 매일 걷던 보리밭 방향으로 접어들었다. 할머니와 걸을 때에는 보리밭 길 정도야 선산으로 가기 위한 통로라는 것밖에 다른 의미가 없었지만 혼자 걸으려니 그 길까지도 지나치고 마는 공간이 아니라 하나의 중요한 목적이 되어버린 것 같았다. 엄마도 아빠도 없이, 할머니도 없이, 새미는 혼자 걸었다. 짧은 시간 새미는 울고 있는 할머니마저 잊고 혼자 있다는 낯선 감각에 골몰하게 되었다. 보리밭을 거의 벗어났을 때에는 자신이 내내 보리밭 고철 울타리를 손으로 짚고 있었다는 것을 알았다. 새미는 황급히 손을 뗐다. 울타리 틈에 끼어 있던 까만 먼지가 손에 옅은 흔적을 남겼다. 새미는 주먹을 쥐었다 폈고 그렇게 몇 번 쥠쥠 한 뒤 선산까지 걸었다.

가장 오래된 무덤을 지나 위쪽으로, 다시 아래로 갔다가, 쓰러진 나무를 지나 할아버지에게로. 새미는 할아버지 무덤으로 곧장 향하는 길을 알 수가 없어 할머니와 거쳤던 순서를 차곡차곡 밟아나갔다. 주먹 꼭 쥐고 큰할아버지 무덤 구역에 접어들어 아래쪽 할아버지 무덤을 바라보았을 때, 새미는 자신이 내내 고철 울타리를 쥐고 걸었다는 걸 깨달았을 때처럼 놀라 도망치지도 못하고 그 자리에 주저앉았다. 멧돼지 한 마리가 그새 울타리도 비닐도 헤치워버리고 또다시 무덤을 파헤치고 있었다. 새미가 엉덩방아 찧는 소리를 들었는지 멧돼지가 뒤를 돌아보았다.

"이런, 왜 벌써 와?"

멧돼지 목소리가 가늘고 높아 새미는 왠지 마음이 놓였다. 새미가 할말을 찾지 못하자 멧돼지가 다시 한번 물었다.

"이렇게 일찍 왜 온 거야. 점심 먹고 올 줄 알았는데……"

"뭐 하는 거예요. 울타리 또 부수면 어떡해요."

"나쁜 짓 한 거 아니야. 말하자면 긴데 이걸 다 말해줘야 하나. 어이, 다 끝났어? 어린애가 벌써 왔어. 애한테 설명해줘야 돼 말아야 돼?"

멧돼지는 파헤친 구멍 안으로 높은 목소리를 더욱 높여 소리쳤다. 그러자 구멍 안에서 그보다 굵은 목소리가 답했다.

"뭐야, 누가 벌써 온 거야? 다 끝났는데 하필 지금."

곧 구멍 바깥으로 또 다른 멧돼지가 모습을 드러냈다. 그 멧돼지는 등에 커다란 돌을 이고 있었다. 그 두 마리는 새미에게 뭔가를 말해줄까 말까, 그것보다 급한 것은 할일을 마치고 수습을 해두는 것이지 않겠니, 아니면 그냥 아무 말 하지 말고 갈 길 갈까, 속삭이며 한참 대화를 했다. 그때 구덩이 안에서 불쑥 할아버지가 고개를 내밀고 왜 이렇게 오래 걸리냐고 이제 바윗덩어리도 치웠으니 그냥 내려가면 되는 거냐고 멧돼지들을 향해 물었다. 할아버지는 장의사가 꼼꼼히 입혀준 수의를 곱게 차려입어 생전 작업복 차림이던 때보다 모든 게 좋아 보였다. 멧돼지들은 당황한 듯 아무 말도 하지 못하고 눈동자만 굴렸다.

새미는 "할아버지!" 부르며 구덩이로 돌진했다. 할아버지는 뛰어오는 새미를 보고 반가워하기는커녕 멧돼지들보다 더 당황한 듯 구멍 안으로 다시 몸을 숨겼다. 수의 자락이 펄럭 아래로 사라졌고 새미도 뒤따라 내려갔다. 구덩이 아래로는 긴 원형 계단이 계속되었다. 아무리 불러도 할아버지는 멈출 생각이 없는 듯 점점 더 빠르게 내려가면서 "새미 여기 오면 안 된다! 돌아가!" 소리쳤다. 목청도 살아생전보다 듣기 좋고 힘이 있어 할머니가 듣는다면 얼마나 좋아할까, 기대로 새미의 발걸음이 가벼워졌다. 뒤늦게 멧돼지들도 따라오는 듯 위쪽이 소란스러웠지만 새미는 오직 아래로 아래로 할아버지의 희디흰 옷자락만 쫓았다.

계단은 영원처럼 계속되었다. 깊어질수록 할아버지 수의 자락이 옷인지 빛의 잔상인지 헷갈릴 만큼 어두워져 새미는 이러다 영영 나가지 못하는 거 아닐까, 저승에서의 며칠이 이승에서는 몇 년이 된다는 전설처럼 바깥으로 나가게 된다 하더라도 할머니는 물론이고 엄마 아빠까지 죽고 없는 것 아닌지 걱정되었다. 도로 올라가고 싶었지만 생각뿐이었고 하던 대로 계속 내려가게 되었다. 얼마나 내려왔을까 밑에서 할아버지가 다시 땅을 디디고 어딘가를 향해 뛰어가는 것이 보였다.

할아버지는 왼손에는 노잣돈을 꼭 쥐고 흔들며, 오른손은 누군가를 불러 세우려는 듯 급히 휘저으며, 그렇게 양손을 펄럭이며 멈춤 없이 달렸다. 할아버지 앞으로는 너른 강이 흘렀고 막 지고 있는 해가 강을 시뻘겋게 물들였다. 저무는 태양을 향해 달려가는 할아버지 뒷모습, 새미는 어쩐지 눈물이 났지만 닦을 새도 없이 발길을 재촉했다. 지금 놓치면 영영 기회가 없으리라는 예감이 다른 사사로운 고민을 뒤로 미뤄주었다. 할아버지는 강가에 다다르자마자 그곳에 정박해 있는 나룻배 위의 남자에게 노잣돈을 몽땅 건네주었다.

"얼른 출발해! 얼른!"

할아버지가 남자에게 말했다.

"노는 직접 저어야 해요. 나는 동행만 합니다."

남자가 말했다. 남자는 인상이 좋지 않았다. 흰자가 눈동자 크기만큼 위아래로 노출되어 있어 눈을 마주치는 데도 용기가 필요했다. 나룻배라고는 몰아본 적 없을 할아버지가 남자와 실랑이하고 있을 때 새미도 마침내 강가에 다다랐다.

"할아버지 어디 가. 나랑 같이 다시 올라가."

노를 쥔 두 손에 한껏 힘을 준 탓에 할아버지의 붉은 손이 희어졌다. 할아버지는 마침내 새미를 바라보고 새미가 알던 느리고 고저 없는 말투로 위로 올라갈 수 없는 이유를 설명해주었다. 물고기가 물 밖에서 오래 살 수 없는 것처럼 할아버지는 이제 물 아래 사람이 되어버려서 밖으로는 다시 나갈 수가 없다, 잠깐 나갈 수는 있어도 살아갈 수는 없다고 했다.

"나는 여기서도 이렇게 숨 잘 쉬는데요."

"여기는 완전한 물 아래라기보다는…… 물 아래로 가는 통로 같은 거야. 하지만 역시 통로에서 평생을 살 수는 없잖니. 통로는 거쳐가는 곳이지. 거쳐가는 곳은 거쳐가야 한단다."

온통 은유뿐인 할아버지 설명을 완전히 이해할 수는 없었지만 부리부리한 눈의 뱃사공이 더이상 기다려줄 수 없다는 듯 한숨을 쉬었고 새미는 그것이 무서워 할아버지를 보내줄 수밖에 없었다. 사실 새미는 할아버지와 함께 보낸 시간이 많지 않아 어떤 말로 붙잡아야 할지도 잘 몰랐다. 작별 인사로도 적당한 말이 떠오르지 않아서 그저 "할아버지 그럼 안녕. 할머니 무릎 좀 낫게 해줘" 전하며 손을 흔들었다. 할아버지는 그래, 그려…… 하며 직접 노를 저어 강 너머로 멀어졌다. 할아버지가 젓는 나룻배는 금방이라도 뒤집힐 것처럼 크게 흔들렸는데 그럴 때마다 뱃사공이 두 발로 중심을 잡아주었다. 도무지 할말이 떠오르지 않는 게 속상해 새미는 강가에 앉아 오래 울었다. 차라리 눈물이 나와 다행이라는 생각이었다.

*

꽉 짜인 나날을 보내는 계획적인 사람인 것치고 할머니는 갑작스러운 방문에도 늘 이미 준비하고 있었던 것처럼 대접을 했다. 아빠 엄마는 매번 할머니 집에 방문했다 집으로 돌아가는 차 안에서, 할머니가 열심을 다하는 일들 중에 원래 할머니 일이 아니었던 것이 많다는 이야기를 했다. 선산을 지키는 것도 둘째 며느리인 할머니의 일이 아니었다. 다른 많은 일들처럼 선산 돌보기 역시 할머니에게 일시적으로 맡겨졌던 순간이 있었을 것이고 할머니는 역시 준비된 자의 자세로 최선을 다해 그 일도 자신의 일과로 만들어버렸다. 성묘 때마다 선산으로 모여드는 친척들 식사 준비하기도 할머니의 일이 아니었고 선산에 묻힌 조상들 제사 모시기도, 명절 때마다 차례 지내기도 모두 둘째 며느리인 할머니의 일은 아니라고 했다. 하지만 할머니는 그 모든 일들을 자신이 마땅히 해야 할 일로 받아들였고, 계절마다 종류가 다른 할일들이, 주로 손님을 아무 대가 없이 대접해야 하는 그런 일들이 대상만 바뀐 채 반복되었다. 결국 할머니는 왼쪽 무릎 연골이 다 닳아 없어져 인공 관절을 끼워넣는 수술을 했다. 왼쪽 무릎에 가짜 관절을 삽입하고 삼 년이 지난 뒤에는 오른쪽 무릎도 운명을 다해 같은 수술을 치러야 했다.

할머니는 뒷마당 텃밭을 짓밟으며 달려온 멧돼지 두 마리에게도 마땅한 대접을 했다. 그날 저녁 멧돼지 손님들의 방문이 예정돼 있었다는 듯 능숙하게 상을 차렸다.

엉망이 된 텃밭 앞 상을 펴고 앉아 멧돼지들에게는 삶은 돼지고기를, 저승 앞에서 길을 헤매다 멧돼지에게 업혀 온 손녀에게는 흰죽과 간장을 내주었다. 어쩐지 밝은 기운이 남아 있는 듯한 여름밤 하늘이 텃밭의 작물들은 더욱 짙게, 상 위의 음식들은 더욱 선명하게 만들었다. 새미가 흰죽에 간장을 뿌린 심심한 음식을 입에 넣을 때마다 텃밭에 심긴 가지며 상추며 애호박이 내뿜는 숨이 함께 들어왔다. 이것들을 반찬 삼아 먹는 것도 가능하구나. 새미는 여름밤이 열어준 새로운 맛에 죽 한 그릇을 싹 비울 수도 있을 것 같았다. 멧돼지도 더이상 무섭지 않았다. 할머니는 죽과 밥과 돼지고기를 오가며 식사를 했다. 멧돼지들이 뭉갠 가지와 상추도 깨끗한 부분만 도려내 씻어 먹었다.

멧돼지들은 허겁지겁 돼지고기 몇 점 주워 먹은 뒤 그제야 텃밭을 살폈다. 텃밭이 처음부터 그 꼴은 아니었다는 사실도 그때 알아차린 것 같았다. 큰 멧돼지 작은 멧돼지 둘은 서로 눈치를 살폈지만 할머니에게 죄송하다거나 그런 말은 하지 않았다. 할머니도 별달리 궁금한 것이 없었는지, 아니면 그렇게 침묵하며 말을 꺼낼 최선의 때를 살피는 게 어른들의 법칙이라서 그런 것인지 한참을 말 없는 식사가 계속되었다. 목에 건 휴대폰이 울리자 할머니가 잠깐 자리를 비웠다.

새미는 멧돼지들과 혼자 남겨진 것이 어색했다. 뭐 어떻게 된 건지 잘 모르겠지만 데려다주셔서 고맙습니다, 말하는 게 예의겠지 망설이던 찰나 할머니가 아빠에게 전화가 왔다고 휴대폰을 건넸다. 할머니는 잘 계시는지, 끼니때마다 뭘 먹는지 매일 똑같은 질문들이었고 오늘 별일 없냐는 마지막 질문 차례가 되었을 때 새미는 오늘 있었던 일 이야기를 해야 할까 또 한번 망설이다가 멧돼지 둘과 할머니를 한번 휘둘러보고는 별일 없다고 말했다. 어어, 이제 밥 먹고 자야지. 어어. 할머니와 멧돼지 둘은 통화하는 새미를 바라보았다. 진짜 별일 없었다니까. 어어, 괜찮으셔. 아빠도 잘 자.

"기왕 저래 놓은 김에 저기서 자고 가. 선산에서 자봤자 위험한 것들이 드글드글해 선잠밖에는 못 자지."

멧돼지들은 삶은 돼지고기와 쌈채소, 새미가 남긴 흰죽까지 다 먹어치우고는 막걸리도 세 병을 비웠다. 할머니가 매일 아침 고르고 고른 텃밭 흙은 선산의 마른 흙과는 비교할 수 없을 만큼 폭신했고 멧돼지들은 훌륭한 잠자리에 대한 유혹을 뿌리치지 못했다. 뿌리칠 이유도 없었다. 다만 냉큼 고맙다고 하기에는 머쓱했는지 우물쭈물 텃밭 쪽으로 걸음을 옮겼다. 상을 치우면서 할머니는 멧돼지들 쪽은 바라보지도 않고 한마디 덧붙였다.

"내일 아침에 산으로 돌아갈 때 나도 같이 가. 거기 땅 한번 미리 밟아봐야지."

할머니는 멧돼지들 대답은 듣지도 않고 그릇들을 추려 계단을 올랐다. 새미도 꾸벅 둘에게 인사하고 이층 침실로 올라가 잘 준비를 했다. 할머니와 나란히 누워 산속 무거운 고요를 뚫는 벌레 울음소리며 바람 소리며 소음들을 헤아리다보니 일층에서 뚝 딱 우그적우그적 시끄러운 소리가 들려왔다. 멧돼지들이 그럼 그렇지 텃밭 야채들 죄다 먹어치우려나봐, 할머니 일어나! 깨우려는데 할머니는 새미의 가슴을 지그시 누르며 받고 싶은 게 있으면 그 마땅한 값을 치러야 한다고 말했다. 할머니는 아무도 원하지 않는 일들을 모두 떠맡아 하는 바보가 아니라 누구보다 뛰어난 어른 같았다. 이게 어른들의 대화구나, 원하는 것을 분명히 말하지 않아도 서로 넌지시 통하는 대화법이다, 값을 치르고 그 대가를 받고. 새미는 왠지 풀이 죽어 가슴팍에 놓인 할머니 손을 치우고 옆으로 돌아누웠다.

*

 아침 메뉴는 미역국. 미역이 푹 익지 않아 씹을 때마다 우그럭 소리가 났다. 아침 먹는 와중에도 부엌에서는 사골 끓이는 커다란 솥에 미역국이 잔뜩 끓고 있었다. 새미가 그쪽을 바라보자 할머니는 미역은 끓일수록 연해지니까 내일이 되면, 또 모레가 되면 더 맛있는 미역국을 먹을 수 있다고 기대하며 오늘의 뻣뻣한 미역을 먹으면 된다고 말했다. 또 색다른 맛이 있기도 있어, 말하며 새미 밥그릇에 멸치볶음을 올려주었다.

 저 솥에 있는 미역국을 다 먹을 때까지 미역국만 먹어야 하는 걸까, 하지만 새미가 그보다 궁금했던 것은 멧돼지 두 마리의 행방이었다. 다시 산으로 돌아간 걸까? 일어나자마자 내다본 창밖 텃밭에는 아무도 없었다. 그 많던 작물들도 멧돼지들과 함께 사라진 뒤였다.

 "벌써 다 간 거야?"

 "그랬지 뭐……"

 할머니는 대답을 얼버무렸다. 표정도 이상했다. 멧돼지들 생각하면 갑자기 죽은 할아버지 생각나서 그렇겠지, 새미는 할머니가 울지 않는 것만도 대단하다고 생각했다. 어젯밤 할머니도 밖에서 멧돼지들이 야채 뜯어먹는 소리를 들으면서 오래오래, 분명 새미보다 한참 더 오래 잠들지 못했다는 것을 새미는 알고 있었다. 멧돼지 가는 길을 할머니가 배웅해준 건지, 멧돼지들 따라 무덤 아래까지 내려갔다 온 건지가 궁금했지만 묵묵히 미역을 씹으며 다른 말이 없는 할머니에게 재차 묻기란 어쩐지 어려워 단념하였다.

일주일 동안 끼니마다 식탁에는 미역국이 올라왔다. 첫날 하루종일 끓인 미역은 둘째 날부터 그 형체를 잃어 국물과 거의 하나가 된, 미역죽의 형상이었다. 이가 없는 사람도 홀홀 먹을 수 있을 만큼 부드러웠다. 아니 형체가 없는 것을 보고 부드럽다고 하지는 않으니 입에 넣기 전부터 미역이 사라진 기분이었다. 미역은 할머니 말처럼 서서히 연해진 것이 아니라, 국에서 죽으로 바로 변해버렸다. 첫날의 미역국은 국이었고 둘째 날 죽이 된 이후에는 쭉 죽이었다. 옆에서 대상을 쉼 없이 바라볼 자신이 없다면 변화는 언제나 갑작스러운 법이었다.

언젠가부터 할머니는 평소보다 일찍 잠들었다. 여느 날처럼 할머니를 따라 잠자리에 든 새미는 정체 모를 허전함을 느꼈다. 이곳에서의 일과란 늘 어딘가 허전했으니 그저 느낌일 뿐일까 떠올리다가 그 남자는 어떻게 됐지, 평생 일용직 전전하며 살았던 그 남자, 부자 아버지가 그 남자가 자신의 진짜 아들이라는 것을 알게 되면서 끝났는데…… 할머니가 매일 저녁 챙겨 보던 일일 연속극을 보지 않고 누운 탓에 허전했던 것이었다. 새미가 허전함의 근원을 눈치챘을 때 할머니는 이미 코를 골고 있었다.

할머니는 선산에도 더이상 가지 않았다. 물그릇에 기도드리던 것도 관두고 텃밭도 제대로 돌보지 않았다. 그 시간에 할머니는 수십 개의 통장을 번갈아 들여다보았고 아끼는 옷들을 하루에 몇 벌씩 정성스레 돌보았다. 어디선가 스팀 뿜어대는 커다란 기계를 빌려와 옷에 뿌린 뒤 다리미로 구석구석 다리고 비닐을 씌워 다시 걸어두었다. 주로 집안에서의 일들. 새미가 곁에서 내내 지켜보기에는 따분한 일들이었다.

새미는 새미만의 일과를 찾기로 했다. 할머니가 바스락바스락 집을 누비는 동안 종일 텔레비전을 보거나 오래된 책을 읽거나 그것도 아니면 그림을 그렸다.

새미가 그리는 그림은 얼굴이 모두 똑같았다. 학교에서 친구가 칠판에 단 몇 개의 선만으로 미소녀 얼굴을 슥슥 그려내는 것을 보고 몇 번씩이나 더 해보라고 요청해 배운 화법이었다. 친구의 그림에는 순서도 정해져 있어 외우기가 편했다. 바로 따라 할 수 있었다. 먼저 약간

납작하되 턱만은 뾰족한 얼굴형을 그린다. 왼쪽 테두리에는 이후에 눈을 그릴 틈을 남겨두고, 오른쪽에만 귀를 그려준다. 왼쪽 눈은 코까지 이어지도록 한번에 그려내고, 오른눈은 왼쪽보다 더 길고 크게 그린다. 속눈썹, 원한다면 쌍꺼풀도 그릴 수 있고, 여기까지 끝냈다면 눈썹까지는 일사천리. 머리는 아무렇게나. 머리를 그리는 건 일도 아니다. 눈썹 위까지 이마를 빼곡히 덮어주기만 하면 된다. 귀걸이나 목걸이 역시 원하는 대로 선택할 수 있었다.

새미는 몇 개의 선만으로 아름다운 얼굴을 그릴 수 있는 것이 좋아 매번 똑같은 그림만 그렸다. 머리는 길어지거나 짧아졌지만 결국 같은 사람이었다. 그린 뒤에 다시 들여다본 적은 한 번도 없었다. 미소녀는 언제든 그릴 수 있고, 그림 자체보다는 어떤 법칙으로써 언제 어디서나 존재하는 그림이었다.

새미가 자신의 그림을 다시 들여다본 것은, 할머니가 저녁 먹기 전 간식으로 부쳐준 배추전 접시를 들고 그림 그리던 종이들이 널브러져 있는 서랍장 앞을 지날 때였다. 같은 생김새의 미소녀 얼굴들 속에 뭔가 다른 것이 있었다.

미소녀 곁에는 멍청한 얼굴의 괴소녀가 서 있었다. 왼

쪽 눈과 코가 이어져 있고 얼굴형이 납작한 것으로 보아 미소녀와 전체적인 구성이나 그리기 순서는 비슷해 보였지만 결과물은 전혀 달랐다. 새미의 미소녀들은 얼굴 밖에 없었지만 괴소녀는 팔다리를 모두 갖추었고, 주변을 둥둥 떠다니는 미소녀의 새침한 얼굴들을 한주먹으로 덮쳐버릴 것처럼 섬뜩하고 뒤를 모르는 얼굴로 멀뚱멀뚱 서 있었다.

"할머니 이거 할머니가 그린 거야?"

"어. 있길래 따라 그려봤다. 왜 팔다리를 안 그려 너는."

대답하는 할머니 얼굴을 자세히 바라보니 파마기 없는 짧은 머리에 짤막하고 굵은 팔다리, 크고 처진 눈, 주름이 많아 구불구불한 얼굴 윤곽이 꼭 괴소녀 같았다. 무슨 귀신처럼 얼굴만 그려놨어, 낄낄 웃는 할머니의 모습은, 더이상 무릎이 닳도록 사람들에게 음식을 내어주는 그런 이가 아니었고 막강하고 사악한, 어른 중의 어른처럼 보였다.

*

새미의 불안한 예감대로 그날 밤 꿈에 괴소녀가 출현했다. 잇병 난 자리를 혀로 자극하며 예견된 고통을 자꾸 찾게 되는 것처럼 새미는 괴소녀가 꿈에서까지 자신을 괴롭히리라는 것을 예감하면서도 그에 대해 생각하기를 멈출 수가 없었다. 처음으로 집에 돌아가고 싶었다. 엄마 아빠에게 전화가 오면 오늘은 별일 있다고 해볼까, 그러기에는 전화가 새미가 아닌 할머니에게 걸려왔고, 바로 앞에서 할머니가 바라보고 있는 와중 집에 가고 싶다고 말하기는 곤란했다. 괴소녀는 꿈에 교묘한 방식으로 등장했다. 새미를 직접 괴롭히는 것이 아니라, 새미가 아끼는 강아지 모양 베개의 흰 얼굴 부분이 반으로 갈라져 한쪽이 붉은색으로 흠뻑 물들더니 베개가 공중에 붕 떠 새미 쪽으로 천천히 다가오고 있을 때 베개만 보이던 시야가 일순간 넓어지고 그 뒤에 가만히 선 괴소녀가 드러나는 식이었다. 괴소녀의 은근한 등장에 새미는 밤잠을 설치다 결국 윽 소리 지르며 깼다.

할머니가 곁에 없었다. 거실에 나가 있는지 불빛이 방으로 새어 들어왔다. 시간은 새벽 네시. 새미는 할머니? 부르며 거실로 나갔다. 할머니는 부엌 등만 켜두고 거울 앞에서 화장을 하고 있었다. 곱게 다린 옷을 입고 구르프로 머리도 말고 있었다. 입술에는 진한 적갈색 립스틱을 발랐고 탁상용 거울 앞에는 처음 보는 화장품들이 잔뜩이었다. 할머니가 아닐 수도 있다는 생각에 새미는 발이 굳었고 오줌이 마렵다는 감각, 여기서 뭔가 더 큰, 예상치 못한 자극이 주어지면 오줌을 줄줄 싸고 말 거라는 예감도 동시에 들었다. 할머니는 눈썹을 그리다 말고 왜 벌써 깼느냐고 물었다. 진한 화장으로도 할머니의 당황한 표정까지 감출 수는 없었다.

"어디 가?"

"어어…… 뭐냐 그……"

할머니는 새미가 아닌 그 너머를 보고 있었고, 새미가 뒤를 돌아본 곳에는 텔레비전이, 텔레비전 뒤 큰 창문이, 그리고 창밖 계단참에는 멧돼지 두 마리가 서 있었다. 멧돼지들은 집 안쪽의 둘보다 더 놀란 듯 이쪽을 바라보았다가 서로를 바라보았다가 짧은 앞다리 들고 휘이휘이 아마 안녕, 하는 것 같은 몸짓을 했고 그러다 중심을 잃고 휘청거렸다.

새벽녘임에도 더운 여름 공기가 온몸에 들러붙었지만 긴팔을 꼭꼭 챙겨 입고 새미는 다시 할아버지 무덤 앞에 섰다. 멧돼지 둘과 할머니도 함께였다. 할머니는 오는 길 내내 멧돼지들에게 농을 걸었다. 얘는 지금 이렇게 갔다 오면 몇십 년 뒤에나 다시 올 텐데 그럼 스틱스 강도 지금의 스틱스 강이 아닐 텐데 말이야. 얘는 그냥 어디 동굴 갔다 온 걸로나 기억하겠지. 멧돼지들도 그렇겠죠, 할머님, 꾀꼬리 같은 목소리로 이야기하며 킬킬거렸다. 멧돼지 둘이 합심해 할아버지 무덤에 난 지하 입구를 찾아냈다. 덩치가 더 큰 멧돼지가 등을 낮추고 할머니가 그 위에 탔다. 작은 멧돼지도 이어 새미를 등에 태웠다. 멧돼지 타고 아래로 아래로 내려가는 길은 지난번 할아버지 쫓아 허겁지겁 내려가던 길보다 훨씬 길게 느껴졌지만 마음만은 편안하고 좋았다. 둥실둥실 구름에 실려가는 기분이었다.

계단이 끝나는 지점, 새미네 일행을 마중 나온 사람이 있었다. 부리부리한 눈 덕분에 새미는 그가 누군지 한눈에 알아보았다. 새미가 어, 마음속으로 먼저 흠칫 놀라 어, 하고 입 밖으로 내뱉기도 전에 그는 더 큰 멧돼지 쪽으로 다가가 할머니가 내리는 것을 도와주고는 긴긴 키스를 했다. 할머니와 그는 키스를 아주 오래했다. 그는 키도 아주 커서 할머니가 그의 목에 두 팔을 감고 까치발을 들어야 했다. 그는 할머니의 허리를 두 팔로 감은 채로 키스하다가 할머니를 들어올리고 빙빙 돌리기도 했다. 할머니의 키는 작은 멧돼지보다 조금 커서 그가 들어올리는 대로 훌쩍 높아졌다. 그의 큰 눈은 꿈벅거릴 때 다른 사람들보다 훨씬 오래 걸렸다. 덕분에 할머니를 바라보며 꿈뻑, 하는 눈빛이 다정해 보였다.

"새미야, 이이는……"

할머니의 소개가 시작되기 전에 그가 말을 가로챘다.

"안녕, 새미. 우리 구면이지. 나는 카론이야. 카론이라고 해."

그가 새미에게 손을 내밀었다. 새미도 역시 손을 내밀어 그의 손을 마주잡았다.

"새미가 할아버지를 아주 좋아하는 모양이던데 음 설명이 좀 필요하겠어."

카론은 목소리가 좋았다. 영어를 말하는 것 같은 목소리로 한국말을 했다. 카론은 할머니와 새미의 손을 모두 잡고 걷기 시작했다. 카론은 뱃사공이었지만 노를 젓지 않아 손 안쪽이 새미의 어린 손처럼 부드러웠다. 그들은 오른쪽으로 강을 끼고 숲속을 걸었다. 새미는 걷는 내내 그때 왔을 때는 여기 텅 비어 있었던 것 같은데, 갑자기 숲이 생겼다, 다른 길인가, 생각했지만 아무 질문도 하지 않았다. 숲은 분명 우거져 있었지만 우거졌다는 느낌보다는 둥글둥글 주렁주렁 같은 말들이 더 어울렸다. 새미 눈높이보다도 높은 곳에 정체를 알 수 없는 커다란 열매들이 열려 있었다. 새미야 이건 가지야, 이건 당근이야, 이건 토마토고 양배추야. 할머니가 나무 하나 지날 때마다 알려주었고 새미는 각각의 나무와 멀어지고 나서야 그 열매의 정체를 파악할 수 있었다. 가지 당근 토마토 양배추가 맞았지만 아주 커다란 가지 당근 토마토 양배추였다. 새미가 그 위에 거뜬히 탈 수 있을 만큼 열매들은 모두 복스럽고 너그러운 얼굴이었다.

한강에 피크닉 나온 것처럼 강가에 돗자리를 폈다. 카론에게 예쁜 매트가 있었다. 샌드위치도. 매트를 펼치고 나서는 할머니를 한번 꼭 껴안았다. 샌드위치 안의 야채들은 모두 정사각형이었다. 야채의 전체를 짐작하기 어려운 정확한 정사각형. 저 머리 위 야채들을 샌드위치에 넣을 만한 크기로 도려내면 이런 형태가 되는 거겠지. 저것들을 집에 하나씩만 갖다 놔도 샌드위치를 아마 삼백 개는 만들 수 있지 않을까. 맛은 비슷했다. 언제나 맛있는 샌드위치 맛이었다. 강 바라보며 돗자리에 앉아 샌드위치를 먹으니 정말 소풍을 나온 것 같았지만 이곳은 스틱스 강이어서 사람들이 자꾸만 물속으로 뛰어들었다. 각자 챙겨 온 색색깔의 패들을 옆구리에 끼고, 방금 막 딴, 조각나지 않은 커다란 야채를 타고. 야채 위에 몸을 실은 사람들은 물에 빠지자마자 다시 둥실 떠올라 그때부터는 열심히 노를 저어 강 건너편으로 향했다. 몇몇 사람들은 이쪽을 보고 손을 흔들어주기도 했다. 이게 다 새미 네 할머니가 여기 스틱스 강가에 텃밭을 가꾼 덕분이야, 카론은 새미에게 샌드위치 하나를 더 건네며 이야기했다.

"여기 흙에서는 야채가 다 저렇게 자라. 엄청 커 새미야."

할머니가 말했다. 카론의 손가락을 주무르면서.

할머니는 집에 멧돼지가 찾아와 뒷마당 텃밭에서 자고 간 바로 다음날, 일찍 일어나 멧돼지들과 함께 이곳을 찾았고 잠깐 할아버지에 대한 회한에 젖었다가 곧바로 발 디딘 땅의 흙이 범상치 않음을 알아차렸다. 그다음 날에는 씨앗을 가져다 심었다. 씨앗은 빠르게 컸다. 줄기가 자라고 잎이 나고 꽃이 피고 진 뒤 열매를 맺는 과정을 앉은 자리에서 모두 볼 수 있었다. 강 바로 앞에 흘린 씨앗 역시 무럭무럭 자라 열매를 맺었고 열매가 강에 떨어지자 물에 둥둥 떴다. 카론은 그 열매를 보고 이렇게 저렇게 고민을 해보다가 수천 년 매달려온 뱃사공 일을 그만두었다. 사람들이 노를 직접 젓는 것은 마찬가지였으니 배 위에서 내려오기만 하면 되는 간단한 일이었다. 할일이 없어진 카론은 매일 새벽 강가를 찾아 텃밭을 가꾸는 할머니와 사랑에 빠졌다. 할머니 역시 곧 카론을 사랑하게 되었고 함께 강에서 멀리 떨어진 황야에 집을 짓고 살기로 했다. 카론에게는 망자들에게 받아둔 노잣돈이 넉넉히 있었다. 할머니는 이승으로부터 여기로 이사 올 준비를 매일 조금씩 해두었다. 옷을 다리고 정리하고 꼭 챙겨 가야 할 물건들의 목록을 적어두었다. 그렇게 카론과 함께할 영원을 천천히 준비하기로 하고 그전까지는 매일 새벽 만나기로 약속.

할머니가 들려준 얘기는 새미가 샌드위치 하나를 다 먹기 전에 끝날 만큼 짧았으나 또 그렇게 끝낼 수 있을 만큼 간단한 것 같지는 않았다. 새미는 이야기하는 할머니 얼굴이 너무 기뻐해 잘 모르겠지만 잘된 일이겠지, 할머니에게는 무척 행복한 일일 거라고 결론짓기로 했다.

"애한테 말하니까 속이 다 시원하다. 그치?"

할머니가 새미를 보다가 카론을 보았다. 카론의 손을 계속 주물주물. 카론은 새미 머리를 쓰다듬더니 용돈으로 이십 달러를 주었다.

"이런 돈은 처음 봐요."

새미가 말했다.

*

여름방학이 끝나기 닷새 전 새미는 다시 집으로 돌아왔다. 어느 날 아침에는 엄마 아빠에게도 네모네모 샌드위치를 만들어주고 싶어 부엌에 몰래 나와 재료를 손질했다. 새미는 모든 재료를 정사각형이 되도록 자르려고 애썼는데 그러려면 정사각형 틀에서 어긋난, 재료의 거의 절반에 해당하는 부분은 못 쓰게 됐다. 엄마는 방에서 나오자마자 뭐야! 너 이거 다 잘라 버리고 뭘 하겠다는 거야 이 비싼 거! 면박을 주었고 새미는 며칠 만에 샌드위치 만들기를 그만두었다. 그러자 샌드위치에 대해서는 생각할 필요가 없어져 곧 네모네모 샌드위치를 잊어버리고, 네모네모 샌드위치를 먹었던 스틱스 강가와 강가에 열린 커다란 열매들을 잊어버리고, 카론, 카론의 부리부리한 눈만은 선명한데 그 나머지는 가물가물하다, 대머리였나? 종내 카론의 이름마저 잊어버렸을 때쯤 새미가 학교에서 돌아오니 회사에 있어야 할 아빠가 거실 소파에 앉아 엉엉 울고 있었다. 엄마가 새미를 부엌으로 데려가더니 할머니가 돌아가셨어, 속삭였다.

"왜?"

"그렇게 됐어."

엄마는 아무 말도 아닌 말을 했다. 새미는 곧 까만 원피스에 까만 구두를 신고 차에 탔다. 아빠는 조수석에서 계속 엉엉 울었고 엄마가 한참 운전을 했다. 내린 곳은 세일링 용품점이었다. 무슨 패들로 해야 하지, 할머니가 무슨 색깔을 좋아하셨더라? 밝은색으로 해야 하나, 눈이 침침하신 그런 것도 고려해야 하나요? 엄마만은 정신을 차리고 점원에게 의견을 구하고자 했지만 아빠는 할머니가 무슨 색을 좋아했는지는커녕 어떤 말도 하지 못하고 계속 울기만 했다. 마침내 할머니를 위해 군청색 패들 한 쌍을 구입해 차 트렁크에 싣고는 그제야 장례식장으로 향했다. 새미로서는 할아버지 장례식 이후 두번째 참석해보는 장례식이었다. 엄마 아빠는 불과 일 년도 지나지 않은 할아버지 장례식 때 패들 따위 없었다는 것을 기억이나 할까? 그 기억이 남아 있다면 이렇게 자연스러울 수는 없을 텐데, 언제 어떻게 이렇게 패들 구입하는 것이 당연한 일이 되어 있을 수 있지, 새미는 식장 대기실 구석에 앉아 땅콩을 먹으며 그런 생각을 했다.

'음…… 그럴 수도 있지……'

새미는 당연하게 구는 사람들이 알지 못하는 것을 모두 알고 있었지만 그것들은 벌써 약간은 흐릿해졌고 흐릿해진 장면들을 언어화하기에는 상당한 노력이 필요해 그러지 않기로 했다. 어쨌든 할머니는 잘 살고 있을 것이다. 그것만은 확신할 수 있었다. 그래도 장례식장에 와 있으니 눈물이 나 새미는 조금 울었다. 다른 생각이 들지 않는 진짜 눈물이었다.

마음대로 우는 벽세계

남미 여행을 다녀온 친구가 선물로 준 이 벽시계에는 여러 기능이 있다. 우선 시각을 알려주는 기본적인 기능. 똑딱똑딱 시곗바늘 소리가 유난히 큰 것 말고는 특별할 게 없었다. 정각이 되면 상단에 달린 작은 문을 열고 빨간 뻐꾹새가 튀어나온다. 남미에서 제조된 시계인 만큼 높은 확률로 앵무새일지도 모르는 뻐꾸기는 시곗바늘의 투박한 소음에 지지 않으려는 듯 정각만 되면 빠꾹! 하고 크게 울었다. 우리집에 놓여 있는 것, 달려 있는 것, 걸려 있는 것 중 생명력으로는 이 벽시계가 단연 으뜸이라 뻐꾸기는 한 시간마다 거의 벽을 뚫고 날아오르는 것 같았다.

벽시계의 특이점이라면 오른쪽 하단, 주택에 딸린 차

고처럼 작은 시계가 하나 더 딸려 있다는 것이다. 스페인어로 된 일곱 개의 감정 형용사가 시계 방향으로 기쁨에서 화남까지 점진적으로 나아가도록 배치되어 있었다. '기분 시계' 역시 일반 시계와 마찬가지로 원형이었기에 감정은 양극단에서 만날 수밖에 없었다. 기쁨을 나타내는 스페인어인 'feliz'와 격노함이라는 뜻의 'enojado'가 등을 맞댄 모양.

나는 아침에 집을 나설 때마다 어떤 다짐처럼, 기분 시계의 바늘을 feliz로 돌려놓고는 했다. 삐걱삐걱 잘 움직이지도 않는 바늘을 매번 애써 feliz로 향하도록 만들어두는데 왜 귀가 후에는 바늘이 어김없이 enojado를 가리키고 있는 것일까? 바늘이 내 기분에 따라 자동적으로 움직이는 건가? 나는 바늘을 다시 한번 기쁨 쪽으로 향하게 한 뒤 기분 시계에서 눈을 떼지 않았다. 바늘은 미동도 없었다.

—아빠. 아빠가 이거 만졌어?

—뭐가?

아빠는 기분 시계에는 관심도 없었다. 나처럼 매일 기쁜 하루가 되기를 염원하지도 않았으며, 애써 주의를 기울이지 않아도 뻐꾸기가 소리로 정각을 알려주는 것이 그저 기특하다고 하는 사람이었다.

기분 시계의 바늘이 feliz에서 enojado로 52도 움직이는 순간은 찰나에 불과할 테니 벽시계에서 눈을 뗄 수 없었다. 침대 끄트머리에 걸터앉아 바늘 끝을 바라보기만 하면 되는 일이었지만 바라볼 대상이 조악한 나무 시계의 뻑뻑한 바늘이라면…… 마음은 자꾸 먼 곳으로 향했고 나는 뻐꾸기가 또 한번 울기도 전에 떠나버린 마음을 붙잡지 못한 채 그대로 침대에 누워버렸다.

빡꾹! 소리에 아차차 몸을 일으키니 바늘은 다시 enojado를 가리키고 있었다. 오늘만은 물러서지 않겠다고 마음먹은 뒤에도 다짐은 세 번이나 무너졌다. 바늘은 자꾸만 최악의 감정 쪽으로 기울었다. 밤 열두시 사십분, 나는 폐장 직전 저수지에 마지막으로 낚싯대를 던져보듯 다시금 벽시계를 향해 시선을 드리웠다. 바깥에서 새어 들어오는 가로등 빛이 어둠보다 더 짙은 어둠을 집 안 곳곳에 펼쳐놓았다.

새벽 한시가 되자 빡꾹! 소리와 함께 뻐꾸기가 문을 열고 나왔다. 나는 요란하게 등장한 빨간 새에게는 눈길도 주지 않았다. 벌써 한시가 지났다니 과연 몇시까지 버틸 수 있을까 시선은 또 시계로부터 도망치려는데, 뻐꾸기가 기분 시계 위로 포르르 내려앉더니 부리로 바늘 끝을 물고 feliz에서 enojado로 옮기기 시작했다.

마음대로 우는 벽세계 149

―너, 뭐 하는 거야!

―께(Qué)……?

―왜, 왜 그러는 거야. 내 행복을 왜 망치려 드는 건데.

―아이, 노 쎄(Ay, no sé)!

뻐꾸기는 밤눈이 어두운지 엉뚱한 곳을 바라보며 대꾸했다. 나는 이것저것 묻고 싶은 게 많았지만, 그래서 실제로 그렇게 했지만 뻐꾸기는 아이(Ay)— 스페인어 감탄사로 말을 끊고는 다시 문 안으로 날아 들어갔다. 나는 침대에서 일어나 뻐꾸기가 사라진 문 앞에 섰다. 내 엄지발톱만한 크기의 문을 열고 머리통을 들이밀자 아담한 실내가 보였다. 어어…… 머리가 안으로 들어간다, 인간들 중에서도 제법 큰 편인 내 머리가 이렇게 쑥, 그 사실에 놀라 머리를 다시 바깥으로 빼고 주변을 둘러보았다. 어느새 집 안은 바깥이 되었고 시계 내부가 안쪽이 되어 나는 어떤 갈림길에 서 있었다.

후 후 숨을 가다듬은 뒤 머리를 문 안으로 집어넣고 천천히 둘러보았다. 좁고 긴 나무 통로 말고는 아무것도 보이지 않아 그다음에는 팔과 몸통, 다리를 연달아 집어넣어 시계 안으로 진입했다. 통로를 따라 걷다보니 그 끝에 나선형 계단이 이어졌다. 바닥까지 내려가 오른쪽으로 꺾으니 작은 방이 나왔다. 울퉁불퉁한 나무 바닥

한가운데 비스듬한 기둥이 불쑥 솟은 방이었다. 기둥을 기준으로 오른쪽으로는 높은 의자에 좀 전에 마주친 뻐꾸기가 앉아 있었고, 그 아래로는 목각 인형 두 개가 의자 다리에 달린 원형 손잡이를 일정한 속도로 함께 밀며 빙빙 돌았다. 목각 인형이 한 바퀴를 돌자 초침이 틱 움직였고 그렇게 육십 번 반복하자 분침이 통 움직였다.

뻐꾸기는 날 못 본 체하려는 것 같았다. 싸구려 자작나무에 단순한 선으로 양각된 얼굴이었지만 곤란한 감정이 고스란히 드러났다. 내가 의자를 향해 다가가며 목각 인형들의 진로를 방해하자 뻐꾸기는 그제야 아래로 내려와 스페인어로 소리를 쳤다. 인상만큼 말투 역시 단호했다. 스페인어를 몰라 뻐꾸기의 말을 모두 이해할 수는 없었으나 그동안 내게 할말이 아주 많았다는 것만큼은 알 수 있었다.

―메 야모 보리스(Me llamo Boris).

―마이 네임 이즈 기은(My name is Ki-Eun).

보리스라는 이름의 뻐꾸기는 나무 날개를 휘적거리면서 자신의 뜻을 정확히 전하려는 의지를 굽히지 않았으며, 나 역시 그간 내 행복을 망쳐왔던 이유가 궁금해 끝까지 물러서지 않았고 마침내 기분 시계의 바늘이 왜 거듭 enojado를 향했는지 알아냈다. 단순히 알아내는 데

서 그친 것이 아니라 그간 보리스가 겪었을 난처함과 고난까지도 단숨에 이해가 되었다.

방 한가운데 무질서한 꼴로 자리한 기둥은 기분 시계 바늘의 반대쪽 끝이었다. 처치 곤란의 시계 재고로 골머리를 앓던 볼리비아 수크레 지방의 잡화점 주인은 시각을 알리는 시계 본연의 기능이 전부였던 벽시계에 기분 시계를 덧대어 팔았다. 스페인어 형용사가 무려 일곱 개나 가미되자, 적당한 가격의 선물을 찾던 관광객들은 그제야 그 시계를 고르기 시작했다.

그런데 보리스는 그것이 무척 무리한 증축이었다고 열변을 토했다. 돈만 밝힐 줄 아는 주인이 시계를 작동시키기 위해 내부에서 벌어지고 있는 일은 전혀 고려하지 않고 벌인 잘못된 일이었다는 것이다. 기분 시계의 바늘이 이렇게 엉뚱한 곳을 뚫고 나온 바람에 진짜 시계의 업무를 보는 데에는 큰 무리가 생겼다.

사람들은 모두 행복을 원하니까 기분 바늘을 무조건 feliz로 돌려놓겠죠? 하지만 그렇게 되면 진짜 시계 바늘을 움직이는 두 목각 인형이 전혀 움직일 수가 없게 된다고요! 뻐꾸기는 눈물샘이 있었다면 눈물이라도 쏟아낼 기세였다. 바늘이 enojado를 향해야만, 보세요, 이렇게 움직일 수가 있다니까!

보리스는 뻑뻑한 기분 바늘을 매번 다시 돌려놓느라 부리가 다 닳았다며 뻑뻑, 뻑뻑 부분을 몇 번씩이나 강조했다. 의성어야 어느 나라나 서로 비슷하기 마련이니 나는 뻐꾸기가 뻑뻑, 하고 화를 실어 말할 때마다 그 된소리에 괜히 움츠러들었다. 한시도 쉬지 않고 뱅글뱅글 움직이는 목각 인형 둘을 보니 더욱 마음이 좋지 않았다.

―그동안 정말 힘들었겠다……

―에스 세리오(Es serio). 뻑, 뻑!

다시 바깥으로 나오니 한시 사십분이었다. 이십 분 후면 정각을 알리기 위해 뻐꾸기가 나오겠지. 뻐꾸기와 목각 인형 둘의 고충은 충분히 납득되었으나, 나로서도 기분 바늘이 매일 격노함에 놓이는 것을 견디기는 어려웠다. 그렇지 않아도 매일 좋지 않은 기분인데 enojado를 통해 굳이 확인받고 싶지는 않았다. 그렇다고 내 감정만 중시하며 벽시계를 치워버리기에는 뻐꾸기에게도 아빠에게도 미안한 마음이 들었다.

진짜 시계는 그사이 십이 분이 흘러 오십이분이 되어 있었다. 흘러가는 초침을 멍하니 바라보다 오십사분이 되었고…… 문득 마음이 급해져 enojado 표지를 잡고 힘주어 당겼더니 뚝 떨어졌다. feliz 표지도 접착 부분이 지저분하게 남기는 했지만 그럭저럭 깔끔하게 분리해낼

마음대로 우는 벽세계 153

수 있었다. 목공 본드로 두 표지 위치를 바꾸어 붙여두자 내 기분은 언제나 기쁨을 향할 수 있었다. 이로써 해결인가! 한 가지 걸리는 점이 있다면 기쁨에서 화남으로 점차 고조되도록 차례차례 붙어 있는 감정 형용사의 순서가 어그러져 시계의 완성도가 떨어졌다는 것. 두 표지의 위치를 바꾸는 데 일 분도 채 걸리지 않았으니 정각까지 육 분 남은 시점, 나는 나머지 다섯 개 감정들도 떼어내 재배치해보기로 했다. 기쁨과 격노함을 바꿔 붙일 때에는 시계에 아무런 해를 입히지 않았으나 '친절한'을 뽑을 때 접합 부분에 구멍이 났고, '만족스러운'에서는 금이 갔으며, '피곤한'에서는 급기야 벽시계가 쩌적 소리를 내며 갈라지고 말았다. 두시 정각을 이 분 앞두고 시계가 멈추었다. 뻐꾸기가 튀어나와야 할 창틀 부분이 부서진 탓에 뻐꾸기는 발 디디고 빡꾹! 시원하게 외칠 공간을 잃었고, 목각 인형 둘은 기둥에서 분리된 손잡이를 들고 각자 엉뚱한 곳을 맴맴 돌고 있었다.

—빡꾹!

그런 와중에도 뻐꾸기는 소임을 다했다. 시계 잔해들과 함께 방바닥에 널브러진 채 두시를 알렸다. 그들이 잔해를 잔해라고 인지하는 데까지 정확히 셈할 수 없는 시간이 얼마간 흘렀다. 무슨 일이냐고 시계가 왜 이렇게 된 것이냐고 이쪽에서 먼저 시치미를 뗄까도 고민했지만 큰 문제일수록 침착하게, 정면으로 돌파하자는 결론에 이르렀다. 일이 이렇게 된 경위를 설명하자 그들의 얼굴에 눈물 없는 슬픔이 떠올랐다.

슬픔은 오랜 시간 지속되었다. 무슨 말도 소용이 없었다. 말을 고르고 또 골라 위로를 전해도 그대로 튕겨져 나오는 지난한 시간을 보낸 뒤 세 시간쯤은 지났겠다 싶어 휴대폰을 확인해보니 두시 이십분이었다. 졸음이 쏟아졌다. 아무래도 일단 자고 내일 다시 생각해봐야겠어. 따지고 보면 나와는 무관한 일인걸…… 하지만 보리스와 목각 인형 둘은 자신들은 잠을 잘 필요가 없다고 했다.

다음 이어진 말들을 알아듣는 것은 더이상 무리였다. 졸음에 취한 나머지 나는 그들을 딱 오늘밤까지만 망가진 물건 취급하기로 했다. 나는 잔뜩 성난 보리스와 목각 인형 둘을 부엌 빈 찬장에 잔해들과 함께 처박아두고는 단잠을 잤다. 빡꾹! 소리가 없으니 중간에 잠을 설치지 않을 수 있다는 점은 feliz였다.

*

―기은아, 오후 한시 반인데.

―응?

일요일 한시는 교회 4부 예배 시간이었다. 아빠도 나도 오전 열시쯤 느지감치 일어나 각자의 방에서 시간을 보내다 열두시 삼십분쯤 집을 나서는 것이 일요일 오전의 풍경이었다. 오늘은 흐린 날씨 탓에 한낮이 되도록 날이 어두웠다. 뻐꾸기가 울지 않아 시간이 이렇게 흐른지 몰랐다는 아빠의 말에 나는 찬장을 열어 박살난 벽시계를 보여주었다.

―이게 왜 이렇게 됐니, 고칠 수도 없게……

둘 다 말도 없이 교회를 빠졌으니 4부 예배가 끝나자마자 집으로 집사님이 올 것이다. 집사님은 자연스레 우리집 거실 한가운데를 차지하고 앉아 왜 교회를 나오지 않았느냐는 책망부터 오늘의 설교 말씀, 다섯 곡이 넘는 찬양을 나누고서야 돌아갈 것이다. 나는 교회에 가 사람들과 사람들의 목소리에 둘러싸인 채 목청껏 찬양 부르는 것도 좋았고 나약한 사람들이 마음을 다잡아가는 성경 말씀을 듣는 것도 즐겼지만 교회가 아닌 집에서는 그 모든 게 어색했다. 집사님과 아빠와 나뿐인 공간에서는 노래하는 내 목소리가 지나치게 선명했고, 반주도 없어 기댈 구석이 아무데도 없었다. 집사님이 말씀을 전할 때 시선은 어디에 두어야 할지, 그를 계속 쳐다봐도 괜찮을지 아니면 잠깐씩 창밖이나 집 안을 둘러봐야 하는 것인지 하나하나 새로 고민해야 했다.

얼마 후 집사님이 문을 몇 번씩 두드렸으나 약속한 듯 둘 다 못 들은 척, 소란이 지나가도록 내버려둔 뒤 늦은 오후가 되어서야 밥을 먹기 위해 밖으로 나갔다. 집 앞 고등어백반집에 들어가자마자 안쪽 테이블에서 고등어조림을 먹고 있는 집사님의 가족이 보였다. 집사님이 바로 옆 주택에 살고 있다는 사실을 간과한 결과였다. 그렇게 마을다운 면이 남아 있는 동네였다. 우리는 같은 테이블에서 식사를 한 뒤 함께 귀가해 그날의 예배를 복기해야 했다.

―오늘 왜 안 나오셨어요, 두 분 다.

―아이, 그러게요……

상냥한 얼굴로 캐묻는 집사님에게는 모든 진실을 고하게 되었다. 아빠는 시계가 망가진 사정부터 구구절절 설명하기는 곤란하다는 표정이었지만 결국 그렇게 되었다. 두 분 다 아기도 아닌데 아침에 알아서 딱 깨야지! 말하며 집사님은 성경책을 펼쳤다. 우리가 환난중에도 즐거워하나니 이는 환난은 인내를, 인내는 연단을, 연단은 소망을 이루는 줄 앎이로다.

그래도 말씀을 읽고 그에 대한 이런저런 말들을 듣는 일은 좋았다. 몇천 년 살아남은 말들을 묵상하면 나도 말들과 말들이 견뎌온 시간 안에 들어가 아주 작아져 외려 자유로워지는 것 같았다. cómodo한 기분이야 이건 참……

아빠는 교회에서도 집에서도, 사람들이 암묵적으로 협의한 시간보다 항상 긴 기도를 했다. 모두 눈을 떠 설교대를 바라볼 때에도 아빠 혼자 모은 손을 향해 고개를 푹 숙인 채였다. 집사님과 나는 아빠의 기도가 끝날 때까지 모은 두 손을 풀지 않고 조용히 눈을 감은 채 기다렸다. 이제 가장 고역인 시간만이 남아 있었다. 오늘 들은 말씀에 비추어 지난 한 주를 반성하고 다가온 한 주에의 의지 밝히기. 아빠는 그게 싫어 기도를 길게 늘이는 것인지도 몰랐다.

―저는 지난 한 주가 힘들었던 것 같아요. 환난의 한 주였고, 내가 그걸 인내했다고 할 수 있나 돌아보면 또 그건 자신이 없고요…… 제대로 인내하고 그 인내가 연단을 주면 좋을 텐데, 또 완전히 단단해져서 환난이 환난 같지 않으면 좋을 텐데, 이번 한 주는 그렇게 살아보

도록……

—빡꾹!

고요한 예배를 가로지르는 새소리. 호수를 끼고 있는 동네라 겨울에는 철새가 많이 날아들었고 새 울음쯤이야 하루에도 몇 번씩 들려왔다. 그러나 진짜 새 울음소리는 혹혹— 휘리리리— 아악아악— 하는, 흩어지고 넓어지는 소리였기에 나는 빡꾹! 작지만 각진 소리가 찬장 안 뻐꾸기가 내는 소리라는 것을 듣자마자 알아차렸다. 멈추었던 말을 다시 이어가고자 고개를 드니 집사님과 아빠도 골똘히 생각하는 얼굴이 되어 있었다.

아빠는 새 울음소리만 들으면 하던 일을 멈추고 음 저건 해오라기, 오늘 며칠이지? 12월 2일, 거봐 지금 올 때라니까, 저건 쇠기러기, 뜸부기, 청둥오리, 산비둘기…… 가늠해보고는 했는데 지금 운 것은 대체 어떤 새의 울음소리인지, 답 없는 물음에서 도무지 헤어나오지를 못하는 것 같았다.

그럼 집사님은 왜 갑자기 말을 멈추었을까? 집사님은 말의 빈틈을 용납하지 못하는 사람인데. 그런데 지금은 내가 말을 멈추고 한참이 지났는데도 가만히, 빡꾹! 이후 바깥에서 진짜 새의 울음소리가 몇 차례 들려올 만큼 시간이 흐르는 동안에도 여전히 입을 열지 않았다. 아빠는 아는 새소리가 들려오자 기분이 나아진 듯 헛기침을 하며 다시 예배의 자리로 돌아왔으나 집사님은 아차차 제가 갑자기, 하며 벌떡 일어나 말도 제대로 끝마치지 않고 그대로 짐을 챙겨 집을 떠났다.

집사님이 급히 떠난 탓에 간식으로 냈던 떡이 거의 그대로 남았다. 십 년을 보아왔지만 저렇게 얼빠진 사람처럼 구는 건 처음 본다고 이야기하며 아빠와 남은 바람떡을 모두 먹었다. 저 사람 대체 왜 저러는 것인지 의아해하기보다는 일찍 가서 다행이다…… 주말이 아직 반나절이나 남았다…… 안도하며 먹었던 덕분에 떡의 맛이 생생했다.

바깥에서 삐릿삐릿— 하는 소리가 들려왔다. 아빠는 곤줄박이네 저거, 말했다. 나는 그제야 빡꾹 소리를 냈던 나무 조각들을 떠올렸다. 찬장을 열자 뻐꾸기는 여전히 슬픈 얼굴로 위쪽 칸에 앉아 있었고 아래 칸에서는 목각 인형 둘이 시계 안에 비하면 눈에 띄게 작아진 원을 훨씬 빠른 속도로 돌고 있었다. 뻐꾸기가 다시 빡꾹! 했을 때 시간을 보니 네시 삼십팔분이었다.

—건전지도 없는데 이렇게 계속 도는 거야.

—그 시계 안에 있었던 애들이야?

—응. 애가 정각마다 나오던 뻐꾸기잖아.

―지금 정각도 아닌데 왜 우는 거니.

뻐꾸기가 빡꾹 하는 시간은 이제 뻐꾸기만의 정각이 되었다. 시계의 규격은 뻐꾸기가 정각에 맞춰 울도록 설계되어 있었지만 맨땅에는 규격이랄 게 있을 리 만무했으므로, 뻐꾸기와 목각 인형 둘은 시계 안보다 턱없이 작아진 찬장에서 전보다 빨리 회전하며 보다 이른 정각, 정각 아닌 정각에 울게 되었다. 뻐꾸기에게 지금 네가 우는 시간은 영 잘못된 때라고 알려주고도 싶었지만 아직 스페인어 실력이 역부족이었다. 뻐꾸기가 또 한번 빡꾹 했고 시계를 보니 네시 오십이분이었다. 그냥 아무렇게나 울고 있구나. 아빠와 함께 껄껄 웃다가 각자의 방으로 흩어졌다. 구역예배가 빨리 끝난 덕분에 시간을 번 것 같았다. 일단 눕자!

누워서 생각해본 것들: 집사님은 뻐꾸기가 빡꾹! 울자마자 벌떡 일어나 집으로 돌아갔다. 그가 구역예배 도중 말도 없이 나간 것은 처음 있는 일이었다. 무동력 나무 뻐꾸기가 빡꾹 우는 비범한 일이 벌어져도 사람들의 반응은 실로 다양하구나. 집사님은 때를 깨달은 사람처럼 벌떡 일어나 집을 나섰고, 아빠는 무신경으로 일관, 나는 관찰자적 태도를 견지하고 있었다. 뻐꾸기 울음소리에 다른 사람들은 어떻게 반응하는지 알아보고 싶었

마음대로 우는 벽세계

다. 뻐꾸기의 빡꾹! 소리를 들려주는 것만으로 모두 집 사님처럼 갑자기 입을 닫치고 집으로 돌아가게 만들 수 있다면 그 힘을 내 것처럼 남발하고 싶었다.

점퍼 주머니로 옮겨진 뻐꾸기와 목각 인형 둘은 안절부절못했다. 그들의 움직임에 따라 주머니가 올록볼록 출렁였다. 사람이 많은 곳이 어디일까 떠올려보다 카페로 갈까 했지만, 사람들을 가만히 관찰하기에는 어딘가 부적절할지도 모르겠다는 생각이 들어 카페에서는 커피만 사 들고 나와 호숫가 벤치로 향했다.

*

추운 날씨였지만 주말 오후 호수 공원에는 사람들이 제법 있었다. 산책하는 사람, 새가 날아들기를 기다렸다 사진을 찍으려는 사람, 앉아 있는 사람, 서 있는 사람. 아빠라면 알았을지도 모를, 나로서는 이름을 알 수 없는 새들도 많았다. 뻐꾸기와 목각 인형 둘은 새로운 공간에서 새로운 박자를 찾았는지 점퍼 주머니가 규칙적으로 들썩였다. 어디에 두지…… 벤치 위에 올려두니 빡꾹 소리가 거의 들리지 않았다. 빡꾹 소리를 제때 잘 듣기 위해 귀를 기울이자니 옆으로 거의 눕다시피 해야 했는데 역시 관찰을 지속하기에는 너무 튀는 자세라 다른 방법을 찾아야 했다. 공원 바닥에도 둬보았지만 목각 인형이 너무 큰 원을 그렸고, 손바닥에 두기에는 팔을 한 자세로 유지하기가 어려웠다. 고민하며 커피를 한 모금 마셨다. 문득 이 정도 크기면 적당할 것 같았다. 컵 바닥에서는 목각 인형 둘이 돌도록 하고 뻐꾸기는 컵 둘레에 걸터앉게 한다면 적당할 것이다. 김이 피어오르는 커피가 반도 넘게 남아 있어 그래 그러면 되겠구나 결심한 뒤에도 한동안 커피를 마시는 데 집중해야 했다.

찬바람에도 커피는 쉬이 식지 않았다. 작전이 지연되고 있었다. 붕 뜬 시간에는 무언가에 집중하던 생각마저 붕 떠올라, 생각 입장에서는 왜 열중하던 길로 계속 인도되지 않는 것인지 길을 잃어버려, 한동안 헤매다 여지없이 슬픔 쪽으로 몸을 던져버리고 만다. 기분 시계에도 슬픔 표지가 있었다. triste. triste는 enojado 바로 전 단계에 붙어 있었다. 매일 기분 시계를 의식해서일까 감정의 변화가 단 일곱 단계로 인식되었다. 나는 슬픔 속에 들어앉아 슬픔의 실체들을 하나하나 들여다보았지만 모두 입 밖으로 꺼낼 필요까지는 없는 시시콜콜한 것들이었다. 이런 것들은 혼자 소화하는 편이 나았다. 사람들은 왜 이렇게 모든 것을 솔직하게 털어놓으려고 할까? 세상을 떠도는 수많은 시시콜콜한 슬픔들은 서로 너무도 닮아 있어, 들을 때마다 어, 지난번에 이 이야기 하지 않았나요? 하는 마음이 되곤 했다.

그런데 아빠의 슬픔은? 아빠는 자신의 슬픔을 아주 큰 것처럼 다루었다. 슬픔에 대해 설명하지 않는다는 점은 나와 같았지만 그것이 작고 시시하기 때문이 아니라 행성만큼 거대해서, 스스로도 그 주위를 거닐며 실체를 파악중이기 때문에 말을 아끼는 것이었다. 아빠를 한 번이라도 만나본 적 있는 사람이라면 누구나 아빠가 슬픔 주위를 맴맴 돌고 있다는 것을 알 수 있었다. 아빠 지금 괜찮나요? 이런 말로는 행성에서 떨어져 나온 돌멩이조차 주워 올릴 수 없을 테니 나도 질문을 아꼈다. 아빠의 triste는 enojado로 솟구치는 법도 몰라서 늘 고요했다.

컵이 곧 바닥을 드러냈다. 커피로 촉촉한 바닥을 소매로 대충 닦아내고 뻐꾸기와 목각 인형 둘을 점퍼 주머니에서 꺼내어 컵 안에 넣었다. 목각 인형 둘은 컵 밑바닥에서 다시 원운동을 시작했고, 뻐꾸기는 컵 가장자리에 자리잡았다. 정확히 의도한 바였다. 안도감(cómodo)! 커피 컵의 정각은 몇 분 간격일까 기다리며 나는 빡꾹! 이 세상에 가져올지 모를 변화를 고대했다.

뻐꾸기는 십사 분마다 한 번씩 빡꾹 하고 울었다. 빡

꾹! 울음소리가 들려올 때마다 때를 알고 흩어지는 사람들이 있을지 살펴보았는데 이런 성긴 인과도 과연 인과라고 할 수 있을까?

빠꾹! 하면 몇몇은 그대로 앉아 있거나 가던 길을 걸었고 몇몇은 벌떡 일어나 사진 찍거나 갑자기 방향을 틀어 반대로 걷거나 걷다가 멈춰 섰다. 호숫가 새들 역시 마찬가지로 몇몇은 하던 대로 먹이를 찾아 물속에 주의를 기울이기를 계속하거나 멍하니 물 위에 떠 있었고, 몇몇은 빠꾹!과 동시에 하늘로 날아오르거나 땅으로 급강하했다.

십사 분마다 반복되는 변화를 여섯 번 관찰했으니 나는 호숫가에 적어도 팔십사 분 앉아 있었던 셈이었다. 해가 질 시간이 가까워오자 추위를 더 버티기가 어려워 컵을 들고 일어나려는데, 왼편에서 위장 조끼까지 갖추어 입고 새 사진 찍기에 열중이던 한 남자가 내 쪽을 향해 엄지를 치켜올렸다. 왜 그러는 거지? 빠꾹의 원리를 알고 있는 사람일까? 치켜올린 엄지가 다시 아무 일 없었다는 듯 카메라로 향하고, 남자가 다시 새의 순간을 포착하려는, 그것이 전부인 세계로 돌아간 뒤에도 나는 그의 뒷모습을 오래도록, 한 번의 빠꾹! 사이클에는 못 미치는 시간 동안 바라보았다. 그때 벤치 옆 난간에서 튀어 오른 아이의 팔꿈치가 내 어깨를 강타했다. 아이는 바닥에 나동그라졌고 나는 다리가 풀려 벤치 위에 다시 강제 착석. 나 대신에 공원 바닥에 나동그라진 건 뻐꾹새와 목각 인형 둘이었다.

그 애들은 동네 어디에서나 튀어나왔다. 구조물에서 구조물로, 가장 어렵고 독창적인 경로를 통해 이동하기를 추구하는 아이들. 아이들의 행위를 파쿠르라고 부른다는 것은 뒤늦게 알았다.

누구나 갈 수 있는 길 대신 자기만의 길을 찾는 거지, 추상적인 경구가 아니라 말 그대로 물리적인 자기만의 길.

파쿠르가 무언지 알려준 것은 아빠였다. 아빠는 호수에 날아드는 새 종류를 모두 아는 것처럼 아이들이 날뛰는 이유가 무엇인지도 알고 있었다. 파쿠르는 이동 기술이야. 호숫가 둘레에는 벤치와 벽돌담을 비롯한 작은 구조물들이, 주택가에는 작은 골목과 오래된 시멘트 벽들이 어디에나 널려 있었다. 파쿠르인의 시선에서 본다면 이처럼 완벽한 동네가 있을까? 파쿠르를 위해 먼 곳에서도 아이들이 모여들었다. 파쿠르는 이동 기술이구나. 아빠에게 공원의 아이들 이야기를 꺼냈던 것은 불평을 하기 위해서였는데, 그 애들은 자신만의 이동 기술을 구사하고 있는 것이라는 대답 앞에 으응 그렇군 할 수밖에는 없었다.

—오, 시발.

나와 부딪힌 아이는 사과 대신 그렇게 말했다. 나도 정확히 같은 심정이었는데…… 나는 그렇다고 시발이라고 말하지는 않는단다. 먼저 와 부딪힌 쪽이 저렇게 말해도 되나, 기분이 급격히 피곤함 쪽으로 기울어갈 때 무릎을 툭툭 털고 일어난 아이가 다시 말했다.

—이거 파쿠르예요?

—이건 뻐꾸기야. 뻐꾸기시계 안에 있던 부품 같은 거야.

—오, 시발. 맞잖아. 파쿠르잖아.

아이는 파쿠르 무리를 불러모아 이게 시발 진짜 파쿠르라고 호들갑을 떨었다. 뻐꾸기와 목각 인형 둘이 그 애들 앞에서는 움직이지 않기를 바랐지만 아이의 손바닥 위에서도 그들은 질서를 찾기에 바빴다. 빡꾹 빡꾹 본인들의 일을 했다. 아이의 작은 손바닥 위에서는 회전 주기가 커피 컵보다도 짧아 뻐꾸기는 금방 빡꾹! 했다. 오오 방금 진짜 파쿠르 했어! 파쿠르 하고 울었어! 아이들은 흥분해 그야말로 날뛰기 시작했다. 온 사방에서 파쿠르를 해댔다. 벤치에서 벤치로, 벤치에서 화단 울타리로, 울타리에서 벽돌담으로, 호숫가 난간으로, 호숫가로, 다시 주택가로 이어지는 울타리로, 울타리에서 울타리로, 마침내 호숫가와 면한 주택의 낡은 회색 담으로.

아이들은 파쿠르, 그러니까 나의 뻐꾹새와 마침내 조우한 것을 운명으로 여겼다. 나는 아이들을 파쿠르 무리라 생각하고 있었는데 아이들은 목각 뻐꾸기를 파쿠르라고 부르고 있었고 두 가지 파쿠르가 한 대화에 섞이며 잠시 언어 사용에 혼동이 벌어졌다. 이거 어디서 난 거냐는 한 아이의 질문에 남미 여행 다녀온 친구가 선물로 주었다고 답했더니 아이들은 더욱 흥분했다. 그나마 가장 차분한, 목각 인형의 회전을 물끄러미 내려다보기만 하는 아이에게 물어보니 그 아이 역시 이게 진짜 파쿠르라고 했다. 말로만 듣던 파쿠르. 파쿠르를 하는 파쿠르가 파쿠르를 들고 이게 진짜 파쿠르라고 하네, 생각했는데 아이는 이게 진짜 파쿠르고, 본인들이 하는 (날뛰는) 행위는 일종의 의미 확장이라고 했다. 흥분을 가라앉힌 아이들은 손안의 파쿠르를 둘러싸고 이제 어떻게 하면 좋을지 속닥속닥 의견을 나누었다. 나는 한 발짝 떨어진 곳에서 부품들을 되찾을 수 있기를 기다렸는데, 곧 아이들이 눈 깜짝할 새 사방으로 흩어졌다. 파쿠르를 쥐고 있던 아이도 내 쪽을 흘끔 보았다가 그대로 주택가 방향으로 달리기 시작했다. 아무리 파쿠르로 단련된 아이라도 다리가 나보다 훨씬 짧은 탓에 얼마 못 가 내게 점퍼 모자가 잡혀버렸다.

─어디 가.

─아 이거 잠깐만 빌릴게요.

빌리겠다는 얼굴이 아니라는 것쯤은 알 수 있었다.

─안 돼.

아이는 그러고도 아 잠깐만요, 아 진짜 잠깐만, 몇 번을 애원했고 나는 빡꾹 빡꾹 하듯 안 돼, 안 된다고, 어 안 돼, 반복했다. 아이는 절대 물러서지 않겠다는 나의 단단한 마음을 그제야 알아챘는지 그럼 이걸 가지고 아까 우리가 만났던 벤치에서 잠깐만 기다려달라고 부탁했다. 왜? 그는 파쿠르가 빡꾹! 할 때 행위로서의 파쿠르를 하면 좋은 곳으로 이동할 수가 있다고 했다. 진정한 의미의 파쿠르를 행할 수 있는 몇 안 되는 순간을 앞두고 있는 것이니 꼭 기다려줘야 한다고 강조했다.

─좋은 곳?

─네, 파쿠르가 파쿠르 울 때 파쿠르를 하면 원하는 세계에 떨어질 수 있어요.

─나도 할 수 있을까?

─한 번의 파쿠르는 그냥 점프니까……

—……

—아마 될걸요.

 기다리기로 했다. 아이들이 물러가자 어둑해진 호숫가의 고요가 갑작스럽게 느껴졌다. 뻐꾸기는 계속 빡꾹! 했다. 아이들의 말에 따르면 빡꾹!이 아니라 파쿠르! 했다. 나는 그 울음소리가 도무지 파쿠르로는 들리지가 않았고 잘 쳐주어도 팍쿡(ㄹ) 정도로 생각되었다.

 두 번의 팍쿡(ㄹ)이 지날 때쯤 자기 몸만한 가방을 멘 아이들이 하나둘씩 모여들었다. 처음보다 수가 두 배는 늘어나 있었다. 그 애들끼리는 서로 오늘 같은 날이 온다면 어디로 가고 싶은지, 누구와 가고 싶은지, 무얼 챙길 것인지 다 얘기가 된 것 같았다. 곧 떠날 이들의 가뿐함과 긴장감이 동시에 감돌았다. 한 명 안 온 것 같은데, 아니 두 명 빠졌나? 두 명 없다, 서로 이야기 나누다가 걸려온 전화를 받고 야 개는 안 간대, 다음에 간대, 다음에 언제? 지금 아니면 못 가, 비웃으면서 다음 정각을 기다렸다. 어디로 뛰어오를지 각자 자리를 잡았다.

—팍쿡(ㄹ)!

 마침내 컵 둘레의 뻐꾹새가 다시 울었고 울음소리와 거의 동시에, 동생으로 보이는 아이의 손을 잡고 벤치 앞에서 자리를 잡고 있던 빨간 점퍼가 잠깐만! 소리쳤다. 빨간 점퍼는 다음 차례에는 꼭 뛸 거라고, 얘가 못 뛸까봐 걱정돼서 잠깐 멈췄다고 미안하다고 말했지만 추위에 붉어진 손이 희어지도록 손을 꽉 잡고 있던 동생은 누나 나 할 수 있는데 왜 그러냐고 말했다. 아이들은 다음 정각이 울리기 전까지, 동시에 제대로 뛰어오를 수 있도록 연습을 했다. 숙달된 아이들답게 하나 둘 셋 하고 뛰어오르는 순간이 완벽히 맞았다. 산책하는 사람들, 사진 찍는 사람들, 이 일과 무관한 사람들이 이쪽을 흘끔거려도 전혀 개의치 않았다. 곧 여기보다 좋은 곳으로 이동한다니 저런 시선들쯤이야 신경쓸 필요도 없겠지. 나는 아이들의 일과 무관한 사람에서 점차 관심 있는 사람으로, 어쩌면 관련 있는 사람 쪽으로 기울어갔다……

—팍쿡(ㄹ)!

아이들이 일제히 뛰어올라 흔적도 없이 사라졌다. 빨간 점퍼와 그 동생만이 그대로 남아 있었다. 빨간 점퍼는 이번에도 동생이 뛰어오르지 못하도록 어깨를 잡아 눌렀다. 친구들이 모두 사라지고 혼자 남아 있는 아이에게는 그것이 본인의 선택이었다고 할지라도 꼭 위로의 말을 전해야 할 것처럼 느껴졌다. 그 애의 난처한 얼굴을 보면 더욱 그래야 할 것 같았지만 나는 그 애에 대해 아무것도 모르고 아무 말도 할 수 없었다. 그저,

―왜……?

―가고 싶은 곳이 없어요.

그 순간 호숫가 왼편 위장 조끼 입은 남자가 카메라를 이쪽으로 기울이는 것이 보였다. 저기 저 사람 여기 본다! 혹시 사라지는 순간을 카메라에 담았을까? 문득 겁이 나 나는 빨간 점퍼를 내버려둔 채 달리기 시작했다. 나를 찍은 건가, 아이들의 부모가 실종 신고를 한다면 내가 유력한 용의자가 되는 것은 아니겠지, 하지만 나는 지켜보기만 한 게 전부였기 때문에 설사 남자의 카메라에 실종 순간이 담겼다 할지라도 걱정할 일은 없다, 생각하며 발걸음을 재촉했다. 컵은 바닥에 내버리고 목각새와 인형은 다시 주머니에 넣었다. 혹시나 목격자 때문에 예상치 못한 일이 생기더라도 나도 아이들처럼 사라져버리면 그만이었다. 사라지면 좋은 곳에도 갈 수 있는 걸. 꼭 남자 때문이 아니더라도 나는 언제 어디서나 사라지는 것을 선택할 수도 있었다. 주머니에 언제든 열 수 있는 문이 들어 있었으니까.

*

아빠는 저녁을 차리고 있었다. 문을 열자마자 김치찌

개 짠 냄새가 훅 끼쳐왔다. 어제 먹다 남은 것이라 국물이 얼마 되지 않았는데도 아빠는 가장 센 불로 찌개를 데웠다. 얕은 수면에 미처 몸 담지 못한 김치들은 끄트머리가 몽땅 말라버렸다. 그래도 이것저것 마른반찬들이 더 있어 괜찮았다. 쥐포채도 있고 콩자반, 고추장멸치볶음도 있었다. 내가 곧 돌아오리라는 것을 알았던 듯 아빠는 밥 두 공기를 막 퍼 담는 중이었다.

식사가 끝나갈 때쯤 점퍼 주머니에서 목각 새와 인형 둘을 꺼내 식탁에 올려두었다. 그것들은 또 얼마간 질서를 찾아 헤매다 탁상시계 둘레를 돌기 시작했다.

—아빠.

—응?

—지금 여기 말고 다른 좋은 데로 갈 수 있다고 하면 갈래?

—글쎄. 좋은 데면 가지.

—어디로 사라지고 싶은데?

—교회 다니는 사람이 그런 생각 하면 안 돼……

아빠는 좋은 곳에 대한 대화를 좀처럼 하려고 들지 않았다. 호숫가에서 목격한 일을 모두 털어놓은 뒤에도 아빠는 교회 잘 다니던 기은이가 왜 갑자기…… 그런 눈빛을 지어 보였다. 점프와 동시에 좋은 곳을 명확히 떠올려야 하나? 내게 그런 확신은 없었지만 좋은 곳은 기쁨이 가득한 곳, feliz가 넘쳐나는 곳, 그 정도면 되지 않을까, 어렵고 복잡한 일이라면 파쿠르 꼬맹이들이 손쉽게 해냈을 리가 없었다. 그렇게 손쉬운 일이라면 우리 가족도 해봐야겠지. 시도해본다고 잃을 것도 없었다.

아빠에게는 저 새가 울면 무조건 점프하라고 말했다. 무조건이야, 무조건! 이유는 묻지 말고 한 번만 그렇게 해줘! 바닥에서 소파 위로든 카펫 위로든! 그건 아빠의 자유. 아빠의 슬퍼진 눈이 주는 죄책감은 무시하고 일단 해보자고 우겼다. 아무 일도 벌어지지 않는다면 어제처럼 씻고 잠들면 된다.

―빡꾹!

아빠는 뛰지 않았다. 나는 의자에서 식탁 위로 뛰어오르면서 그럴 줄 알았다는 생각을 했다. 아빠가 그럴 줄 알았으면서도 나는 뛰었다…… 검고 찐득한 콩자반이 알알이 식탁 위로 쏟아졌다. 아빠는 콩자반 그릇이 더 멀리 굴러가지 못하도록 오옷 하는 입 모양으로 다급히 손을 뻗었다. 그게 내가 사라지기 전 바라본 아빠의 마지막 모습이었다. 나는 아빠에게 미안했고 동시에 기대감으로 부풀었다. 나는 어디로 가나, 어디로……

눈을 감았다 뜨니 아빠는 그새 물에 적신 행주로 식탁

을 훔치고 있었다. 나는 잠깐 식탁 위에 서 있다가 아빠가 마저 잘 닦을 수 있도록 오른발을 들어주었다. 식탁 위에서 의자로, 다시 바닥으로 내려가 아빠를 도왔다. 반찬이 남은 그릇은 뚜껑을 덮고 다 먹은 것들은 개수대 안에 쌓아두었다.

벽시계가 벌써 여덟시 이십분을 가리키고 있었다. 아빠와 나는 각자의 방에서 남은 주말 저녁을 보내다 잠이 들 것이다. 잘 자라는 인사를 미리 나눈 뒤 방으로 들어가는 아빠의 뒷모습을 지켜보았다. 피곤한 하루였다. 되새겨보는 일은 내일로 모두 미뤄두고 일단 잠을 잘 것이다, 방문을 여는데 여덟시 이십분? 어떻게 벽시계가 다시 생겼을까? 빡꾹 새가 울던 벽시계가 멀쩡한 모습으로 같은 자리에 다시 걸려 있었다. 오른쪽 하단에 달린 기분 시계의 바늘이 feliz를 가리키고 있었다. 이십 분이 넘도록 지켜보았지만 바늘은 움직이지 않았다. 아홉시가 되자 뻐꾸기가 문을 열고 나와 꽉쿡(ㄹ) 하고 울었다.

농부의 피

좀더 일찍 피에 흐르는 운명을 자각했다면 보다 행복했을까? 태어난 지 꼬박 서른 해가 지나 운명과도 같은 예감을 마주한 승주는 집으로 돌아오는 길 내내 후회가 자신을 잡아먹지 못하도록 맞서 싸워야 했다.

 '운명에 대해 생각하기란 쉽지 않은 시대인걸, 결코 내가 늦은 것이 아니라……'

 승주는 고가도로를 받친 거대한 시멘트 기둥에 진흙 투성이가 된 왼쪽 신발을 힘껏 부딪쳐 털어냈다. 운동화 끈에 엉겨 좀처럼 떨어지지 않던 덩어리 흙도 열 번 스무 번 쳐대니 별수 없다는 듯 바닥에 흩어졌.

 신발 털기가 끝나니 고가도로 아래 회색빛 공간이 일순 고요해졌다. 자국이 남긴 했지만 말끔해진 신발을 다시 고쳐 신고 나서야 승주는 농구하는 사람들, 앉아 담배를 피우던 사람들, 개와 산책을 나온 사람들의 시선이 모두 자신을 향해 있다는 것을 알아차렸다. 이렇게 하지 않으면 잔뜩 엉겨붙은 흙을 처리하기가 어렵다고, 사람들에게 변명이라도 해야 할 것 같은 마음이 되어 승주는 발걸음을 재촉했다.

마침내 승주가 골목을 돌아 사라졌을 때, 농구장 옆 거치대에 자전거를 묶어두던 사람이 승주가 신발을 털던 기둥으로 와 승주가 하던 것과 똑같은 박자로 자신의 정장 구두를 힘차게 털었다. 그의 신발은 먼지 한 톨 없이 깨끗했는데.

*

승주의 산책은 동네를 벗어나는 법이 없었지만 매일 달랐다. 동네의 모든 골목길을 통과한 뒤로 승주는 막다른 길 쪽으로도 망설임 없이 걸었다. 야트막한 언덕이나 쓰레기장, 공사장, 개발 예정 공터, 빈 건물……이 가로막아도 걷지 못할 길은 없었다. 새로운 길로의 산책은 곧 승주가 새로워지는 방식이었는데 승주는 그렇게 새로워지면서도 불가능이 없는, 불가능이 불가능한 매일의 모험이 시시해 하품이 나왔다.

 승주가 고가도로와 한 방향으로 난 좁은 골목길을 따라 걷다 길이 끝나는 지점에 다다른 날이었다. 더 작은 골목으로 접어들 수 있는 양방향의 길이 펼쳐졌고 정면은 다소 가팔라 보이는 언덕이었다. 승주는 길이 아닌 언덕 쪽을 골라 발을 내디뎠다. 고개를 넘자 본래 그곳을 오가는 사람이 있는 듯 다시 좁은 길이 이어졌다. 한 사람이 겨우 지나갈 만한 길을 따라 걷다보니 고가도로도 끝이 났다. 언덕은 지상에서 도로까지의 높이를 모두 메우려는 듯 길게 이어졌고 그렇게 얼마나 걸었을까 일순간 눈앞이 탁 트였다. 잡초 하나 없이 좋은 토질의 흙으로 덮인, 눈 밝은 농사꾼이라면 벌써 갖가지 씨앗을 뿌렸을 법한 땅이었다.

 승주는 본능적으로 자세를 낮추어 흙을 만졌다. 땅을 다져보고, 흙을 한 주먹 가득 쥐고 손안에서 굴려보기도 했으며, 냄새를 맡다가 끝내 입에 넣었다.

 '맛있는 흙······'

 찰기가 있는 초콜릿빛 흙은 입자가 고르고 인간의 치아로 씹기에도 무리가 없을 만큼 부드러웠다. 이런 흙에는 비트, 당근, 가지, 호박, 옥수수, 사과, 토마토, 참외······ 많은 작물들이 주렁주렁 열릴 수가 있었다. 양질의 토양이 승주의 입안에서 머물다가 식도를 거쳐 위장으로, 몸속으로 점점 더 깊이 진입하자 승주의 머릿속에는 그 땅에서 가능할 작물들이 폭발적으로 떠올랐다. 마치 흙의 머리로 생각하고, 흙의 입장에서 기대하기라도 하는 것처럼.

승주는 곧 난생처음 이런 문장을 떠올렸다. 나에게는 농부의 피가 흐른다! 도시에서 나고 자라 운명을 마주할 기회가 좀처럼 없었지만 그래, 나에게는 농부의 피가 흐른다!

승주는 미국 여행중 창밖으로 보이는 광활한 옥수수밭이 어둠 속에서 끝을 모르고 계속될 때 버스에서 유일하게 깨어 있던 사람이었다. 승주는 학교 후문 문구점에서 숙제로 산 토마토 씨앗에서 알이 굵은 토마토를 스무 개도 넘게 수확했던 사람이었다. 승주는 예순이 넘어 시골에 새로 정착한 이모가 들뜬 마음으로 텃밭에 작물을 이것저것 옮겨 심을 때 텃밭의 흙과 이모가 가져온 작물은 상성이 어긋나 한 달도 되지 않아 모두 시들어버리리라는 것을 이미 알았지만 말을 아꼈던 사람이었다. 승주는 충주에서 삼만 평 대지에 농사를 짓고, 쌀가게를 운영하며 직접 수확한 쌀을 팔기까지 하는 할아버지의 손녀 되는 사람이었다. 할아버지 쌀가게의 높은 천장에는 철마다 제비가 집을 짓고는 했고 승주는 어릴 때부터 『흥부와 놀부』를 다른 방식으로 이해하는 사람이었다.

할아버지의 쌀 포대 위에 똥을 갈기며 정신없이 날아다니던 제비들이 왜 내가 들어가면 경건하다고 느껴질 만큼 잠잠해지는지, 승주는 이제야 조금 알 것 같았다. 승주는 먹다 만 흙을 쥐고 눈물을 흘렸다. 뜨거운 눈물이 멈출 줄을 몰랐다. 손에 쥔 흙에 눈물이 떨어지는 것을 보면서도 승주는 역시 물이 스며드는 정도도 아주 적당하다…… 그런 천생 농부다운 생각을 했다.

*

고가도로 뒤에 숨은 황금 땅은 물매가 무척 가팔랐지만 흙이 이불처럼 부드러워 땅을 다지는 작업이 어렵지는 않았다. 평일에는 퇴근 후 두 시간씩, 주말에는 해 뜰 때부터 해 질 때까지, 승주는 온 땅을 직접 일구었다. 삽을 꽂아넣고 흙을 퍼내는 작업이 꼭 아침에 일어나 이부자리를 정돈하는 것처럼 익숙하고 포근해 거의 꿈을 꾸는 것 같았다.

꼬박 한 달 뒤, 승주의 눈앞에 펼쳐진 삼중 계단식 밭. 밭 위쪽 도로로는 차들이 달리고 있고 밭 너머에는 여기

밭이 있는 줄도 모르는 사람들이 좁은 골목길을 걷고 있다. 사람들은 모르겠지. 길이 아닌 곳으로는 걸을 생각이 없으니까. 알려주지 않으면 영영 모를 것이다.

밭에는 무와 배추, 토마토, 가지, 사과, 배, 옥수수가 가득 들어찼다. 평일에는 저녁에만 밭을 돌보려니 시간이 모자라 새벽에도 두 시간씩 더 살피다가 출근을 했다. 내가 어떻게 농부가 되겠어, 한 번도 해본 적이 없는 데다가 키우던 화분들도 모조리 죽였는걸…… 생각한다면 당신은 그저 멈블러mumbler! 밭은 일구면 되고 작물은 심으면 된다. 승주는 밭을 일구고 그 위에 씨앗을 뿌리고 마침내 열매가 열릴 때까지 열심히 돌보았다.

다 실어나르려면 다마스가 다섯 대는 족히 필요할 듯한 작물들이 차례차례 수확되었다. 이것들을 청과점에 가서 팔아볼 수도 있겠지, 그리고 승주는 그렇게 했다. 청과점 주인은 어디서 나타난 사람이기에 느닷없이 이렇게 과일들을 가득 싣고 온 것인지 의심을 하는 듯했지만 맛을 보더니 이것저것 묻지 않기로 한 것 같았다. 진짜를 알아볼 줄 아는 청과점 주인이었다. 단지 먹고살기 위해 밭일을 택한 사람들의 것과 농부의 운명을 타고난 사람이 재배한 과일이 어떻게 다른지 구분할 줄 아는 밝은 눈의 청과점 주인을 만난 덕분에 승주는 싣고 온 바구니를 합리적인 가격에 모두 팔고 그와 악수를 했다.

—앞으로 잘 부탁드려요.

—제가 드릴 말씀입니다.

*

늦여름 수박이 머리통보다도 크게 자라자 승주는 그 사이 장만한 군청색 포터에 잘 익은 수박들을 골라 실었다. 차가 신호에 걸릴 때마다 승주는 트럭 수동 기어를 척척 중립으로 바꿔두었다. 여름 햇살이 얼굴 위로 쏟아졌고 신호등과 가로등을 투과한 빛이 드리운 줄무늬 그림자 덕분에 승주의 얼굴도 잘 익은 수박 같았다.

회사에 도착한 시간은 오후 두시. 점심 먹고 복귀한 사람들이 반쯤 감긴 눈으로 회사를 언제 그만둘 수 있을지 의미 없이 미래를 가늠해보는 시간이었다. 승주는 전날 지하 비품실에서 미리 올려둔 손수레에 수박을 싣고 사무실 문을 열었다. 파티션 아래 고개를 처박고 있던 사람들이 오래 튀긴 가지처럼 머리를 뻣뻣이 세웠다. 승주는 각자의 자리로 수박을 하나씩 운반한 뒤 중앙 테이블에 잘라 온 수박을 펼쳐두었다. 테이블 가득 펼쳐진 빨간 수박 속과 승주의 빨간 작업복. 수요일 오후 미지

근한 강물같이 흘러가던 시간에 침투한 승주의 갑작스러운 행동을 어떻게 해석해야 할지, 모두의 머릿속이 복잡했다. 맛있는 수박을 준 것은 좋지만 이렇게 튀는 행동은 어쩐지 싫다…… 한창 근무중인(아무도 안 하고 있었음) 회사에 웬 빨간 작업복이람…… 과즙의 달콤한 파도에 푹 잠긴 혀와 달리 사람들의 마음은 이상한 불만에 잠겨갔다. 그 복잡한 마음들을 들키지 않으려고 저마다 질세라 승주에게 고마움을 표했다. 침묵이나 다름없는 소란을 뚫고 승주에게 질문을 던진 것은 승주 맞은편 자리의 동료 미소 씨였다.

—승주 씨, 오늘 휴가 아니에요?

미소 씨의 질문 덕분에 승주는 비로소 회사에 왜 이렇게 많은 수박들을 싣고 왔는지 그 사정을 설명할 수 있었다. 집 근처에서 우연히 비옥한 땅을 발견해 수개월 동안 밤낮 가리지 않고 밭을 일구어왔고 이런 생활도 어느 정도 안정되어 근처 청과점에 정기 납품을 하고 있으며 어제 작업 잔량이 꽤 되어 오늘 할 수 없이 연차를 냈지만 예상보다 작업이 빨리 끝나 제철 과일과 함께 이곳에 왔노라고 설명하는 승주는 방 안에서 유일하게 수박을 오물거리지 않는 사람이었다. 여전히 승주의 방문에 대해 판단을 유보한 채 자기만의 생각에 빠져 당도 백

퍼센트의 수박을 몇 조각씩 먹고 있는 사람들과 달리 미소 씨는 홀로 승주의 이야기에 귀를 기울였다. 질문을 던지는 사람은 수박이 다 동날 때까지도 미소 씨뿐이었다.

미소 씨는 승주가 회사에서 그나마 유일하게 말을 터놓는 동료였다. 이유는 간단했다. 미소 씨는 질문하는 사람이었다. 한마디도 하지 않고도 하루를 보낼 수 있구나 싶을 때쯤 미소 씨의 물음표가 날아들면 승주는 평소라면 하지 않았을 말들까지 내뱉게 되었다. 얼기설기 쌓아올린 참호가 속절없이 허물어져 결코 남들에게 내보이지 않겠다 여겼던 비밀들까지 쏟아내고 말았다. 물론 누군가와 끊이지 않는 대화를 나눌 수 있다는 것은 좋은 일이다. 회사 동료와의 대화라면 더욱 그러하다. 나 지금 어엿한 사회인으로서 기능하고 있다는 기분을 들게 한다. 그러나 승주는 의지와 상관없이 입 밖으로 튀어나와 바닥을 구르는 비밀들을 바라보기가 어려워졌다. 게다가 미소 씨에게서 이상한 번쩍임을 목격한 뒤부터는 더욱……

미소 씨는 승주의 말이 끝날 때마다 끄덕였고, 알 것 같다고 했고, 나도 그런 적이 있다고 했지만 그 말들에는 기이한 탐욕이 있었다. 어쩌면 승주가 다른 사람들과는 다르다는 것을 알아본 자의 게걸스러운 관심이었을까? 승주는 운명을 따르도록 선택된 자였고 스스로도 그것을 잘 알고 있었으니까…… 이때 문제가 있다면 미소 씨의 욕망이 승주가 어떤 다름을 타고났는지 그 바탕을 향하는 것이 아니라, 승주의 다름 자체에만 내내 머무른다는 것이었다. 거기 머무른다고 뭐가 보이나요, 미소 씨? 더 깊은 곳을 바라볼 줄 알아야 할걸요. 당신이 그럴 수 있는 사람인지는 모르겠지만! 그러나 승주 역시 자신의 깊은 곳에 뭐가 있는지 몰라 미소 씨 앞에 서면 그저 그게 아니라는 생각을 멈출 수가 없었다. 아무튼…… 그건 정말 아녜요, 미소 씨! 승주의 깊은 곳은 모두에게 미지의 영역, 그게 아니라는 생각은 다른 길로 더이상 나아가지도 못했다.

명확한 수는 없었으나 승주는 미소 씨의 탐욕스러운 눈빛만은 견딜 수가 없어서 미소 씨와 대화를 나눌 때마다 그를 자극하지 않을 만한 평범한 일과, 평범한 생각, 평범한 취향을 고르고 골랐다. 수박이 다 자라 수확될 때까지 농사와 관련해서는 한마디도 꺼내지 않았다. 대뜸 회의 테이블에 수박을 꺼내놓아 미소 씨로 하여금 대체 어디서부터 뭘 물어야 할지 공동空洞의 상태에 빠지게 하기, 결국 아무것도 묻지 못하도록 만들기, 그것이 승주가 택한 새로운 전략이었다.

승주가 농부로서 새로 시작한 삶에 대해 간략한 발표를 끝마쳤을 때쯤 사람들은 회사 로고가 박힌 특대형 종이봉투에 수박을 요리조리 넣어보며 집에 가져갈 방법을 궁리하기 시작했다. 미소 씨는 처음 집어든 한 조각을 수박 흰 껍질이 다 드러난 뒤에도 끝까지 씹고 있었다. 승주는 이번에도 미소 씨의 눈에 불길이 일었을지 지켜보고 싶었지만, 사람들이 특대형 봉투에도 수박이 들어가지 않는다며 호들갑을 떨어대 그럴 수가 없었다.

*

승주가 감나무의 무서운 성장을 흐뭇하게 지켜보던 초가을 어느 날, 나날이 비대해져가던 승주의 농부 정체성이 열매가 가득 달린 감나무 가지처럼 힘없이 꺾이는 일이 벌어지고 만다. 자투리땅이 어엿한 밭의 모습을 갖춘 지도 육 개월이 다 되어가던 때, 땅의 원주인이 출몰한 것이다.

그는 텃밭 입구의 반대쪽 끝에서 나타났다. 걷다보면 마당이 넓은 유치원이 나오는 길 쪽이었다. 그는 안에 흰색 반팔 셔츠를 받쳐 입고, 그 셔츠가 훤히 비치는 얇은 원단의 갈색 재킷을 입고 있었다. 바지는 재킷과 같은 갈색이었고 머리에는 재킷과 원단이 비슷해 보이는 흰색 페도라를 쓰고 있었다.

승주도 그도 당황한 기색을 숨길 새도 없이 서로를 맞닥뜨렸다. 밭 양쪽 끝에 서서 서로를 탐색하는 눈빛이 감나무 위로 인삼 위로 상추와 파 위로 오갔다. 웬 이방인이람. 매일 밤 승주는 눈부시게 일궈낸 밭에 첫 손님으로 누가 적합할지 가늠해보다 잠들었는데 그 수많은 밤이 물거품이 되어버렸다. 감히…… 그러나 승주는 부정적인 기색은 모두 숨기고 먼저 말을 꺼냈다. 단순히 길을 잘못 든 사람일지 모른다는 희망을 품고.

―큰길로 나가려면 골목길 따라 걷는 게 더 빨라요.

그는 승주의 말에는 관심이 없다는 듯 밭을 휘둘러보는 것에 정신이 팔려 있었다. 그의 마른 몸 위에서 나풀나풀 흩날리는 갈색 셋업 정장이 크게 들썩일 만큼 그는 버럭 호통을 치려다 말을 끝맺지 못하고 급히 거두어들이기를 반복했다. 여기는 내 땅…… 당신 지금 여기서 뭐 하는…… 아니 어떻게 이렇게…… 이탈리아에선 이런 경우는 듣도 보도 못할……

반토막이 난 그의 말들을 모아보면 그는 이 땅의 원주인이고 이탈리아에 있다가 일 년 만에 귀국했으며 지금 아주 화가 났고 황당하지만 화를 마음껏 분출할 수 없게 하는 또 다른 감정이 자꾸만 그의 말을 가로막고 있음을 알 수 있었다.

그가 자신의 땅에서 벌어지고 있는 오색찬란한 성장들과 완전히 동떨어져 감정의 혼란을 겪고 있는 동안 승주는 자신의 몫으로 남겨둔 마지막 수박을 쪼개어 그에게 건넸다. 일단 수박을 먹고 나면 이런저런 고민은 곧 의미를 잃을 것이다. 승주는 알고 있었다. 그는 압도될 것이다. 세상의 논리를 허물고 땅주인의 마땅한 권리와 잇속을 침묵하게 하는 것. 운명을 타고난 자가 가꾸어낸 결과물 앞에서는 모든 인과와 개인의 이익이 힘을 잃었다. 승주는 운명의 피가 끓는 수박 한 조각을 건넸고 마침내 그는 손바닥만한 수박을, 시공간을 초월한 운명을 두 손으로 받아들었다.

—잠깐만 제게 시간을 주실래요?

그가 다 먹은 수박 껍질을 가지밭 쪽으로 내버리며 물었다. 밭일에 대해 아무것도 모르는 사람이 할 법한 행동이었다. 수박 껍질은 작물이니까 아무데나 버려도 거름이 되겠지, 하는 생각. 무식함은 조국의 탓일 테고…… 자신감은 이탈리아에서 온 것일까? 승주는 편히 생각하시라며 자리를 비켜주고는 그가 버린 수박 껍질을 수거해 밭 아래 길가 쪽으로 던졌다.

승주는 그에게서 등을 돌려 마을 쪽을 바라보았다. 갈색 양복의 남자는 자신이 다른 사람의 운명을 떠안게 되었다는 것을 알까? 그에게는 육 개월 정도 잊고 있어도 아무 일도 벌어지지 않는 땅일지 몰라도 승주에게 이곳은 가나안 땅과 같은 곳이었다. 담배 한 대가 절실했지만 승주는 밭에서는 결코 담배를 피우지 않았다. 작물들의 숨구멍을 막고 싶지 않아서. 승주에게는 여기 이 자투리땅을 시작으로 대농이 되어 몇 년 안에 할아버지에게 가보겠다는 목표가 있었다. 대농이 되어 찾아온 손주가 두 아들이 잇지 못한 가업을 이을 수도 있었다. 가을이 되면 삼만 평 대지 가득 심긴 벼가 황금빛으로 넘실거리고 밭을 파헤치는 고양이나 낟알 쪼아먹는 참새 때문에 골치를 썩이는 삶이 승주의 눈앞에서 위태롭게 깜빡였다.

뒤에서 부스럭 소리가 들렸다. 땅주인이 승주가 서 있는 곳으로 다가오려는 것 같았다. 길은 왼쪽에 터놨는데? 그는 작물들을 밟지 않으려 최대한 조심하며, 그러나 그 조심스러움이 무색하게도 작물들을 모조리 짓밟으며 다가오고 있었다. 초심자가 기울이는 주의는 그다지 소용이 없어서 그가 발을 디딜 때마다 앞코가 뾰족한 구두가 작물들을 무참히 망가뜨렸다.

―왼쪽으로 오셔야 해요.

하지만 이미 돌아가기에도 먼 거리였다.

―아……

―하실 말씀 있으면 거기 서서 하세요.

―그냥 땅 쓰시라고 말씀드리려고요. 뭐……

그냥이 그냥은 아니었던 것이 그는 방금 먹은 수박 맛이 참 좋은데 혹시 이 주에 한 번씩 재배물들을 가져다줄 수 있겠느냐고 물었다. 많이는 아니고 혼자 먹기에 적당한 양 정도면 된다고 했다.

혼자 먹기에 적당한 양이라니 애매한 제안이었지만 승주에게는 퇴로가 없었다. 그저 웃는 얼굴로 편의를 봐주셔서 감사하다는 말을 전하는 것밖에는. 승주는 밭을 가로질러 건너가(울상 짓는 작물들) 그가 완전히 자취를 감출 때까지 배웅해주었다. 망설임 없이 걷는 그의 뒷모습에서 당황함은 이미 흔적조차 남지 않고 사라져버린 지 오래였다.

당황함은 오히려 승주 쪽에 들러붙었다. 월초마다 청과점에 납품할 양도 빠듯하게 잡아둔데다가 다음달에는 옆 동네 마트 두 곳에도 시범 납품을 하기로 약속했는데. 혼자 먹을 양이라니 얼마나 가져다줘야 하는 걸까? 빼곡한 숫자들이 운명을 갈가리 찢어 땅바닥에 흩

뿌리는 것 같았지만, 그리하여 충주로의 금의환향은커 녕 중세시대 소작농이 된 것 같은 기분을 지울 수가 없었지만, 승주는 오늘의 할일을 하기로 했다. 잘 묶어 정돈해둔 고무호스를 풀고 가장자리부터 천천히 물을 뿌리는 것부터 다시……

삶이 언제 어느 쪽으로 고개를 돌릴지는 역시 알 수가 없다. 엄마라면 하나님의 뜻이라고 했을 것이다. 믿음은 바라는 것들의 실상이요 보이지 않는 것들의 증거니 승주야 네가 항상 하나님 안에 거하고 있다는 것을 전심으로 믿으면 너는 네가 어떤 인도하심의 한가운데 들어와 있는지 비로소 알게 될 것이다……

승주는 끄덕일 수 있는 말이라면 의지하고 보는 편이었다. 눈물이 날 때에도 나는 한가운데인걸, 생각하면 뭐든 견딜 만해졌다. 승주에게는 '한가운데의 감각'이 있었고 승주는 어느 때고 한가운데의 감각이 일어나도록 할 줄도 알았다. 한가운데의 감각은 기쁨 슬픔 당황스러움 놀라움 경악 한심하게 여김 긍휼히 여김 등 여타 다른 모든 감각들 위에 있었다. 모든 감각들 감정들 위에 있었기 때문에 한가운데의 감각은 다른 말로 설명될 수도 없었다. 승주는 밭 가운데 서서 한가운데의 감각을 되살려 중얼거렸다. 괜찮아…… 조금만 더 부지런해지면 되는 일…… 어찌되었든 나는 땅을 지켜냈다……

*

 미소 씨는 청과물에 대한 것이라면 어김없이 승주를 찾았다. 구내식당 십육 인용 테이블 가운데 자리에 앉아, 거대한 솥에서 오래 끓여 곤죽이 된 채소국을 가리키며 여기 들어간 야채들도 모두 알아보겠느냐고 물은 날도 있었다. 승주에게 집중되는 십사 인의 눈동자. 시퍼렇고 힘없이 늘어진 야채는 기껏해야 배추였다.
 ─배추네요……
 따분한 눈동자들은 다시 각자의 식판 위로 흩어졌다. 승주는 미소 씨가 그런 시시한 질문을, 답변이 중요하지도 않고 질문자의 궁금증도 전무하다시피 한, 어딘가 미심쩍은 의도마저 느껴지는 질문을 건넬 때면 혈관을 뜨겁게 달구던 농부의 피가 차게 식는 것만 같았다. 농부로서의 삶도 시든 배추처럼 따분한 것일지 모른다는 공포에 휩싸이기도 하였다.
 미소 씨는 대체 왜 그럴까? 왜 저런 걸 묻는 걸까? 정말 궁금해서 묻는 걸까? 식당에 내려오기 전 식단표에 쓰인 배춧국을 보고 오늘은 맛없는 메뉴라고 중얼거리기까지 했으면서. 나를 놀리는 건가? 아니면 질투? 승주는 배춧국을 한술 크게 떠먹으며 고요히 빈정거렸다.

미소 씨는 삶의 궁극적인 목표가 무엇일까? 있기는 할까? 이 역시 답이 필요한 궁금증은 아니었고 승주는 그저 미소 씨에게 이렇게 선언하고 싶었다.

─내게서 관심을 거두어주세요.

그러나 운명을 인지한 자의 삶에는 허공으로 흩어지는 시기심보다 더 큰 사명과 즐거움이 있는 법. 퇴근길, 승주는 난생처음 보는 사람들이 자신의 과일에 대해 품평하는 장면과 마주쳤다. 승주가 저녁으로 데워 먹을 만두를 사 가지고 집으로 돌아가는 길, 몇 걸음 앞에 승주가 방금 다녀온 마트 비닐봉투와 승주의 거래처인 청과점 비닐봉투를 한 손에 들고 가는 사람이 보였다. 청과점 봉투에 담긴 것은 자두였다. 아직 푹 익지 않아 노란 기가 도는 자두가 반, 오늘 저녁 간식으로 먹으면 마침맞을 만큼 검붉게 익은 피자두가 반이었다. 봉투에 비친 형태로만 보아도 알이 굵고 과육이 단단한 것이 자신이 납품한 자두들인 것 같아 승주는 허기도 잊고 그를 따라 집을 지나쳐 계속 걸었다. 그는 자두를 대형 마트가 아닌 과일 전문점에서 따로 살 만큼 과일의 맛을 중시하는 사람이었던 것이다.

교회 앞을 지나쳐 걸을 때 누군가 그를 재차 불러 멈춰 세웠다. 그는 꾸벅 반갑게 인사를 건네며 들고 있던 봉투에서 검붉은 자두들을 골라 건넸다. 여기 청과점 주인분이 말이 너무 많아서 잘 안 가게 되었는데 언제부턴가 과일이 너무 맛있어져서요, 지금이 자두 철이더라고요, 여기 익은 것들 몇 알로 골라서 가져가셔요…… 자두 몇 알 담아주는 찰나의 순간에도 어찌나 말이 많은지 최근 과일 거래처가 새로 생겼는데 젊은 여자 혼자 일을 다 하는 것 같다고, 말수가 너무 적어서 얘기를 제대로 나눠본 적은 없는데 자기는 그 사람을 과일의 천재로 여기고 웬만하면 조건을 다 맞춰준다고…… 과일의 천재요? 네 과일의 천재요. 과일의 천재라니. 그러게요, 과일의 천재라니.

승주는 과일의 천재로서 교회 앞을 유유히 지나쳤다. 집으로 돌아왔을 때는 과일을 들고 가던 사람도, 그를 불러 세운 교회 사람도, 대화를 나누던 그들의 목소리도 기억나지 않았고 오직 과일의 천재라는 표현만이 세상이 들려준 응답처럼 남아 있었다.

그날 밤 승주가 '과일의 천재'를 손수건 삼아 밤새 눈물을 훔쳤던 것은, 그즈음 땅주인에게 어떻게 과일을 헌납하면 좋을지 한창 골머리를 앓고 있던 탓이었다. '많이는 아니고 혼자 먹기에 적당한 양'을 '이 주에 한 번' 가져다달랬지…… 그가 말한 이 주가 임박해오고 있었다. 그래도 여기가 서울인데 임대료를 전혀 받지 않는다는 것이 가능한가? 물론 그때 승주가 내밀었던 수박에 압도당한 것일 수는 있겠지만 그래도 믿기지 않고, 너무 믿기지 않아 수상하다는 생각마저 들었다. 동시에 임대료를 대신할 만한 과일이라니 엄청나게 맛이 좋아야 할 것만 같고 그렇다고 '혼자 먹기에 적당한 양'이라는 요청을 지나치게 벗어나고 싶지도 않았다.

언젠가부터 승주의 머릿속에는 탐스러운 리본으로 장식된 과일 바구니가 정중앙에 들어선 채 자신 외에 다른 것에는 영 자리를 내어주지 않으려고 들었다. 승주는 밭에 들를 때마다 땅주인에게 건넬 좋은 과일들을 고르는 데 대부분의 시간을 썼다.

고민은 며칠 전 새벽 이후 더욱 심해졌다. 승주가 저녁뿐만 아니라 새벽에도 밭에 들러 일을 한다는 것을 몰랐는지 아직 날이 밝지도 않은 새벽, 땅주인이 승주가 온 줄도 모르고 밭 오른쪽 구석 바닥을 들여다보며 생각에 잠겨 있었다. 승주는 과일 바구니에 대해 골몰하던 생각의 크기만큼이나 그 우연한 만남이 싫었다. 그가 들여다보고 있는 것이 배추도 감자도 대파도 아닌 인삼이라는 것을 알았을 때는 그를 밭에서 골목길 쪽으로 난 가장 가파른 각도의 길에서 굴려버리고 싶었다.

—이건 다 자라려면 한참 걸리죠?

그럴듯한 쓰임을 갖춘 작물로 자라려면 십 년도 더 걸리는 것이 인삼이었다. 역시 비싼 것은 귀신같이 알아보는구나. 날도 채 밝지 않은 새벽, 이성보다는 본능이 더 깨어 있는 시간에 마주친 타인이 그 역시 당황스러웠을 테지만 그와 같은 부류의 인간에게는 당황함을 감쪽같이 숨기는 재주가 있었다. 당황한 사람, 사별한 사람 중 한쪽이 되어야 한다면 사별한 사람 쪽을 택할 인간이었다, 그는. 승주는 인사 대신 인삼에 대해 묻는 그의 무례함에도 치가 떨렸다.

—그렇죠. 아직 일 년도 안 된 것들이라.

—땅에 심긴 상태의 인삼은 처음 보는 것 같네요.

—네……

그는 땅에 심긴 인삼은커녕 땅에 심긴 수박도 감자도 배추도 직접 본 적이 없을 터였다.

승주는 그가 사라지자마자 그에게 줄 과일들을 고르기 시작했다. 머릿속에서 점점 기괴한 형상으로 몸을 불리는 과일 바구니를 더이상 가만둘 수 없었다. 승주는 최상급 배추 최상급 감자 최상급 토마토 최상급 방울토마토 최상급 고구마 최상급 가지 최상급 고추 들을 골라냈다. 퇴근길에 예쁜 바구니를 구입하여 박박 씻은 작물들을 보기 좋게 담아 다음날 두시쯤 그에게 전화할 것이다. 밭을 나서기 직전, 승주는 고민 끝에 그가 한참을 들여다보던 인삼 쪽으로 갔다.

그는 어쩌면 새싹 삼이 먹고 싶었는지도 모른다. 승주의 인삼은 키운 지 사 개월이 된 그야말로 새싹 삼이었다. 새싹 삼 맛 좋은 것은 어떻게 알아서는…… 승주는 삼 뿌리가 최대한 다치지 않도록 땅을 깊이 팠다. 삼이 뿌리를 내렸을 깊이보다도 훨씬 더 아래쪽까지 넉넉히 땅을 파 온전한 새싹 삼 세 뿌리를 건졌다. 그래도 열 뿌리 정도는 챙겨주어야겠다는 마음으로 승주는 자그마한 인삼밭에 검은 구덩이를 냈다. 열번째 인삼 줄기에 다다랐을 때 탄력을 받아 땅속으로 쑥 쑥 박히던 삽이 문득 단단한 것에 부딪혔다.

여기 웬 상자가? 승주는 삼을 무사히 뽑아낸 뒤 그 아래 상자를 파내기 위해 마저 삽질을 했다. 옆으로 긴 모양의 상자여서 다 파내려면 삼 뿌리 몇을 해칠 수밖에 없었지만 승주는 포기하지 않았다. 마침내 상자를 꺼내어 열자 그 안에는 말끔히 정돈된 백골 한 구가 들어 있었다.

*

　승주의 집에는 18종의 과일과 야채가 반구 모양으로 꼭꼭 담긴 거대한 과일 바구니가 있다. 과일들은 승주의 집에서 십 분 거리의, 고가도로 아래 숨겨진 텃밭에서 왔다. 숨겨진 텃밭에는 숨겨진 백골이 있다. 숨겨진 백골에 대해서라면 육 개월 만에 나타난 땅주인이 알고 있을 것이다. 승주는 땅주인에게 혼자 먹기 적당한 양의 작물들을 선물하기로 했다. 그를 위해 커다란 바구니에 18종의 작물들을 골라 담았다. 그리하여 승주의 집에는 18종의 과일과 야채가 반구 모양으로 꼭꼭 담긴 거대한 과일 바구니가 있다. 과일들은 승주의 집에서 십 분 거리의 고가도로 아래 숨겨진 텃밭에서 왔다. 숨겨진 텃밭에는 숨겨진 백골이……

　승주는 업무 일지를 펼쳐둔 채 좀처럼 일에 집중하지 못했다. 생각이 바구니와 텃밭 사이를 맴맴 돌았다. 운명에는 역경이 따르는 법이라지만 백골을 발견하다니 이런 사건에는 휘말리지 않는 게 상책인데, 밭을 버리고 튀어야 하나. 오늘 해야 할 일이 정말 많은데. 게다가 밭은 내게 무엇과도 바꿀 수 없어져버렸는걸…… 마음을 다잡아보다가도 생각은 이야기의 힘에 끌려 다시금 인삼밭 차광막 아래로 향했다. 직접 죽인 걸까? 아니면 대신 숨겨준 것? 전자라면 승주는 살인의 흔적을 숨겨준 꼴이 되는 것이고 후자라면 살인의 흔적을 숨겨준 사람을 숨겨준 꼴이 되는 것이다.

그가 아무것도 모르고 있을 가능성도 있나? 아니……

이런 일로 따질 수가 있나? 내 땅도 아닌걸……

경찰에 신고해야 할까? 그럼 내 텃밭은 어떻게 되는 것일지……

승주는 어제의 일에 대해 생각하기를 멈출 수가 없었다.

—승주 씨 생각나서 사 왔어요.

꽉 짜인 생각의 틈을 찢고 불쑥 등장한 미소 씨의 손에는 손잡이 부분에 리본이 묶인 휴대용 착즙기가 들려 있었다. 여름휴가로 다녀온 여행지에서 사 왔다는 착즙기는 이미 승주도 갖고 있는 것이었다. 몇 주 전 납품용 트레이에 자두를 옮겨 담다 온몸이 땀범벅이 되어 귀가했을 때 승주는 문득 자두를 다섯 개 정도 뭉개 그대로 마시고 싶어졌고 집에 돌아오자마자 건전지로 돌아가는 작은 착즙기가 있을까 한참을 찾아보다가 그 물건을 발견했다. 그전까지 승주는 세상에 휴대용 착즙기라는 것이 존재하는 줄도 몰랐다.

―아직 농사일 하고 있는 거 맞죠?

―네, 그럼요……

미소 씨가 여름휴가를 다녀온 기간은 열흘. 휴가 전 마지막 출근 일에도 승주는 팀원들에게 직접 재배한 상추를 돌렸다. 그럼 열흘 만에 그만두었을까봐? 미소 씨와 대화를 나누면 기분이 어김없이 언짢아졌고 언짢아진 기분을 그대로 두면 증오의 영역으로, 승주 자신까지도 괴롭게 하는 복구 불가능의 영역으로 곤두박질칠 것이 분명했다. 어쩌면(아니 사실 분명히) 미소 씨는 벌써 그 세계에 발을 들였는지도 모르지만 승주는 미소 씨를 매일 마주쳐야 했고 자신의 괴로움을 구원하기 위해서라도 미소 씨를 포기하고 싶지 않았다.

내가 도와줄 테니 얼른 발을 빼요. 그러지 않으면 나는 꿈속에서 당신을 거듭 죽일 것이다…… 그런 마음이 승주를 활짝 웃게 만들었다. 승주는 미소 씨에게 품은 증오의 크기만큼 친절해졌다.

―언제 한번 놀러와요! 이걸로 주스도 짜 먹고.

미소 씨가 이런 제안을 거절할 리가 없는데. 나 지금 왜 이런 말을 하고 있지. 미소 씨는 이런 말을 지나치는 법 없이 구체적인 날짜를 내밀 것이다. 승주의 말이 끝나자마자 미소 씨가 말했다.

—이번 주 금요일 어때요?

이때 승주가 고개를 저을 수 있었을까? 승주는 그저 그날 빨리 퇴근해야겠다고 답할 뿐이었다. 웃으며 돌아서는 미소 씨의 머리를 착즙기로 짠다면 어떻게 될까. 미소 씨의 작은 머리통을 착즙기에 욱여넣고 누른다, 누른다, 두개골이 부서지고 그 안에 든 것들이 터져 나온다, 눈알과 뇌와 뇌수와 그 밖에 승주가 알지 못하는 머릿속 물질들이.

*

미소 씨의 방문까지 화, 수, 목 사흘이 남아 있었다. 금요일에 미소 씨가 오면 텃밭을 방문하지 않고는 못 배기겠지. 미소 씨를 텃밭에 발 들이게 만들고 싶지는 않았지만 승주의 의지와는 상관없이 퇴근길에 텃밭부터 들르게 될 수도 있을 것이다. 승주에게는 순서를 통제할 힘이 없었다. 머릿속이 난장이었다.

화요일 저녁.

승주는 퇴근하자마자 샤워를 한 뒤 작업복으로 갈아입었지만 밭으로 가지 않았다. 대신 침대에 누웠다. 밭에 가면 작물들을 차례차례 살펴봐주어야 하고 그러다 보면 인삼을 지나치기란 어려운 일이었다. 인삼 밑에 무엇이 있는지 알면서도 무시할 수는 없었다. 텃밭에 가면 일을 하는 내내 인삼 밑 백골 상자의 존재와 싸워야 할 테다. 말 그대로 뼈밖에 없는 백골은 무력했지만 백골과 관련된 이야기가 무서웠다. 그 안으로 들어가려면 굉장한 각오가 필요할 것 같았는데 퇴근 후 승주에게는 각오를 다질 시간이 없었다. 며칠만 아무것도 하지 않고 쉬고 싶다는 생각으로 승주는 자신의 손길을 기다리는 작물들을 통째로 외면해버리기를 택했다. 오늘 하루만 땅속에 남아 있을 수분을 빨아먹으며 견뎌줄래?

밭에 가지 않기로 결정을 내리자 배가 고파왔다. 냉장고에 뭐가 있지 살펴보다가 승주는 땅주인에게 건네지 못하고 냉장고 삼분의 일을 차지하고 있는 과일 바구니와 마주치고 말았다. 그가 이 주마다 한 번씩 혼자 먹기 적당한 양의 과일을 준비해줄 수 있겠냐고 말한 지 오늘이 딱 이 주가 되는 날이었고 바라는 대가가 과일뿐이라면 시간이라도 잘 지켜야 하지 않을까 마음이 무거워짐과 동시에 배고픔도 더욱 심해져 두 가지 감각이 머릿속에서 합체! 승주는 곧 과일이 먹고 싶어졌다. 승주의 집에 있는 과일이라곤 과일 바구니에 꼭꼭 담긴 과일들뿐이었고 지금 먹어버리고 내일 다시 채워서 가져다줄까 고민하다가 그 대신 과일 배달 서비스를 이용해보기로 했다. 요즘은 과일도 시켜 먹을 수가 있었다. 다 깎고 씻어서 먹기 좋게 가져다준다. 수박 한 통만 주문하려고 했지만 점원이 친절한 목소리로 다른 과일까지 권하는 바람에 청포도와 방울토마토까지 주문했고 사만오천 원이 나왔다.

깨끗한 과일은 맛이 좋았다. 과일은 승주에게 맛있음을 주었다. 승주는 과일에게 아무것도 주지 않아도 되었다. 과일이 순수한 얼굴로 먹어줘! 먹어줘! 하면 음…… 하고 입에 넣어버리면 그만이었다. 달콤했고 즐거웠고 배가 불렀고 더이상 먹을 수 없게 되자 다시 슬픔이 찾아올 것 같은 예감이 들었지만 다행히도 그전에 잠이 들었다.

수요일 저녁.

바구니를 들고 그에게 갔다. 어린이집 뒤편 골목길을 얼마간 따라 걷다보면 나오는 초록 대문의 집. 그는 인근에 초록 대문은 자신의 집뿐이니 찾는 데 어려움은 없을 것이라고 설명했다. 그는 자신의 집을 초록 대문의 집이라고 설명하는 사람이었던 것이다. 설명대로 승주는 금세 도착해 초인종을 눌렀다. 대문이 철컥 열리는 소리가 나, 직접 열고 들어오라는 뜻인가 망설이고 있을 때 문틈으로 그가 안쪽 현관문과 이어진 계단을 내려오는 것이 보였다.

―어유 이걸 정말 가져오셨어요?

그렇게 묻기에는 바구니에 담긴 정성을 알아보지 못할 수가 없을 텐데, 그는 그렇게 묻는 사람이었다. 그는 바구니를 이쪽저쪽 돌려 보았다. 인삼은 알아보는 데 어려움이 전혀 없게끔 가장 바깥 면에 일렬로 담아두었다. 인삼을 보고는 분명 이거 자라는 데 아직 한참 남았다고 하지 않았느냐고 묻겠지? 그럼 뭐라고 말해야 할까. 적절한 답변을 고르는 것보다 승주는 질문에 담긴 함의들을, 질문들마다 도사린 의혹들을 견딜 수가 있을지, 그것들을 모두 무시하고 하하 뭘요 별거 아닙니다라고 말해낼 수가 있을지 자신을 의심하며 그의 한마디를 기다렸다. 그는 질문 대신 이렇게 말했다.

―마침 방금 물을 끓였는데 들어와서 차 한잔하고 가세요.

저 제안에도 함의가 있을까? 아니, 보다 효과적인 질문을 건네기 위해 본격적인 무대를 마련하겠다는 말일까? 무엇이 됐든 예상치 못한 일에 휘말리기 싫어 승주는 번거로우실 텐데 이만 가보겠다고 말했다. 그는 한번 더 권했고, 승주는 한번 더 거절을, 그는 개의치 않고 한번 더 권했고, 승주는 또 한번 거절을, 그는 제가 정말 마음이 불편해서 그렇다며 절대 물러서지 않겠다는 의지를 담아 네번째 권유를 해왔고 승주는 더이상 견딜 수가 없어 그럼 알겠다고 했다. 어쩌면 그는 자신의 의혹을 해소하려고 승주를 초대하는 것이 아니라 승주마저 백골로 만들어버리려는 것일지 몰랐지만 승주는 그의 뒤를 따라 계단을 오르는 것을 멈출 수가 없었다. 그는 과일 바구니에서 과일을 골라 내오지는 않았고 대신 와인과 크래커를 내왔다. 자리에 앉자마자 승주에게 많은 것을 물었다. 모두 텃밭의 기원과 번성에 대한 질문이었다. 승주가 밭의 탄생 비화와 운명에 대해 다른 누군가에게 털어놓은 것은 처음이었다. 텃밭을 우연히 발견하고 곧장 흙을 시식해보았던 것, 씨앗을 뿌리자마자 흙이 자신이 지닌 모든 양분을 내어준 듯 식물들이 급속 생장한 것, 최상의 맛을 지닌 작물들이라고 인근 청과점에 소문이 자자한 것, 그리고 운명이라는 단어가 이제 자신에게는 전혀 무겁지 않다는 사실까지.

그는 승주의 정리되지 않은 말들을, 궁금증이 가시지 않은 얼굴로 모두 들어주었다. 너무 투박한 단어들이 튀어나와 승주가 말들을 고치고 또 고치느라 이야기가 터무니없이 길어지고 또 붕 떠올라도 제지하는 법이 없었다. 승주의 긴긴 이야기가 끝나자 그가 말했다.

―그렇죠, 저도 그거 잘 알아요. 피가 끓는 심정.

날이 어두워져서야 승주는 그럼 곧 또 뵙자고 꾸벅 인사를 했다. 돌아가는 길, 승주는 텃밭을 가로지르는 대신 큰길로 나가 빙 둘러 걷는 쪽을 택했다. 쏟아낸 말들 중 후회되는 것은 없는지 되새기려면 그쪽 길이 나을 것 같았다. 조금 전의 대화를 복기하며 천천히 걸었지만 크게 마음에 걸리는 부분은 없었다. 굳이 꼽자면 말을 너무 많이 했나 싶은 것이었는데, 그에게서 피곤한 기색을 느꼈던 기억은 없어 이만하면 괜찮은 것 같았다.

백골에 대해서는 한마디도 나누지 않았다. 아아······ 어쩌면 그로서도 모르는 일일지 모르지.

목요일 저녁.

승주는 며칠째 소홀했던 밭일을 재개했다. 내일 미소 씨의 눈에 텃밭이 어떻게 비칠 것인지를 생각하며 못나게 자란 것들은 설익었을지라도 가차없이 뽑아버렸다.

*

 텃밭을 들렀다가 집으로 가? 아니면 집에 가서 저녁 식사를 먼저 하고 텃밭으로 가?

 승주는 미소 씨를 만나러 회사 로비로 향하는 와중까지도 순서를 정하지 못했다. 엘리베이터 문이 열렸고 회전문 앞 미소 씨 뒷모습이 보였다. 어떻게 하면 좋을지는 하나님이 알려줄 거야. 승주는 두 손을 모아 꼭 쥐고 짧은 기도를 마친 뒤 오른손을 흔들며 미소 씨를 불렀다.

 승주는 기도하는 마음으로 말했다.

 ―텃밭 먼저 가고 싶어요? 아니면 저녁 먼저?

 ―텃밭 들렀다 가면 저녁이 너무 늦어지는 거 아닌가요?

 우리집에 가는 건데도 너무 미소 씨 의견을 따랐나? 아니, 이건 하나님이 일러주신 순서야…… 역시 아무래도 저녁을 먹고 가는 게 낫지. 텃밭을 갔다가 집에 가서 저녁 준비를 하게 되면 적어도 여덟시는 되어야 먹을 수 있을 텐데. 물어볼 것도 없이 그냥 자연스럽게 집으로 향할걸, 후회는 남았지만 승주는 준비한 저녁 식사 메뉴를 읊어주며 미소 씨의 제안을 부드럽게 받았다.

말 많은 미소 씨와 저녁 식사를 마치니 아홉시 무렵이었다. 보통 때 같으면 평일 저녁 작업을 마무리할 시간이었다. 미소 씨는 휴대용 착즙기를 써보았냐고 물었다. 승주는 벌써 몇 번을 써봤다며 선물받은 착즙기 대신 직접 구입한 착즙기를 꺼냈다.
　─특히 자두 즙 내기에 좋더라고요.
　미소 씨는 직접 딴 자두로 주스를 만들어보고 싶다고 말했다. 밭가에 라이트를 몇 개 박아두기는 했지만 초심자에게는 어두운 밭길이 위험할 수 있으므로 승주는 집을 나서며 신발장에서 랜턴을 챙겨 들었다.
　자두나무는 밭 가운데쯤 벌써 승주의 키를 훌쩍 넘긴 채로 서 있었다. 미소 씨는 신고 온 구두 대신 승주의 운동화를 신었는데, 발보다 한참 큰 신발이 경사진 흙길에서 자꾸만 훌렁훌렁 벗겨졌다. 걷는 속도가 더디기는 했지만 헛딛는 일 없이 곧잘 따라오는 미소 씨. 승주는 땅만 보고 걷는 미소 씨의 앞길을 랜턴으로 비춰주느라 앞과 뒤를 모두 살피며 걸어야 했다.
　자두나무 구역에 다다라 가져온 짐들을 부려놓고 있을 때 반대쪽 끝에서 휘휘 팔을 휘젓는 사람의 형체가 보였다. 굳이 랜턴을 비추지 않아도 깡마른 몸과 나풀거리는 셔츠가 땅주인이라는 것을 알려주었다. 순간적으로 승주는 미소 씨의 존재가 이렇게 고마울 수가 없었다. 늦은 밤 혼자 그를 마주했다면 자두나무처럼 몸이 굳어 백골과 관련된 일이 승주 자신에게도 벌어지는 순간을 꼼짝없이 기다려야 했을지도 몰랐다.

승주는 랜턴으로 그를 비추고 고개인사를 했다.

—오늘은 평소보다 늦게 오시네요. 그제 너무 큰 선물을 받아버려서 보답할 게 없을까 하고 잠깐 기다렸어요.

승주는 그의 말에 따라 랜턴 불빛을 그의 손으로 옮겨 비추었다. 제법 묵직해 보이는 종이봉투가 들려 있었다. 랜턴 때문에 시선이 너무 정직하게 드러나는 것 같아 머쓱했지만 그는 머쓱함을 드러내지 않고 모른 척할 줄 아는 사람이었으므로 승주도 우물쭈물하는 대신 지금 할 수 있는 최선의 자연스러움을 보이기로 했다.

—오늘 직장 동료가 집에 놀러와서 밭에도 같이 와봤어요.

그가 서 있는 곳에서 미소 씨의 얼굴까지 보이지는 않을 것 같아 승주는 미소 씨와 그에게 불빛을 번갈아 비추어주었다. 텃밭 현장을 책임지는 조명 감독처럼.

그러자 이동하는 불빛에 따라 떠오르는 이상한 얼굴들. 미소 씨를 비추자 살짝 벌어진 입에 경직된 눈, 빛보다 하얗게 질린 얼굴과 엉뚱한 곳에 멈춰선 손, 눈에는 눈물이 차올랐고 벌어진 입술이 떨리기까지 했다. 다음으로 땅주인을 비추자 떨림을 감추려는 듯 앙다문 입, 그마저도 효과적이지 않아 황급히 입을 가리려고 올라가는 손, 역시 차오르는 눈물과 아래로 떨구어지는 머리통.

승주가 랜턴을 몇 번이나 번갈아 비추었을까? 둘 가운데 서서 승주가 할 수 있는 것은 그런 것이었다. 미소 씨와 땅주인을 번갈아 비추며 변하는 표정만으로 모든 것을 이해할 수 있었다. 셋 중 그 누구도 먼저 입을 열지 못했다. 둘 가운데의 승주가 빛을 옮길 때마다 건너편 끝의 검은 차광막과 그 아래 구덩이가 보였다. 그 둘이 백골과 관련되어 있다는 사실을, 승주는 본능적으로 깨달았다. 농부의 피를 깨달았을 때의 직감보다 강렬하게. 그러니까 둘은 여기 텃밭에서 시체를 함께 묻고 우연히 나를 경유해서 만났다. 그 뒤의 이야기는 승주로서도 다 상상하기 어려울 만큼 무겁고도 깊었다. 운명의 계시가 고가도로 아래 작은 텃밭으로 번개처럼 내리꽂히고 있었고 그중 승주의 몫도 있었을까? 분명히 있었던 것 같았는데…… 나의 운명은 운명을 다한 것일까? 하지만 여기 이렇게 내가 일군 텃밭은 무엇이지……

우선 지금으로서는 이토록 화려한 운명의 번갯불이 번쩍번쩍 너무 어지러웠고 승주는 그저 자리를 피하고

만 싶었다. 그래서 자리를 피하기로 했다. 랜턴 불빛을 거두고 미소 씨를 지나 가파른 경사를 도로 내려갔다. 자두를 수확하면 담아 오려고 했던 가방도 착즙기도 휴대용 컵도 모두 흙 위에 그대로 둔 채로.

일단은 집에 가서 미소 씨를 기다려야겠지? 아냐, 잠든 척 문을 열어주지 말자. 미소 씨의 핸드백은 어떻게 하지? 다음에 전해줄 날이 있을 것이다 다음에……

내일은 토요일이고 토요일에는 새벽부터 종일 텃밭을 돌볼 수가 있었다. 승주는 숨을 깊이 들이쉬고 내쉬며 내일은 여섯시에 일어나야지, 다짐했다. 얼른 내일이 왔으면 좋겠다는 생각뿐이었다. 주말에는 새벽부터 할 일이 아주 많았다.

공부를
하자

그리고 시험을 보자

4월은 측정의 달, 많은 숫자들이 시간 위를 수놓는다. 중학교 3학년 1학기 중간고사가 치러졌고, 성적을 기다리는 동안 신체검사가 예정되어 있었다. 승주의 중간고사 전교 석차는 최상위, 몸무게는 47킬로그램으로 반에서 세번째로 적었고, 키는 168센티미터로 반에서 다섯번째로 커서, 점 잇기 놀이를 하듯 그 세 개의 점을 이으면 미소 짓는 입이 완성되었다.

승주가 학기 초 획득한 보다 여러 개의 수치를 이어 정교한 붓질을 더하자 이런 그림이 탄생했다. 끝이 보이지 않는 들판에서 마음껏 뛰노는 토끼, 뭉게구름을 퐁 뚫고 더 높은 하늘로 솟아오르는 비행기…… 승주의 숫자들은 울상 짓는 형상은 만들어내는 법이 없었다. 승주는 무표정, 비뚤어진 입, 혹은 끝 모를 구렁텅이의 형상으로 점 잇기 놀이가 끝나고 만 다른 친구들의 그림을 마른 낙엽 밟듯 가로질러 학년 대표 성적 우수자로서 교내 방송에 나가 상장을 수여받았다.

학년 대표 성적 우수자는 1등급을 가장 많이 받은 학생으로 정해지는데, 때문에 전 과목 평균 점수로 집계되는 전교 석차 1등과는 다른 학생이 수상자로 선정되기도 했다. 그러나 승주는 그런 난처함에 대해서는 걱정할 필요가 없었다. 승주는 압도적 전교 1등을 거머쥐었다.

12 과목 총점 1195.5점 ‖ 전체 평균 99.625점 ‖ 1등급 총 12 과목

승주는 단상 앞에 서서 상장 내용을 읊는 학년 주임의 목소리를, 열두 과목보다 훨씬 많은 과목에서 우수한 성적을 받은 것처럼 들리도록 만드는 느릿느릿 평온한 리듬을 따라 고개를 끄덕였다. 비좁은 방송실에서는 피사체와 카메라 간 적절한 거리가 확보되지 않아 각 반에 송출되는 티브이 화면에는 단상도, 학년 주임도, 옆에서 상장을 들고 대기하고 있는 방송부원도 보이지 않았다. 오직 승주의 뒷모습만이 화면을 가득 메웠다.

승주가 뒷짐진 손으로 주먹을 두 번 쥐었다 펴 보이자 7반 바로 앞줄에서 화면을 바라보던 장범규가 침을 삼켰다. 쯤쯤 사인을 장범규와 함께 알아챈 친구들 몇이 장범규의 어깨에 손을 올리며 낄낄거렸다. 장범규는 붉게 달아오른 얼굴로 조용! 외쳤다.

장범규는 승주를 좋아했고 승주도 장범규가 좋았다. 좋아한다고 말할 수 있는 감정에는 여러 종류가 있으니까…… 승주는 장범규를 좋아한다고 말할 수 있었다. 사람들은 대개 비슷하고, 저이는 좀 다르다 싶었던 사람들도 의외로 아무것도 없어, 특별함에 대한 믿음은 언제나 시간의 흐름에 삼켜지고 말았다.

7반 회장 장범규는 적어도 친구들의 머릿속에 회장이라는 직함(직함은 인상에 남는 데 유리하다)으로 기억되고 있었고, 농구를 좋아한다거나, 가방을 한쪽으로만 멘다거나…… 멋스러운 부분이 아주 없지만은 않았다.

반 회장과 전교 1등이 사귄다.

이렇듯 간편하게 요약되는 문장으로 승주와 장범규는 친구들의 기억에 자신들의 존재를 새겨넣었다. 승주는 사람들에게 오래도록 기억되고 싶었다. 그런 점에서 장범규와의 결합은 적절한 선택이었다. 승주는 혼자 존재하는 것보다 선명해졌고 장범규도 승주를 따라 그렇게 되었다.

장범규는 피부가 깨끗했고 기분 나쁜 냄새가 나지도 않았다. 점심을 먹고 급식실에서 교실로 걸어가는 길, 가끔 운동장에서 친구들과 농구를 하고 있는 장범규를 목격하곤 했는데 그럴 때 승주는 그가 뛰어오르는 순간을 기다리며 걸음을 늦추었다.

숯을 갈겨! 지금이야!

티셔츠가 펄럭이고 그 아래 감춰져 있던 희고 매끈한 배를 처음 보았던 순간은 떠올릴 때마다 새롭게 생생해진다. 군살 없는 직선적인 배가 주는 산뜻한 감각은 복부를 지나, 골대를 향해 쭉 뻗은 팔을 따라 시원하게 미끄러졌다. 마침내 승주의 시선이 장범규의 손가락 끝을 벗어나 파아란 하늘까지 향했을 때 태양이 반짝. 순간 멍해져 가만히 서 있는 승주에게 장범규는 양팔을 흔들어 보였다. 우우— 밀물처럼 쏟아지는 아이들의 야유.

장범규는 승주처럼 이런저런 생각을 경유하지 않고도 승주를 좋아할까? 승주를 있는 그대로 바라봐주고, 어쩌면…… 승주에게도 아직 그런 말을 한 적은 없었지만, 승주를 마음 깊이 사랑하고 있을까?

둘은 학교에서는 말을 거의 나누지 않았다. 모두가 자신들을 바라보고 있거나, 적어도 의식하고 있다는 사실을 인지하게 되면 가벼운 대화에도 필요 이상으로 신중해졌다. 둘의 대화는 초등학교 저학년 영어 교재에 등장하는 다이얼로그와 같은 완결성, 무한 긍정, 근면 성실함을 갖춘 채 수면 위로 떠올랐다가, 금세 사그라들고는 했다.

장범규 승주, 오늘 네 머리끈 예쁘다(Seung-ju, Today your hairband looks good).

승주 고마워(Thank you).

(대화를 마친 둘은 서로에게서 눈길을 거두고 책상을 정돈하기 시작한다.)

○ 오늘 학습할 표현: ~처럼 보이다(주어+look+형용사).

승주는 공부 시간을 매일 열세 시간 이상씩 유지했다. 교복 재킷 주머니, 치마 주머니, 배낭 앞주머니, 학교 책상, 독서실 책상, 승주의 방 책상, 여섯 개의 스톱워치가 공부 시간을 엄격히 셈해주었다.

어쩜 그렇게 공부를 잘하느냐는 질문을 마주할 때면 승주는 두 번의 블러핑 후(어쩜 그렇게 공부를 잘해요? 하하 아녜요. 아니 정말 궁금해서 그래. 그냥 움직이는 걸 별로 안 좋아해서 그런가봐요), 그래도 포기 않고 한 번 더 캐묻는 사람들에게 이렇게 말해주었다. 매일 열세 시간 이상씩 공부해요. 하면 되는 건데 대부분 그렇게 안 하는 거죠. 그럼 질문은 더 이어지는 법 없이 곧장 잠 잠해졌다.

학습 시간을 열세 시간씩 꾸준히 유지해나가기 위해서는 효과적인 스트레스 관리가 무엇보다 중요했다. 스트레스 관리에 배정할 수 있는 시간은 매일 최대 두 시간. 승주는 여러 가지 취미에 마음을 붙여보려 했으나 대개 실패로 돌아갔다. 산책은 스트레스 해소가 아닌 일시적 진정에 가까웠고, 혼자 할 수 있는 운동 종목(테니스·검도·수영)은 경쟁심을 잠재울 수 없어 또 다른 스트레스에 시달려야 했다. 낮잠을 자면 어김없이 악몽을 꾸었고 독서는 조바심이 났다(내가 얘보다 똑똑한 것 같은데 이 사람에게는 왜 벌써 '자기 책'이 있는 거야?).

승주가 마땅한 스트레스 해소법을 찾을 수 없어 또 다른 스트레스에 시달리고 있을 때 장범규가 말했다.

장범규 나는 너랑 이야기 나눌 때가 좋던데(I like talking with you).

승주 나도 그래(So do I).

둘은 학교 안보다 밖에서 훨씬 많은 것을 나누었다. 학교를 벗어나 단둘이 남는 순간 둘은 보다 연인다워졌다. 모두의 시선 속에서 걸어나와 서로를 좀더 자세히 바라볼 수 있었다. 학교가 일찍 파한 어느 수요일 오후, 장범규는 승주에게 우리집에 가지 않겠느냐고 물었다.

 소파에 나란히 앉은 장범규와 승주. 영화를 보다 장범규의 손이, 하늘을 향해 하얀 길을 내던 매끈한 팔이 승주의 어깨를 둘렀고 둘은 바짝 붙어 앉아 서로의 숨결을 느끼다 입을 맞추었다. 장범규는 프렌치 키스를 시도하는 것 같았는데 자꾸만 앞니끼리 부딪쳐 승주는 그 혀를 제대로 받아들이지도, 이쪽에서 그쪽으로 집어넣을 수도 없었다. 각자의 입안에서 웅크린 채 허리를 못 펴는 혀.

 자세가 이게 맞나? 분위기 조성을 위해 로맨스 영화를 틀어두었던 탓에 화면에서는 몇 번이나 불꽃 튀는 키스 장면이 반복되었다. 소파에 앉아 있는 것, 서로 반쯤 껴안은 채인 것, 하체는 약간 떨어뜨리고 상체를 서로에게 바짝 기울인 것, 다른 게 하나 없는데 우리는 왜 안 되는 거야? 앞니 충돌 따위 없는 매끄러운 키스는 왜 우리에게 허락되지 않는 거야? 승주는 장범규가 원망스러워지려 했다. 그 원망이 장범규를 지나쳐 결국 자신에게 향했음은 물론이었다.

각도를 틀어가며 다양한 자세로 진한 키스를 즐기는 주인공들에게 경쟁심이 들어 승주는 결심이라도 한 듯 결연하게 혀를 쭉 빼고 장범규의 입안을 휘휘 저어보았다. 목구멍 바로 위 혀뿌리 부근이 뻐근해져왔고 장범규는 놀란 듯 서둘러 입을 뗐다.

그럼 할 수 없지. 다음 단계로 직행이다.

승주는 힘이 빠진 척, 장범규의 어깨에 얹어두었던 팔을 허벅지 안쪽으로 툭 떨어뜨렸다. 의도가 적중한 것인지, 그 역시 키스는 더이상 안 되겠다 싶었던 것인지, 장범규는 키스 따위 건너뛰고 다음 단계로 진입했다. 소파에 누우니 굳었던 근육들이 풀어지며 서로를 만지는 손길도 한결 부드러워졌다. 옷을 벗고 벗길 때만큼은 드디어 어떤 버벅거림도 충돌도 없이 흐르듯 움직일 수 있었다.

아— 평생 느껴보지 못한 개운함!

승주는 벅찬 숨을 몰아쉬며 장범규네 집 거실 천장을 올려다보았다.

그렇게 승주는 수, 토, 일 오후 두 시간씩 장범규의 집에서 시간을 보내게 되었다. 장범규가 장염에 걸려 학교를 빠진 날에도 승주는 하교 후 #3917 비밀번호를 누르고 장범규 집에 들어가 연두색 소파에 주저앉으며 혼자 있을 때나 낼 법한 걸걸한 한숨을 내쉬었다.

*

 무얼 해야 할지 우왕좌왕하기 일쑤였던 두 시간의 휴식은 점차 형식을 갖추어갔다. 장범규와 승주는 집에 들어가자마자 섹스, 함께 씻고 나온 뒤에는 소파에 반쯤 누워 과자를 먹으며 구십 분짜리 영화 한 편을 관람하였다. 발견할 때마다 다이어리에 기록해둔, 러닝타임 구십 분 영화 모음 리스트는 거의 동이 났다. 영화를 보지 않는 날에는 장범규가 부엌에서 간단한 음식을 만들어 내왔다. 만두라면이나 밀키트 라자냐, 올리브유와 후추를 뿌린 바닐라아이스크림 따위를 먹으며 같은 반 거슬리는 애들에 대한 이야기를 나누자면 또 다른 두 시간이 필요할 것처럼 시간이 금세 흘렀다. 책상 앞으로 돌아갈 시간이 되어도 장범규의 집에 좀더 머물고 싶은 마음이 드는 날도 있었다. 물론 승주는 그 정도의 욕망에 흔들리기에는 너무도 강인하여 시간이 다 되면 군인처럼 벌떡 일어나 가방을 챙겼지만 장범규는 그렇지 못했다. 오

분만 더 있다가 가면 안 돼? 오 분만 더. 진짜 오 분만 더. 오 분만. 진짜 이제 진짜 오 분만……

장범규의 간청에 따라 승주는 오 분 주기로 진자 운동을 하는 메트로놈처럼 일어났다 앉기를 반복했다.

내가 자신의 곁에 계속 머물러주기를 바라는 마음은 나쁘지 않지만…… 장범규는 내가 오 분마다 어떤 계산들을 하는지 모를 거야. 지금 주머니 속 스톱워치가 멈춘 지 두 시간 오 분째, 십 분째, 십오 분째…… 오늘 가능한 공부 시간은 총 열네 시간, 열세 시간 오십오 분, 열세 시간 오십 분…… 가능한 수면 시간과 내일의 기상 시간은……

시간은 속절없이 흐르고 장범규는 그런 건 아무래도 상관없다는 듯 투명한 얼굴로 오늘 체력장에서 BMI가 가장 높은 친구의 윗몸일으키기 계측을 도왔던 일에 대한 이야기를 꺼냈다.

─바닥에 붙어 있으려고 아무리 온 힘을 엉덩이에 집중시켜도 개가 일어날 때마다 내 몸이 공중에 붕 뜨는 거야. 그 애는 한 번 한 번 전력을 다해야 했기 때문에 몸을 일으키는 속도가 아주 느렸고 나는 아주 천천히, 나-지-금-뜨-고-있-잖-아? 속으로 이렇게 되뇔 시간이 있을 만큼 오래 떠 있을 수 있었어. 단 네 번뿐이었지만.

승주는 두 시간이 지나고도 벌써 삼십오 분째 장범규의 집에 추가 체류중이었다. 장범규가 반 회장으로서 모두가 망설이던 BMI 최상위 친구의 체력장을 돕겠다고 나선 장면에는 어딘가 압도적인 데가 있었다. 그것에는 다른 상념 없이 눈앞에서 벌어지는 이미지에 대해서만 집중케 하는 힘이 있었다. 승주 역시 다른 아이들과 마찬가지로 둘에게서 눈을 뗄 수 없었다.

사건의 당사자가, 그 거대한 무릎을 꼭 붙잡고 있던 장범규가 들려주는 이야기에 승주는 시간 가는 줄을 몰랐다. 승주는 장범규가 내온 자두를 씹으며 방충망까지 활짝 열어젖힌 거실 창 난간에 기대어 섰다. 잘 익은 자두는 두 입 크게 베어물자 벌써 노란 씨앗이 드러났다.

―맛있지?

어느새 장범규가 승주의 곁으로 다가와 있었다. 둘은 자두 맛 가벼운 입맞춤을 나누고는 나란히 서서 창밖을 내려다보았다. 집 앞을 지나는 4차선 도로. 한참을 내려다보아도 차들은 몇 대 지나가지 않았고 그보다는 인도를 걸어 다니는 사람들이 많았다.

횡단보도 앞에는 밀짚모자에 흰 모시 셔츠를 입은 노인과 승주와 같은 학교 교복을 입은 여자애들 둘, 한 손에는 검은 비닐봉지 다른 한 손에는 갈색의 낡은 가죽 가방을 든 남자가 서 있었다. 승주는 자두씨를 검은 봉지 안에 넣어보겠다는 일념으로 한쪽 눈을 감고 잠깐의 조준 시간을 가진 뒤 씨앗을 아래로 던졌다. 칠층 장범규의 집에서 낙하를 시작한 자두씨는 안정적인 궤적을 그리며 봉지 안에 안착하는 듯했지만 씨앗이 삼층을 지날 때쯤 신호가 초록불로 바뀌어버렸다. 꼭 쥔 주먹만큼 급한 일이 있었던 걸까, 남자는 보행자 신호보다 앞서 바뀌는 차량 신호등으로 가야 할 때를 미리 알고 발을 먼저 내디뎠고 승주의 자두씨는 노인의 밀짚모자 챙에 적중했다.

기우뚱 벗겨진 밀짚모자 아래 노인의 반짝이는 민머리. 저물기 직전 작열하는 태양빛을 머금어 그 자체도 하나의 작은 발광체 같았다. 노인은 갑작스러운 습격에 놀라 그야말로 몸을 벌벌 떨었는데 과거에 저지른 과오에 마침내 노한 하늘로부터 심판이라도 받은 것처럼, 그리고 그 심판이 두려워 죽을 것 같지만 받아들일 수밖에 다른 도리는 없다는 태도로 한편으로는 겸허히, 두 손을 모으고 아이구 아이구 뒷걸음질치다 주저앉고 말았다.

승주로서는 난생처음 나 아닌 다른 사람에게 물리력을 행사한 순간이었다. 필요 이상으로 겁을 집어먹은 노인을 내려다보며 승주 역시 죄책감에 어쩔 줄을 몰랐지만 옆에 서 있던 장범규는 그새 화분들 사이로 몸을 숙인 채 캴캴거리고 있었다. 장범규는 얼굴이 시뻘겠다. 활짝 웃는 그 얼굴이 어쩐지 낯설었다. 낯설어 설레기보다는 아귀처럼 못난 것을 보았을 때 드는 생경함이었다. 이게 오늘 계측 도우미를 했던 경험보다 웃긴 일이란 말이야? 통제 불능의 웃음을 다름 아닌 자신이 유발했다는 사실만큼은 조금 뿌듯하기도 했다. 마음속 죄책감은 이내 자취를 감추고, 승주는 생각지도 못했던 계기로 또 다른 루틴을 획득하였다.

 어떤 일을 이 주 동안 반복하면 습관이 된다(우등생 승주의 팁★). 승주는 하교 후 장범규의 집에 가 영화를 보다 사랑을 한 뒤 간단히 요기를 하고 남은 찌꺼기나 씨앗 일체로 귀여운 비닐 폭탄을 제조해 집 앞 인도를 오가는 행인들을 겨누었다. 단 한 문장으로 요약되는 승주의 하교 후 두세 시간(어느새 이렇게 느슨해져버렸다)은 안정감과 후련함, 적당한 스릴까지 뒤섞인 완벽한 여가였다.

*

 사람들은 모르겠지만 승주는 늘 결백했다. 무엇에서

든 오래 살아남기 위해서라면 나를 속이지 않는 것, 그것만큼 중요한 것이 또 있을까? 요행은 금물. 바라지도 않는 편이 좋다. 오직 최선을 다한다. 그것이 승주가 생각하는 진실이었다. 승주는 나를 속이는 길과 속이지 않는 길, 그 갈림길 앞에 설 때마다 이 명제를 되새겼다.

며칠 전 수학 시간, 승주는 세 가지 숙제 중 한 가지를 깜빡 잊었다는 사실을 수업 시작이 오 분 남짓 남은 때에 깨닫고는, 교실 뒤에서 정신없이 숙제를 베껴대고 있는 친구들 무리에 끼어들어 숙제가 완성된 교과서 한 부를 건네받았다. 자리로 돌아와 미리 펼쳐둔 자신의 교과서를 내려다보며 친구의 책을 펼치려던 찰나, 승주는 첫 번째 문제의 정답란에 기입해야 할 숫자가 무엇인지 머릿속으로 계산을 끝마쳤다. 다음 문제도, 그다음 문제도, 결국 친구의 책을 베끼지 않고 모두 제힘으로 풀어 낸 승주는 친구에게 교과서를 그대로 돌려주었다. 네 것을 베끼지 않았다는 말을 건네기에는 어쩐지 유난스러워 보이려나 싶어 최대한 가벼운 몸짓을 해 보였다. 어깨를 으쓱했던가? 친구는 눈치채지 못한 것 같지만.

수학 선생은 들어오자마자 교과서를 걷어 몇 권을 쭉 훑어보더니 베낀 사람은 단번에 일어나는 게 좋을 것이라며 으름장을 놓았고 멍청하지만 착한 친구들이 하나

둘 자리에서 일어나는 동안 승주는 그대로 앉아 있었다. 앞줄에 앉은 친구들은 승주를 뒤돌아보며 저들끼리 눈빛을 주고받거나 수군거렸다. 하지만 나는 문제를 진짜 풀었는걸, 너희가 나를 오해하는 게 이해가 되지 않는 건 아니지만 그런 것쯤은 하나도 중요하지 않아. 승주는 몰락한 유원지 가운데 낙하한 듯 외로웠지만, 어떤 상황에서도 자신을 속이는 법은 없었기 때문에 자리에서 일어나지 않았다. 반 애들은 차례로 빈 책상 위에 양말을 벗고 올라가 수학 선생이 항상 갖고 다니는 짧고 단단한 막대로 발바닥을 맞았다.

—너 왜 안 일어났어?

수업이 끝나자마자 교과서 주인이 승주의 자리로 와 말을 붙였다.

—나 안 베꼈어.

—내 책 가져갔잖아.

—책 펴기도 전에 암산이 되길래 결국 내가 다 풀었어.

승주의 말에 반론을 제기할 수 있는 아이는 아무도 없었다. 다음 수업이 곧 시작되었고 다시 찾아온 쉬는 시간, 승주는 그 친구와 팔짱을 끼고 매점에 가 커스터드 크림빵을 사 먹었다.

이번에도 승주는 오직 진실과 떳떳이 마주하기 위해, 십육 년간 지켜온 나만의 명제를 어떤 시련 속에서도 지켜내기 위해, 노은빈이 5교시 끝나고 오라고 일러둔 장소로 홀로 향했다. 오층에서 옥상으로 향하는 계단참. 장범규와 함께라면 두려울 것도 없겠지 마음을 다잡고 겨우겨우 등교했던 것인데, 장범규는 수업이 시작된 지 한참이 지나고도 모습을 드러내지 않았다. 승주에게는 연락도 없이……

*

 어제 오후, 승주는 장범규의 집에서 낙지죽을 시켜 먹었다. 저녁을 따로 또 먹기가 귀찮다는 이유로 장범규는 죽을 세 그릇이나 시켰다. 꼬박꼬박 챙기게 된 승주와의 오후 간식 타임 때문인지 장범규의 희고 매끈한 배는 점점 불룩해졌고, 요 며칠 자리에 앉을 때 셔츠가 뱃살에 끼지 않도록 손끝으로 살짝 빼면서 앉는 습관까지 생겨 버렸다. 나름대로는 옷매무새를 자연스레 다듬는 척 굴었지만 그게 뱃살 때문이라는 사실을 모르기도 어려웠다. 승주가 이걸 세 그릇이나 시켰어? 물었지만 장범규는 듣지 못한 척.

시뻘건 죽이 그릇마다 넘실거렸다. 장범규는 콧등에 땀방울이 잔뜩 맺혔다. 나 간 다음 저녁은 또 저녁대로 먹는 것 아냐? 요즘 왜 이렇게 식욕이 좋아진 거야? 농구도 안 한 지 꽤 되었고…… 장범규는 숟가락을 상 위에 던지듯 내려놓으며 거실 바닥에 드러누웠다.

―더이상 못 먹겠다! 배 터지겠다!

배는 몰라도 셔츠만큼은 곧 터져도 이상하지 않을 것처럼 팽팽했다. 간신히 버티는 흰 단추들. 식은 채 굳어가는 낙지죽 반 그릇. 승주는 장범규에게 집에 비닐봉지가 있느냐고 물었고 남은 낙지죽을 봉지에 소분해 열세 개의 작은 폭탄을 제조했다.

투~하!

낙지죽 폭탄은 지면에 닿자마자 질퍽한 소리를 내며 터졌다. 반경 삼 미터 내에 있는 사람들이 일제히 위쪽을 올려다보았다. 승주와 장범규는 베란다 화분들 사이 재빠르게 몸을 숨기고 동태를 살폈다. 방금 뭐였죠? 시바 이게 뭐야. 토사물 아니야? 낯선 이들 사이에 대화의 장이 만들어지고, 이렇다 할 해답을 얻지 못한 행인들은 찡그린 얼굴로 다시 각자의 목적지를 향해 뿔뿔이 흩어졌다. 고요를 되찾은 거리에 폭탄의 주홍빛 잔해만이 오점처럼 남아 있었다. 멀끔한 거리의 얼굴에 흉터를 내는 자들로서 승주와 장범규는 사이좋게 번갈아 폭탄을 던졌다. 소란과 고요를 오가는 몇 차례의 투하 과정이 지나가고 폭탄이 서너 개쯤 남았을 때, 길 위에 승주와 같은 학교 교복을 입은 무리가 등장했다.

—누군지 알겠어?

—뒷모습이라 잘 모르겠는데.

같은 학교 애들은 투하 이벤트의 제1타깃이었다. 학교에 원인도 정체도 모를 폭탄을 던지는 자(바로 나)에 대한 소문이 퍼지고 그 웅성거림 가운데 들어앉아 모두를 내려다보는 자신을, 승주는 잠들기 전 거듭 상상해왔다. 외고 대비반 문제집을 펼쳐둔 책상에 앉아 문제를 푸는 척 고개를 살짝 숙인 승주가 주위 애들의 말소리에 귀를 기울인다. 우리 동네 폭탄 전설 알아? 엉? 너는 심지어 당했단 말이야? 길을 걷고 있는데 머리 위로 먹다 만 음식 찌꺼기가 쏟아지는 거야. 위에서 습격하기 때문에 꼼짝없이 맞을 수밖에 없어. 그렇게 역겨운 이야기는 처음이다…… 반복적인 상상은 머릿속에 길을 내어 언제부턴가 승주의 공상은 상상이라기보다는 어제오늘 일어났던 일을 기억하는 것처럼 제 의지대로 흘러갔다. 그런 승주의 눈앞에, 아니 눈 아래 나타난 사냥감이 무려 여섯씩이나!

남자 둘, 여자 넷으로 구성된 무리의 뒷모습에서 승주의 시선을 사로잡은 것은 키가 무리에서 두번째로 큰 여자애가 멘 배낭이었다. 빨갛고, 금속 버클이 주렁주렁 달린, 주머니가 많은 가방. 노은빈이었다. 그렇다면 저 애들은 노은빈네 무리가 분명했다. 남자애 둘 중 키가 작은 쪽은 정우승, 큰 쪽은 조현웅, 노은빈 옆 고만고만한 애들은 임주은, 구효진, 양지수였다.

 그 애들과 훌쩍 떨어진 거리에서도 승주는 등뒤가 서늘해졌다. 승주가 아파트 칠층이라는 높이, 시야를 1차 차단해주는 창문, 베란다 통창을 반쯤 가린 화초 더미 뒤에 숨어 익명의 물리력을 행사하는 쪽이라면 그 애들은 상대를 바로 앞에 두고도 앞뒤 재지 않고 주먹부터 갈기는 쪽이었다. 익명의 반대항은 무엇이지. 통성명? 너 이름 뭐냐? 거대한 공포는 곧, 통성명의 물리력자들을 제압해보고 싶다는 강한 충동으로 양태를 바꾸었고 끝내 충동이 최종값이 되었다. 승주는 곧장 창문을 열고 남은 낙지죽 폭탄들을 모두 던졌다.

 폭탄 둘은 도로 위에 떨어졌지만 마지막 하나만큼은 노은빈의 빨간 배낭에 명중했다. 열두 개의 눈동자는 약속이나 한 듯 위쪽을 올려다보고는 허공에 욕을 갈겼다. 승주는 늘 하던 대로 폭탄을 던지자마자 창문을 잽싸게 닫고 화분 뒤에 숨었다. 그런데 왜 노은빈과 아이들이 하나둘씩 이쪽을 가리키고 있는 걸까? 노은빈의 손가락은 일층에서부터 하나씩 올라오더니 정확히 일곱번째에서 멈추었다. 옆을 보니 장범규가 있어야 할 자리가 비어 있었다. 장범규는 화분 뒤에 숨는 것도 충분히 안전하다는 사실을 잊은 모양이었다. 하얗게 질린 채 아래를 내려다보며 서 있을 뿐이었다. 승주가 손짓하자 그제야 거실 안으로 몸을 숨겼으나 때는 이미 노은빈네 무리에게 위치를 발각당한 뒤였다.

곧 현관문 밖에서 말소리가 들려왔다.

―야 누구냐? 나와봐.

장범규와 승주는 숨을 죽이고 기다렸다. 기다리고 또 기다렸다. 집 안에 어둠이 내릴 때까지. 태어난 이래로 가장 고요한 여섯 시간이었다. 음식을 먹을 수도 영화를 볼 수도 대화를 나눌 수도 없었다. 해가 진 뒤에 불을 켤 수도 화장실에 갈 수도 없었다. 장범규가 잠깐 편한 옷으로 갈아입겠다고 방에 들어갔을 때 쪼륵쪼륵 오줌 누는 소리가 났다. 소리가 들리지 않을 거라 생각한 걸까? 어디에다 싸는 거야…… 장범규는 상기된 얼굴로 거실로 나와 너도 편한 옷 줄까? 속삭였다.

밤 열시가 되어서야 승주는 장범규의 집을 나섰다. 하

루 루틴이 이렇게까지 망가진 적은 없었는데. 장범규가 하던 대로 화분 뒤에 숨기만 했어도…… 오늘 낭비한 시간은 앞으로 일주일 동안 하루 한 시간씩 더 공부하는 것으로 보충하자. 핑계는 없다. 신발을 대충 구겨 신고 현관을 나서자마자, 승주는 문 뒤에서 여전히 기다리고 있던 셋과 마주쳤다. 셋의 이름을 떠올리기도 전에 승주는 뒤통수와 배를 한 대씩 얻어맞았고 거듭 네가 한 짓이 맞냐는 추궁을 당했지만 끝까지 부인했다.

—나 진짜 아니야……

—뭔 줄 알고 아니래.

—아니라니까……

아파트 복도는 한 사람을 끝장내기에 그리 적합한 장소가 아니었기에 셋은 그쯤 해두기로 한 듯 서로 눈빛을 교환했다. 노은빈은 시바 거짓말하지 말고 내일 어디어디로 오라고, 안 오면 죽여버린다고 승주의 뺨을 마지막으로 갈기고는 계단 아래로 사라져갔다. 그 셋이 돌아간 뒤에도 장범규는 안쪽에서 나올 생각을 않았다. 변기 물 내리는 소리가 들릴까 무서워 오줌도 방에서 싸던 애가 복도의 소란을 듣지 못했을 리 없을 텐데. 승주는 초인종을 누를까 했지만 그대로 집으로 돌아가기로 했다.

승주가 그 애들을 한눈에 알아본 것처럼, 그 애들 역

시 승주를 알고 있었다. 승주 역시 익명성의 그늘 뒤에 숨기에는 너무 독보적인 탓이었다. 주먹을 꽂기 전 흠칫하는 눈빛들을 승주는 보았다. 학교 티브이에 나와 학년 대표로 성적 우수상을 받던 애잖아. 네가 왜……? 하지만 망설임에 앞서 튀어나와버린 주먹. 퍽 퍽 퍽.

*

계단참에는 어제보다 두 명이 불어난, 총 여덟 명이 팔방진을 펼친 듯 한눈에 들어오는 구도로 앉거나 서 있었다. 승주는 크게 세 가지 원칙을 갖고 그들 앞에 섰다. 트레이닝. 트레이닝. 원칙들을 뇌 속에 완벽히 각인시킨다.

첫번째, 진실만 말할 것.

두번째, 어제와 같이 물리적으로 위험한 상황이 벌어져도 결코 물러나지 말 것.

세번째, 곧 죽겠다 싶은 것이 아니라면 끝까지 버틸 것.

그 애들은 승주가 예상한 대로 바로 주먹을 내리꽂지는 않았고 오히려 아무런 관심이 없다는 듯 하던 이야기를 계속했다. 승주에게는 열여섯 개의 눈동자가 내리쏟아지는 대신 때때로 두 개가 깜빡, 네 개가 깜빡 하며 간헐적으로 시선이 꽂혔다.

―장범규는?

노은빈이 승주를 향해 이렇게 묻자 그제야 아이들 모두가 이쪽을 바라보았다.

―학교 안 나왔어.

노은빈이 왜 그렇게 묻는 것인지 영문도 모르고 순순히 답을 내줄 뿐인 승주였다.

―거기 장범규네 집이잖아. 너네 집도 아닌데 왜 네가 한 게 아니라고 말 안 했어?

응? 그건 또 어떻게 안 거야? 학교를 장악하고 있는 애들이라면 그런 것쯤 하룻밤 사이 알게 될 수도 있는 건가. 어제 흠씬 맞으면서 분명 내가 아니라고 몇 번이나 말했지만 그건 지금 중요한 게 아니었다. 물론 아니라고 했던 것이 거짓말이기는 했지만 그 역시 중요하지 않았다. 왜 말 안 했느냐는 부드러운 말씨의 질문이 꼭 너를 해칠 의도는 없다는 것처럼 들려 긴장이 누그러지면서도, 그렇게 단숨에 안도를 해버리는 자신이 어쩐지 싫다고, 승주는 생각하며 눈앞의 상황을 파악하고자 하였다.

이렇게 되면 위험한 쪽은 장범규일 터였다. 이 애들은 승주 대신 장범규를 타깃으로 정했다. 왜 승주는 타깃에서 제외해준 걸까? 그 이유는 몰라도 결코 장범규를 가만 놔두지 않으리라는 사실만큼은 알 수 있었다. 장범규는 지금 같은 상황은 꿈에도 모르고 벌벌 떨며 침대에 누워 있겠지.

―애가 너 예쁘대.

노은빈이 품안에서 담뱃갑(!)을 꺼내며 말했다. 담뱃갑에서 담배 한 개비를 꺼내 쥐고, 아이들 사이를 가로질러 옥상 쪽으로 한 걸음 한 걸음 올라가며, 노은빈은 왼쪽 남자애에게 살짝 고개를 숙이고는 좋니? 물었다. 남자애의 이름을 승주는 이미 알고 있었고…… 부끄럽게 웃는 조현웅이 승주는 정말 싫었다. 못생겼어. 무엇보다 곱슬기가 돌아 두개골이 다른 사람의 세 배 정도는 더 높아 보이도록 만드는 헤어스타일이 치명적이었다. 머리가 불쑥 솟은 초식 공룡 같았다.

그렇지만 승주도 조현웅처럼 헤헤 웃어버렸다. 그러자 오른쪽 아래 앉아 있던 임주은이 물었다.

―근데 너 장범규랑 사귀지? 어디까지 했어?

이런…… 계속 헤헤 웃을 수밖에. 승주가 헤헤 웃으니 일곱 명의 아이들도 낄낄 웃고 곧 옥상에서 돌아온 노은빈도 웃음 파도에 합류해 큭큭 웃었다. 웃음이 가득한 계단참! 조현웅은 뭐가 좋다고 계속 웃는 건지. 그런데 웃음을 언제 멈추어야 하나요? 아이들이 멈추지 않는다면 승주도 영영 멈추지 말아야 할 것 같았다. 혹은 멈추지 않을 수밖에 없었다? 장범규는 정말 어떻게 되는 것이지…… 장범규는 나보다도 키가 작은 정우승과 붙어도 질 것이다…… 농구에도 손을 놓은 요즘이라면 더더욱…… 장범규는 손이 작아 주먹도 작다…… 그게 중요한 게 아니라 곧 종이 칠 텐데…… 물리 선생은 수업 시간에 늦으면 벌점을 준다고…… 얘들아 너희들은 수업 안 듣니? 헤헤.

그때 노은빈이 말했다.

―빨리 내려가자. 곧 종 칠 듯.

승주는 여덟 명의 아이들과 함께 계단을 내려갔다. 복도에는 종소리가 울려 퍼졌고 서둘러 교실로 돌아가던 아이들이 무심코 이쪽을 올려다보더니 그 사이 속한 승주를 인지하고 다시 고개를 뒤로 돌렸다. 그쪽에서 본다면 승주까지 한 무리로 보이겠지. 상황이 어떻게 이렇게 흘러간 것인지. 승주는 그저 헤헤 웃었을 뿐인데 자신의 원칙들을 저버린 것만 같은 기분이 들었다. 나의 원칙. 뭐였더라? 진실만을 말하는 것, 그리고……

*

 노은빈과 친구들은 자신들을 일컬어 버들치라고 불렀다. 버들치가 맑은 물에만 산다는 점이 멋지다는 이유에서였다. 몇몇은 자신 있게 우리 버들치가— 하며 스스로를 칭했고, 몇몇은 버들치 그 말 좀 쓰지 말라고 하면서도 친구들과 약속이 있는 날이면 다이어리에 '버들치'라고 적었다.

 버들치의 거점은 곳곳에 있었다. 학교 계단참만 해도 승주가 처음 그들을 만났던 곳 외에 세 군데가 더 있었고, 옥상은 당연히 그들의 것, 오래된 아파트 놀이터 정자, 동네의 경계에 위치한 고등학교 뒷산, 양지수의 집, 엔진이 고장난 뒤 그저 방치해두고 있다는 정우승네 엄마 차…… 그들은 그곳에 그저 앉아 있거나 아지트와 아지트 사이를 끝없이 헤엄치며 시간을 흘려보냈다.

 승주는 하교 후 장범규네 집에 가는 대신 버들치와 그들의 거점을 쏘다녔다. 버들치에게는 늘 처리해야 할 중요한 문제들이 있었다. 주로 다른 무리들의 침범 대응, 혹은 사랑싸움이었다. 임주은과 오래 사귀던 이유찬이 배윤지에게 외투를 빌려주었대. 미친 거 아니야? 승주는 그들 안팎의 방어전에 이런저런 조언을 건네기도 했다. 일단 기다려봐, 따위의 말뿐이었지만 아이들은 끄덕거렸다. 알겠어, 일단 기다려볼게. 그러다보면 문제가 정말 해결되기도 했다. 아이들은 승주를 버들치에 없던 두뇌로 인정해주는 눈치였다. 승주도 그들을 마냥 멍청한 아이들로 바라볼 수만은 없었던 것이, 다른 무리들과의 싸움을 두 차례 직접 목격했던 탓이다. 피하고 꽂는다. 피하고 피하고 꽂는다. 상대가 주춤거릴 때면 한번 더 꽂는다. 땀과 흙으로 물든 교복. 그러나 얼굴만은 가뿐했다. 미소를 잃는 법이 없었다. 버들치는 거점을 결코 빼앗기지 않았고 이미 인근 가장 좋은 곳들을 점유하고 있었기에 다른 무리들의 것을 빼앗으려 들지도 않았다. 누군가 자신들의 영역에 들어오면 혼쭐을 내주기는 했으나 먼저 공격하는 일은 극히 드물었다. 버들치라는 이름, 어쩌면 정말 잘 지은 것도 같다고 승주는 생각했다. 그런데 이들 중 누가 버들치라는 명칭을 알고 있었을까? 1급수에 사는 물고기, 그렇게 검색이라도 한 걸까? 음……

옥상이나 뒷산 같은 높은 곳에 앉아 있으면 시간이 발밑으로 흘러가는 것을 볼 수가 있었다. 물고기들이 그 안에서 헤엄치기도 했다. 우리는 시간 위에 있다. 동네는 평평하다. 나는 여기에 있다.

흘러가는 시간이 이렇게 낱낱이 보이는데, 왜 모든 변화는 갑작스러운 걸까? 인과라는 게 실종된 것처럼. 나조차도 내가 여기에 왜 앉아 있는지를 알 수가 없고. 이게 바로 생존력이라는 걸까? 진화는 어쩌면 이렇게 이루어지는 것?

우등생의 자리에서 세계를 바라보던 승주는 버들치의 자리에서 세계를 바라볼 수도 있게 되었다. 이쪽 세계와 저쪽 세계의 경계를 가로지르는 승주. 위기가 없진 않았지만 승주에게는 위기를 극복할 또 다른 무기들이 있었던 덕분에(인정하고 싶지는 않지만 조현웅의 호의도 큰 몫을 해주었고……) 무사히 두 세계를 넘나들 수 있게 되었다. 겪어왔던 바와는 영 딴판인 세계가 자신을 덮쳐올 때, 또 다른 무기를 갖추지 못했거나 무기를 제때 뽑아 들지 못한 사람은 원래 머물던 세계의 기반마저도 한순간에 위태로워지기 일쑤였지만 승주는 달랐다.

버들치는 점심시간이 되면 급식은 먹지 않고 매점에서 빵과 젤리 따위를 잔뜩 사다가 운동장 등나무에 부려두고 배를 채웠다. 등나무에서는 농구장이 잘 보였다. 승주가 급식실에서 교실로 돌아오는 길 위에서 옆으로 비껴 보던 시선과는 달리, 등나무에서는 양쪽 코트가 한눈에 균형감 있게 들어왔다. 점심시간이 시작되고 십오 분쯤 지나면 농구장의 자리에서 세계를 바라보는 아이들이 우르르 등장해 치열한 경기를 벌였다. 버들치는 경기를 훌리건처럼 관람했다. 플레이어라면 등나무 관중석을 의식하지 않기가 어려웠고, 이미 그들 사이 문화가 된 지 오래인 듯 멋진 슛을 성공한 플레이어는 등나무까지 뛰어와 버들치와 차례로 하이파이브를 하고는 테이블 위 간식을 주워먹고 다시 농구장으로 돌아가는 세리머니를 펼쳤다.

승주도 이름 모를 농구복 인간들과 손뼉을 맞추었다. 버들치 가운데 앉아 젤리며 과자를 주워먹던 손을 내밀기만 해도 삼 점 슛의 주인공이 달려와 손바닥을 맞대주었다. 미래의 승주가 성취할 수 있는 무수한 직업들의 목록에 구단주를 넣어보자. 그가 느낄 감각이 바로 이런 걸까? 앞에서는 선수들이 장기짝처럼 날뛰고 있고 그들이 이룬 성취는 곧 내가 이룬 결과물이 된다. 열여섯 승주가 어렴풋이 예상했던 구단주로서의 매일이 제법 정확했던 까닭은, 승주의 감각이 스포츠 세계의 화려함뿐만 아니라 그 이면도 동시에 투시할 줄 알았기 때문이었다. 승주는 덩크 슛, 레이업 슛, 플로터, 스카이 훅 슛, 페이드 어웨이, 뱅크 슛, 딥스리 주인공들과 손을 맞대며 장범규를 떠올렸다. 장범규도 여기에 있었는데. 장범규는 지금 자기 책상에 엎드려 있겠지. 골을 쏘던 양손을 품안에 꽁꽁 묶어두고서.

버들치는 당한 일을 그냥 넘어가는 법이 없었다. 위험의 싹은 밟고 자르고 뽑아버려야 더 퍼지지 않기 때문이라고 했다. 그런 점에서 버들치는 직업적 주먹의 일상을 정확히 투시할 수 있는 능력을 가졌다고 할 수 있겠다.

장범규의 세계는 겨우 자신의 책상만한 크기로 줄어들었다. 사거리 괴폭탄 투척 사건의 모든 혐의는 버들치의 위세 아래 장범규의 독단적 행동으로 결론지어졌다. 나도 그 폭탄 맞아봤다는 애들이 반마다 서너 명씩 등장해 장범규의 몰락을 부추겼다.

그런데 누구세요? 장범규와 나는 너희에게 폭탄을 던진 적이 없는데요. 우리는 폭탄을 맞은 사람들이 위쪽을 올려다보던 그 경멸 섞인 눈길들을 낱낱이 기억하는데요. 거기에 너희들과 같은 범인凡人은 없었는데요. 없었던 너희들이 너무 많아 일일이 찾아가 해명할 수도 없는 일이었다. 아니 해명할 수는 있었겠지만……

장범규도 고분고분 당하고만 있지는 않았던 것이, 어느 날엔가는 왜 승주에게는 아무도 뭐라 하지 않냐고 고래고래 소리를 질렀다. 일순간 얼어버린 아이들. 승주는 최우등생인데다가 버들치이기까지 한걸? 그런 승주가 이런 미치광이 살인미수 범죄에 가담했다고? 장범규의 마지막 절규를 목격한 아이들 사이에서 웅성웅성 비열한 대화가 퍼져 나가려던 때, 노은빈이 장범규의 뒤통수를 갈기며 말했다. 얘는 왜 잡고 늘어져? 승주가 헤어지자고 한 게 그렇게 짜증나? 승주는 그때까지 장범규에게 헤어지자는 말도 차마 못했었는데, 노은빈의 선언으로 둘의 관계는 비로소 최후를 맞이했다. 그때부터 장범규가 승주에 대해 하는 말은 모두 차인 것이 분해 아무렇게나 내뱉는 푸념이 되어버렸고, 아이들은 몰락한 장범규에 대해 떠드는 일로 수개월은 너끈히 보낼 자신이 있어 보였다. 물론 개중에 승주가 진짜 그 짓에 동참했다는 소문도 없었던 것은 아니었지만, 그런 뒷이야기는 수면 위로 올라오지 못하고 오히려 승주에게 미스터리함만 더해주었다.

*

승주, 자?
이제 누웠어.
오 다행이다~ 내일 뭐 해?
이렇게 연락하는 건 처음이네. 그냥 아침 운동하고 독서실 ㅎㅎ

오 나도 아침에 운동하는 것 좋아하는데 ㅋㅋ

낮이 되면 너무 더워서!

아침에 같이 산책할래? 내가 너희 집 앞으로 갈게

산책?

응 내가 방해하는 건가?

아냐, 산책 좋아. 내일 보자!

내일 ㅇㅋ 잠 못 자겠다 ㅋㅋㅋ

조현웅은 다음날 아침 아홉시 십분, 집 앞에 도착했다며 전화를 했다. 조현웅의 문자에 잠을 설친 것은 승주도 마찬가지였다. 기말고사 준비가 한창인데 웬 아침 산책? 아침 운동은 길어도 한 시간 삼십 분 안에 끝내고 독서실에 가야 하는데, 조현웅은 그럴 생각이 없겠지. 토요일이니까 조금 늦어지는 것쯤 괜찮다, 괜찮아. 허비할 시간이 길어질지 모르니 어서 잠들어야 해. 지금 바로 잠들어야 한다는 강박에 정신이 점점 또렷해져 승주는 한 시간 이십팔 분씩이나 뒤척이다 겨우 잠에 들 수 있었다.

승주는 한여름 가벼운 옷차림과는 사뭇 상반되는 커다란 배낭을 메고 집을 나섰다. 지난해 유난히 지독했던 태풍에 단지 내 가로수 군락이 유실되어 그 빈자리에

키 작은 묘목들이 열심히 연둣빛 잎사귀를 피워내고 있었다. 그 곁에 서서 작은 스포츠 가방을 왼쪽 어깨에 걸친 채 승주를 기다리고 있는 조현웅은 머리통이 평소보다 더욱 길어 보였다. 뭔가를 바른 듯 한데 뭉친 머리카락이 반짝거리고 있었는데, 바로 옆 나무의 길게 뻗은 가지와 머리통의 길이가 정확히 같아 거리감이 왜곡된 탓인지 승주는 문득 어지러워져 눈을 꼭 감았다 떴다.

조현웅 쪽에서도 나름대로 오늘의 산책에 대한 대비를 한 것 같았다. 조현웅은 '그 정자' 쪽으로 걷자고 했다. '그 정자'는 고등학교 세 개가 한데 몰려 있는 지구의 가운데 위치한 동산 위를 일컫는 말로, 도로 쪽에서 동산으로 바로 접어들면 가파른 산길을 올라야 했지만 고등학교 운동장을 경유하면 완만한 산책로를 거닐 수 있었다. 조현웅과 승주가 통과할 고등학교 부지는 승주가 곧 시험을 앞둔 외국어 고등학교였다.

외국어 고등학교는 교문이 외국의 어느 고등학교인 듯, 고풍스럽고 거대한 녹색 철문에 독수리상이 조각된 모양이었다. 학교는 다른 인문계 고등학교와 디귿 자 형태로 이웃해 있었고 두 학교가 한 운동장을 쓰도록 되어 있었기에 운동장이 승주네 중학교와 비교하자면 훨씬 넓었다.

교문을 지나 운동장 둘레의 벽돌 길에 접어들자 조현웅이 말했다.

—외고 애들은 화장 안 해도 예쁘대.

그런가…… 승주도 화장이라면 거의 안 하는 편이었다. 스킨 로션 선크림을 바르는 정도가 전부였으니까.

—근데 너도 그래. 화장 안 해도 엄청 예뻐.

조현웅은 이렇게 말하고는 갑자기 앞서 걷기 시작했다. 예상했던 것보다도 훨씬 들떠 보였다. 오늘의 아침 산책 경로는 승주를 위한 것이라기보다 조현웅 자신을 위한 것 같았다. 뭐랄까, 예비 외고생과 함께 외고 거닐어보기 체험? 승주가 계단참에서 버들치를 처음 마주했을 때 느꼈던 이질적인 기분을 조현웅도 만끽하고 있는 걸까? 그래도 그렇게 붕 떠 있는 조현웅의 뒷모습이 언짢지만은 않았다. 아침 공기가 적당히 시원하기도 했고 또 승주로서도 이 학교를 이토록 천천히, 아무도 없을 때 거닐어보기란 처음이었다.

—같이 가!

승주는 잰걸음으로 조현웅의 뒤를 쫓았다. 학교 건물과 바로 인접한 길은 벽돌 길이 아닌, 잿빛 시멘트 길이었다. 길은 처음의 회색빛을 잃고 분홍 노랑 파랑 알록달록 색으로 뒤덮여 있었다. 이것에 대해서라면 조현웅에게 들려줄 이야기가 있지. 승주도 학원에서 몇 번 소문으로만 들었을 뿐 직접 마주한 것은 처음이었다. 그저 괴담인 줄 알았건만……

회빛 길을 채도 높은 색깔로 수놓은 재료는 다름 아닌 분필이었다. 인문계 고등학교 학생들이 창문 아래로 외국어 고등학교 학생들이 지나가기를 기다렸다가 분필 따위를 던져서 맞히는 일이 왕왕 벌어진다고. 개인 대 개인의 원한 때문은 아니고, 독서실 건물을 외고 학생들만 쓸 수 있도록 한 것, 운동장을 함께 쓰는 것, 그마저도 외고 체육대회 때는 한 달 내내 운동장 상당 부분을 비워주어야 하는 것, 정문 디자인의 무게감 차이……등에서 비롯된 불만 때문이라고 했다(이유야 대보자면 끝도 없을 것이다). 그 길을 실제로 걸어보니 분필 투척은 왕왕 벌어지는 정도가 아닌 듯했다. 길 전체가 오색찬란했다.

승주가 이 이야기를 들려주자 조현웅은 킥킥대며 이렇게 말했다.

─너도 그거 좋아하잖아. 위에서 뭐 던져서 사람 맞히는 거.

승주는 조현웅이 칠층에서 던진 화분을 정수리에 정통으로 맞은 듯한 강한 충격을 느꼈다. 내내 한마디도 하지 않다가 지금 그 이야기를 꺼내는 저의가 뭘까? 네 약점을 알고 있으니 함부로 설치지 말라는 경고? 장범규에게 그러했듯 버들치는 언제든지 승주의 세계를 납작하게 짓눌러버릴 수 있다는 힘의 과시? 네 약점을 모른 척해줄 테니 잘 지내보자는 악수? 언제까지고 네 약점을 숨겨주겠다는 사랑 고백? 생각도 눈치도 없는 조현웅의 경솔할 뿐인 망발? 승주는 그 자리에 멈추어 서서 조현웅의 눈을 바라보았다.

—괜찮아.

조현웅은 말했다.

—이쪽으로 와.

조현웅은 정자에 풀썩 걸터앉더니 옆자리를 툭툭 쳤다.

정자에 둘이 나란히 앉아 있으려니 할 이야기가 영 마땅치 않았다. 그건 조현웅 쪽도 마찬가지였는지, 자꾸만 누군가에게 전화를 걸었다. 어 지금. 지금 같이 있어. 의도가 어찌되었든 조현웅은 승주와 있는 것을 다른 애들에게 알리고 싶어 안달이 나 있었다. 그래, 조현웅은 날 좋아한댔다. 노은빈도 그렇게 말했고 지금 단둘이 주말을 보내고 있기도 하고. 시간은 벌써 두 시간 반 가까이 지나고 있었다.

조현웅은 전화로 친구들을 부르기까지 한 것인지, 학

교 후문으로 나가니 그 앞에 노은빈을 비롯한 애들 여섯 명이 기다리고 있었다. 아이들은 조현웅과 승주를 보고 우우 야유를 보냈다.

—승주도 가는 거지?

노은빈이 말했다.

—아직 안 물어봤는데. 승주, 너도 노래방 같이 갈래?

조현웅이 승주 쪽을 돌아보며 물었다.

—어…… 그래!

승주의 배낭은 다른 일곱 명이 멘 가방의 무게를 모두 합한 것보다 묵직했다. 승주는 다음 한 주 동안은 매일 두 시간씩 잠을 줄여야겠다고 다짐하며 노래방에서 두 곡 반 정도의 노래를 불렀다. 한 곡을 완창하지 못한 까닭은 갑자기 다른 학교 아이들이 들어와 승주의 어깨에 팔을 두르며 노래를 채 간 탓이었다. 승주는 옆 학교 아이들 다섯 명과 번호를 교환하였고 늦은 밤이 되어서야 그들로부터 빠져나올 수 있었다. 옆 학교 아이들에게는 과일 냄새랄까 그런 것이 풍겼다. 조현웅은 그 애들에게 승주를 재밌는 애라고 소개했다. 전교 1등이잖아, 조현웅이 말하자 오오— 공부 잘하는 애랑 처음 얘기해본다, 노래방 가득 괴성이며 욕설이 한동안 오갔고 카운터를 보던 주인이 문틈으로 살짝 안을 들여다보고는 다시 제자리로 돌아갔다. 승주는 재밌는 애가 된 것이 조금 기쁘기도 했다. 뭐라 소개될지 조마조마하였는데 그 정도라면은 나쁘지 않았다. 조현웅 몰래 다른 애들 몇과 은근한 눈빛을 나누기도 했다.

그날 밤 그 애들 중 하나가 승주에게 오늘 재밌었다, 내일은 뭐 해? 독서실 가? 메시지를 보내왔고 승주는 잠시 망설이다 응, 간단히 답장을 보내두고는 내일은 일찍이 다른 독서실로 짐을 옮겨두어야겠다 다짐하였다. 너무 짧은 답장을 보낸 탓일까 그 애로부터 더이상 메시지가 오지는 않았는데, 이 한마디 주고받음이 혹시 조현웅을 화나게 할 수도 있을지…… 승주는 그 생각에 휩쓸려 또 한번 세 시간밖에 자지 못하고 눈을 떠야 했다.

*

7월 마지막 주 목요일, 기말고사가 끝나고 모두 폴폴 흩어져 방학만을 기다릴 때 승주는 재학중인 중학교 대신 일전에 조현웅과 거닐었던 외국어 고등학교로 향했다. 오늘은 외고 입시 당일. 기능성 소재의 반팔 티셔츠와 면 백 퍼센트 트레이닝복 바지, 그리고 에어컨 바람이 지나치게 찰 것을 대비해 얇은 보라색 카디건도 잊지 않았다.

승주가 중점적으로 준비한 부분은 창의력 수학 시험이었다. 이번 기말고사도 무리 없이 전교 1등을 거머쥐고 교내 방송에서 학년 대표로 상장을 수여받은 승주에게 내신 점수는 문제될 게 없었다. 당일 입시 시험에 출제될 과목들에도 거의 완벽한 대비가 되어 있었다. 하지만 문제를 읽는 순간 실마리를 잡지 못하면 영 돌파구를 찾지 못한 채 시간을 허비하기 일쑤인 창의력 수학 시험은 끝까지 불안으로 남았다. 이것이 승주의 합격 여부를 좌우할 유일한 변수였다.

다섯 개의 과목을 치르는 동안 승주는 다음과 같은 루틴을 엄수했다. 답안지를 제출하라는 명이 떨어지면 더 이상 꾸물거리지 않기. 가장 먼저 펜을 놓기. 펜을 내려놓자마자 귀마개를 끼고 눈을 감기. 멀리 아무도 없는 유원지를 거니는 상상으로 마음을 연못처럼 잔잔하게 만들기. 그런 와중에도 말을 걸어오는 친구가 있다면 책상에 그대로 엎드려버리기. 방해꾼들은 유원지 연못에 처넣어버리기. 다음 교시를 알리는 종소리가 귀마개 너머로 어렴풋이 들려오면 귀마개를 뽑고, 연필을 깎아 벼리고, 수정 테이프가 잘 작동하는지 점검하기. 다음 시험에 진심을 담아 임하기.

나쁘지 않다, 이대로라면.

4교시를 마치고 승주는 이렇게 생각했다.

승주는 중학 생활을 보내며 자신이 점한 위치가 만족스러웠다. 뭐랄까…… 우등한 돌연변이? 어느 누구의 입도 금세 다물게 할 법한 융합형 인재?

그리고 마침내 창의력 수학 문제지를 받았을 때, 승주가 1번으로 마주한 문제의 지문은 다음과 같았다.

(가형) 그림은 일곱 개 지구로 나뉜 유원지의 조감도다. 유원지는 다섯 지구의 외곽과 호수로 둘러싸인 이형 지구로 구성되며, 이형 지구로 향하려면 반드시 나룻배를 타야 한다. 유원지에는 서로 다른 나룻배 일곱 척(가~사)이 있다. 각 구역에는 일곱 척 중 하나의 배가 배정되어 있으며, 각각의 배가 어느 구역에 배치되어 있는지는 알 수 없다. 아래 그림에 등장하는 재범이가 핫도그를 사 먹고 오리배를 탄 뒤 따뜻한 코코아를 마시며 퍼레이드를 관람하려 할 때, 일곱 척의 나룻배가 각각 어느 구역에 배치되어 있어야 이동 시간의 총합이 최소가 되는지 정확한 풀이와 함께 답하여라.

어어 유원지다 유원지! 방금 전 쉬는 시간까지 머릿속으로 거닐었던. 승주는 문제를 읽으며 문제에 몰입하는 대신 문제로부터 퐁 퐁 멀어져 나룻배에 탑승했다. 버들치와 유원지를 여행하면 어떤 재미가 있을까. 유원지를 걷다 마주친 다른 학교 애들이 나를 흘끔흘끔 쳐다보고. 조현웅은 그럴수록 나를 좋아한다는 것을 노골적으로 표하고. 이동 시간의 총합이 최소가 되는 것보다는 최대가 되는 편이 나을 것이다. 그럼 더 많은 눈길들이 오갈 테니까. 헤헤.

승주는 '최소'를 '최대'로 읽고 그에 대한 완벽한 풀이법과 답을 도출해냈다. 나룻배를 타고 잔잔한 호수 위를 가로지르듯 다음 문제도, 그다음 문제도 의심 없이 막힘없이 풀어나갔다. 오 분 남았다는 감독관의 안내가 있기 훨씬 전, 승주는 모든 문제 풀이를 마쳤다. 답변을 OMR 카드에 옮겨 적는 즐거운 시간. 호수 안을 뱅뱅, 호수 안을 뱅뱅, 물결을 부드럽게 가로지르는 승주의 나룻배. 다음 단계로 다음 단계로 매끄럽게 유영하던 승주는 예상보다 빠르게 마지막 장에 도달하였다.

그렇게 시험이 끝났다.

이제는 결과를 기다리는 일만이 남아 있었다.

승주는 펜 뚜껑을 닫고 두 손을 가지런히 책상 위에 올린 뒤 눈을 감았다. 교실의 다른 응시생들보다 십이 분이나 빠른 속도였다. 문득 자리에 솔솔바람이 불어오며 가사 없는 멜로디가 떠올라 승주는 시험지를 한번 더 검토해보는 대신 머릿속으로 그것을 내내 흥얼거렸다. 버들치와 시간을 보낼 때 누군가 불렀던 노래 같은데 그의 얼굴만은 도무지 기억이 나지 않았다. 오래된 가요 같기도 하였고 바로 어제 발매된 노래 같기도 하였다.

 음음…… 음음…… 어디로부터 내려온 멜로디일까 이것은? 어디로부터…… 노래의 주인공이 조금씩 또렷해져갈 때 학교 종이 울렸다. 어렴풋한 머릿속 멜로디를 해일처럼 뒤덮는 학교 종소리. 승주는 양손을 머리 뒤로 모으고 감독관이 시험지와 답안지를 가져가기를 기다렸다.

바람 부는 날

단지는 철제 펜스를 사방에 두른 채 어둠에 잠겨 있었다. 펜스와 인접한 아파트 건물들은 가로등 불빛을 받아 그 형태를 짐작할 수 있었으나, 단지 안쪽으로 시선을 옮기면 어둠의 수심이 깊어져 모든 것이 감추어졌다. 아침이고 저녁이고 긴긴 태양빛 아래 그 흉물스러움을 남김없이 드러내던 여름과는 달리, 겨울의 단지는 어딘가 의뭉스러워 보였다. 이야기를 가득 품은 고성古城처럼 보이기도 하였다.

내가 살고 있는 주택 앞, 단군 이래 최대 규모의 재건축 단지라는 별칭이 붙은 아파트 단지는 조합원들과 건설사 간 충돌로 공사가 중단되어 짓다 만 아파트 건물들이 이 년 동안 그대로였다. 만오천 가구를 수용할 수 있다며 대대적으로 착공에 들어갔던 대규모 단지는 2차선 통행로를 중심으로 양분되어 있었는데, 문득 그 길을 걷고 싶다는 생각이 든 것은 이번 겨울부터였다.

출근 버스를 타기 위해 정류장까지 가려면 펜스가 세워지기 전보다 삼십 분씩은 더 둘러 걸어야 했다. 고개를 푹 숙이고, 아직 잠에서 온전히 깨어나지 못한 상태로 정류장까지 걸을 때면 아파트 중앙 통행로에서 불어오는 거센 바람 소리가 들려왔다. 솔바람, 산들바람 아니고 토네이도에 가까운 세기였다. 물론 토네이도를 직접 겪어본 적은 없지만…… 사람 하나는 거뜬히 날려버릴 듯 기세 좋은 바람이었다. 단지 바깥은 바람 한 점 없이 잠잠했으므로, 이는 분명 바람길을 잘못 낸 시공 탓에 불어대는 건물풍일 터였다.

거센 바람에 펜스가 흔들리며 콰쾅— 하는 소리를 낼 때면 살을 에는 새벽녘 추위도 어쩐지 더욱 견디기 어려워져 굳게 잠긴 펜스를 원망하게 되었다. 자물쇠를 열고 단지 가운데 통행로로 다닐 수 있다면 그 끝의 버스 정류장에 금세 도달할 텐데. 아침마다 삼십 분씩은 더 자고 나올 수도 있을 텐데. 내게는 바람쯤이야 잠을 조금이라도 더 잘 수 있다면 얼마든지 견딜 수 있는 문제였다.

한파 특보 경보 문자가 알람보다도 일찍 울려 잠을 깨

왔던 날, 나는 빌라 현관을 벗어나 오른쪽 인도로 걷는 대신 길 건너 펜스 쪽으로 향했다. 펜스 출입구에는 주먹만한 자물쇠가 굳게 걸려 있었다. 화풀이라도 하듯 자물쇠를 세게 두 번 당겨보았는데 그것만으로도 자물쇠가 훌렁 풀려버렸다. 펜스 안쪽으로 손을 쏙 넣어 자물쇠가 걸려 있던 걸쇠를 풀고 출입문을 열자 눈앞에 펼쳐진, 소리로만 접하던 바람의 길.

이용자가 나 혼자뿐이라 길은 실제 너비보다도 광활해 보였다. 건축 자재들, 내부 설비들이 군데군데 널브러져 있었고 고목처럼 주차되어 있는 승합차도 몇 보였다. 길 가장자리에도 단지로의 진입을 막는 펜스가 설치되어 있어 잠시 길과 나뿐인 세계에 진입한 것만 같았다.

통행로는 야트막한 고갯길이었다. 바람은 듣던 대로 거세었다. 나는 두 손으로 외투를 꼭 여민 채 거센 바람에 맞서 걸었다. 두 발이 동시에 떨어지는 순간 바람에 휘말려 공중으로 붕 떠오를 것 같아 한 발이 떨어지면 다른 한 발은 땅에 꼭 붙어 있도록 의식하며 걸어야 했다.

고갯길의 고점을 넘어서자 저멀리 버스 정류장 불빛이 번졌다. 들어올 때와 같은 방법으로 펜스 바깥으로 나가 출근 버스를 기다리는 행렬 꽁무니에 합류하고는 바람에 흐트러진 머리와 외투깃을 점검했다.

나는 매일 삼십 분씩 늦게 잠에서 깰 수 있게 되었다.

*

길에도 성격이 있다면 고갯길은 무척이나 음흉한 성격일 것이다. 꼭대기에 다다를 때까지 너머의 풍경을 감춘 채 고개의 이쪽 면만을 보인다는 점에서 그러하다. 만일 누군가 푸른 초목이 무성한 고갯길을 오르기 시작했다면, 그가 멈추지 않고 걷는 이유는 내리막길에도 그 녹빛이 계속될 것이라고 믿기 때문이겠지. 그런데 그 너머가 바위산이면 어떡하려고? 얼음산이라면? 절벽이라면?

단지 가운데가 볼록 솟은 형태의 통행로를 걷다보면 매번 이 친구 정말 보통 아닐 것 같다는 직감에 휩싸이는데, 오르막길과 내리막길에 마주하게 되는 풍광이 다분히 의도적으로 달리 배치되었다는 의심을 지울 수가 없기 때문이다.

길은 오르막 동안 이용자가 보고 싶은 신scene을 연출한다. 양옆에 거느린 단군 이래 최대 규모의 대단지, 잘 조성될 녹지, 상가 꼭대기 층 시계탑, 그리고 파아란 하늘이 오르막길의 신을 가득 메운다. 그러나 길의 고점을 지나 내리막으로 접어들면 그제야 고개 너머 가려져 있던, 단지 밖 마을 전경이 눈에 들어온다. 외벽이 누렇게 바랜 건물들, 철거중인 빌라들, 쇠락한 전통 시장. 길 이용자는 그것들을 내려다보면서 단지를 천천히 벗어난다. 충분히 물매를 다듬을 수 있었을 텐데도 그리하지 않았다는 것, 통행로의 경도에는 어떤 업신여김이 있었다.

물론 내가 통행로의 속셈을 간파한 뒤에도 변하는 것은 아무것도 없다. 나는 다시 한번 버스 정류장 대기 행렬에 합류한다. 찬 공기에도 졸음은 쉬이 가시지 않는다. 사람들은 선 채로도 꾸벅꾸벅 존다.

*

아침 여섯시의 거리는 사람들의 새까만 속처럼 어둡지만 랜턴을 휴대할 필요까지는 없다. 미완성 대단지로의 침입을 막기 위해서일까 길 양쪽에도 단지 경계와 마찬가지로 높은 가벽이 세워져 있었는데, 가벽 곳곳에 뚫린 출입문마다 작지만 강한 빛을 내뿜는 조명이 달린 덕분이었다. 집에서 내다볼 때와는 달리 막상 들어와보니 그리 어둡지만은 않았다. 스무 개쯤 되어 보이는 출입문에는 하나같이 '안전의 문'이라 적혀 있었다.

안전문도 아니고 안전의 문이라니. 어딘가 환상적인 인상을 주는 명명이다. 안전한 문, 안전을 위한 문이 아니라 안전이라는 세계로 통하는 문일 것만 같다. 저 문들만 모두 열어두어도 사방에서 불어오는 골바람이 이 좁은 길에 고인 채 이토록 성을 내지는 않았을 텐데.

문들은 골바람쯤 자신과는 아무런 관계가 없다는 듯 굳게 닫혀 있다. 과연 안전문이 아니라 안전의 문다웠다.

나는 스무 개의 안전의 문을 지나 버스를 타고 오피스로 간다. 탕비실 정수기 옆, 본래 소회의실이었던 작은 방에 팀원들 여섯이 모여서 하루에 여덟 시간을 함께 보낸다.

나의 대각선 방향에 앉아 있는 엄미소는 이 방에서 가장 잘 웃는 사람이다. 내가 유리문을 열고 들어가 자리에 다다르기도 전에 엄미소는 와르륵 웃으며 내 머리 위로 손을 홱 뻗더니 포도 맛 사탕 껍질을 수거해간다. 골바람 때문인지 머리카락에 단단히 엉겨 있었던 모양이다.

—승주 씨 이게 뭐야? 뭐 이런 걸 머리에 매달고 다녀? 포도 향 함유 액세서리? 최신 포도 핀?

다른 사람들이 그제야 이쪽을 보고 눈인사를 건넨다. 엄미소를 제외한 네 사람의 얼굴에는 전혀 웃음기가 없다. 엄미소가 쏟아내는 물음표들에 정말 질문인 것은 없고, 그것들은 더 잘 웃기 위해 말 궁둥이를 갈기는 박차 같은 것이다. 엄미소의 깔깔은 내가 자리에 다다라 목도리를 풀고 장갑을 벗고 외투를 복사기 옆 옷걸이에 걸어둘 때까지 멈출 줄을 모른다.

 엄미소의 입도 안전의 문처럼 굳게 닫혀 있다면 좋을 텐데. 매일 아침 꽉 막힌 안전의 문을 지나치면서 그 너머의 풍광을 상상해보는 것과는 달리, 엄미소의 입이 웃음의 문이라면 나는 열어볼 시도조차 않고, 궁금한 기색도 내비치지 않고, 그저 지나치고 말 것이다.

 안전의 문과 달리, 웃음의 문 쪽은 궁금하지도 않다. 어떤 상상력도 불러일으키지 않는다.

*

 나는 단지 중앙 고갯길의 무서운 골바람을 회피하는 대신, 바람을 보다 잘 견디는 인간으로의 진화를 거듭했다. 등을 반쯤 덮는 머리칼은 뒤통수 최하단에 말 꽁지 스타일로 단단히 묶어두고, 한국인치고도 제법 큰 편인 두개골은 꽉 조이는 털모자로 전체를 감싼다. 팔은 양허리에 꼭 붙이거나 앞으로 팔짱을 낀 상태로 전진, 치마보다는 통이 좁은 바지 쪽이 수월하다. 한마디로 말하자면 전신을 젓가락화하여 바람의 저항을 최소화하는 것. 그렇게 매일 아침 수영 선수가 풀장에 뛰어들 때의 마음가짐으로 펜스 안으로 입장한다.

알맞은 복장과 자세를 터득하고도 진화 실험은 계속된다. 펜스에 꼭 붙어 걸으면 바람 저항이 조금이라도 덜할까 싶어 벽에 몸을 붙인 채 게걸음을 시도해보던 날, 나는 길 한편에 놓여 꿋꿋이 바람을 견뎌내던 박스 더미에 무엇이 들었는지 비로소 알게 되었다. 거대한 상자 열댓 개에 빼곡히 담긴 것은 화재경보기였다. 만오천 가구에게 공급될 화재경보기인 듯 압도적인 수량이었다.

이토록 많은 화재경보기가 한데 모여 있는 것은 태어나 처음 목격한 광경이었으므로 나는 출근 시간 단축 실험중이었음에도 불구하고 시간을 쪼개어 그것들을 골똘히 들여다보았다. 작고 동그란 플라스틱 물체가 머잖은 미래에 집집마다 부착되어 식구들을 종일 내려다보다가 불길이 솟을 때면 기다렸다는 듯 시끄러워진다는 말이지…… 너희들, 지금은 이렇게 고요하지만 사실은 고약한 비명을 품고 있는 것, 난 다 알아! 조합원들의 이권 다툼에 공사가 중단된 탓에 화재경보기는 이렇게 길 위에 방치된 채 자신들의 본분을 다할 날을 그저 기다리고만 있다. 거센 바람을 견디면서, 모두에게 잊힌 채로.

나는 그것이 어쩐지 애틋하여 가방 앞주머니에서 라이터를 꺼내어 불을 켜보았다.

자, 이게 불이라는 거야.

그러자 화재경보기가 비명을 지르기 시작한다.

빼라라라라라락!(∞)

고독이 너무 길었던 탓일까. 화재경보기들은 댐이 터진 것처럼 소리를 내지르기 시작했고, 불길이 미처 닿지 않은 화재경보기까지도 동료의 외침에 놀라 덩달아 비명을 지른다. 만오천 개의 화재경보기가 일제히 울어대는 새벽녘. 라이터를 멀리 던져버려도 소용없었다. 대단지에 아직 아무도 살지 않는다는 게 어찌나 다행인지! 만오천 개나 되는 화재경보기를 모조리 부숴버릴 수도 없으니 그대로 정류장 쪽으로 내달리려는데…… 이런, 두 발을 땅에서 동시에 떼버렸다? 바닥에 발이 닿지 않는다? 몸뚱아리는 튀어 오른 그대로 바람에 두둥실 실려 공중을 흘러간다. 공중에 붕 뜬 채로는 중심 잡기가 여간 어려운 것이 아니라, 품 넓은 외투를 휘적이며 비틀거리자 그 몸짓이 날갯짓의 효과라도 낸 것인지 나는 정류장 쪽으로 보다 속도를 내어 날아갈 수가 있었다.

오전 여섯시 십분의 풍향은 북서풍. 바람은 나를 정확히 정류장 앞으로 데려다준다. 아앗, 그런데 정류장의

지친 사람들에게 이렇게 공중을 떠다니는 모습을 보여주기는 싫어…… 나를 목격하고는 덩달아 하늘을 날고 싶어진 인간들로 단지 내 고갯길을 새벽의 인간 비행장으로 만들고 싶지는 않다…… 혼란스러운 와중에도 독점욕이 눈을 떠, 나는 단지를 벗어나기 전 철제 펜스를 더듬어가며 가까스로 땅 위에 착지, 지상 인간답게 걸쇠를 풀고 두 발로 뚜벅뚜벅 밖으로 걸어나간다.

정류장에서도 저멀리 화재경보기의 비명이 똑똑히 들려왔지만 줄을 선 사람들 중 그 누구도 고개를 들어 그쪽을 쳐다보지는 않는다.

*

사흘 동안 바람 부는 길로는 발을 들이지 않았다. 날기가 가능해진 낯선 환경이 당황스러웠다. 그 사실을 어떻게 받아들여야 할지, 곰곰 생각하기가 귀찮기도 하였다. 나는 사흘간, 바람을 알기 전의 내가 되어 아침이면 단지를 빙 둘러 꼬박 삼십 분씩 더 걸었다.

그러나 날아오르기가 가능하다는 것을 알고도 영영 그곳에 발을 들이지 않을 수가 있을까? 나는 호기심 때문에 일을 그르치곤 하던 면면들을 비로소 이해하게 되었고(그러나 이미 멀어진 사람들), 어떤 결론도 없이 공중으로 떠오르던 때의 가벼운 감각만을 거듭 떠올렸다.

결국 다시 걸쇠를 푼 날, 나는 길의 시작점에 서서 두 발로 동시에 지면을 팡! 밀어내며 몸을 띄웠고 며칠 전 그때처럼 바람에 실려 구름처럼 향기처럼 흘러갈 수 있었다. 미리 알고 행하면 무지할 때보다는 무엇이든 나아지는 법, 나는 선천적 비행자였던 양 바람에 몸을 맡긴 채, 미세하게 바뀌는 풍향을 감각하면서, 겨울을 오 년째 책임져주고 있는 외투를 때때로 날개처럼 펄럭였다.

날개를 펼치면 몸길이가 3미터에 이르는 새 콘도르는 최대 170킬로미터에 이르는 거리를 날갯짓 없이 비행할 수 있다. 비행이라기엔 유영이 어울리는 목적 없는 떠다님이다. 바람의 작동 방식을 완벽히 인지했을 때만 가능한 비행. 아주 지적이고 우아하지.

정류장 쪽으로 날갯짓다운 날갯짓을 할 수 있게 되자 곧 공중의 질서가 눈에 띈다. 이 길 위에서는 모두가 콘도르처럼 날아다니고 있다. 방향을 바꿀 때만 날개 혹은 그 비슷한 것을 까딱일 뿐, 다 함께 유영중이다. 비둘기 까마귀 참새 박새처럼 상식적인 친구들도 있지만 개 고양이 너구리 쥐와 같은 지상 동물들도 눈에 띈다. 공중에는 안경 만화책 후크 선장 인형 키보드 따위의 사물들도 적지 않았는데, 그것들 역시 우리 생물 쪽이 오른손을 까딱여 직선 주행을 유지할 때와 비슷한 몸짓을 부스럭 행하는 것 같았다.

질서를 눈치챈 이후에는 탐구라 할 만한 것이 가능해졌다. 날기가 낯설어 단지 내로 들어오지 않았던 사흘 동안, 단지 재건축 때문에 덩달아 휴교한 고등학교 교문 앞을 지날 때마다 늘 마주치는 행인이 있었다. 그는 빨간 코트를 입고 있어 어두운 새벽에도 학교 앞 가로등 밑을 지날 때면 그 색이 무척이나 선명했다. 그 역시 나처럼 대단지를 둘러 둘러 통근중이었던 모양인데, 내가 다시 바람의 길로 다니기 시작하며 평소보다 늦게 집을 나서자, 빨간 코트가 우리집 앞길의 오래된 건물로 들어서는 것이 보였다.

나는 두 팔을 규칙적으로 휘저으면서 생각한다. 빨간 코트는 이렇게 이른 아침부터 무슨 일을 하는 것일까? 그가 들어간 건물 일층에는 약국이, 이층에는 합기도장이, 삼층에는 서예 학원과 논술 학원이, 사층에는 세무 사무소가, 오층에는 가정집이 있었는데 빨간 코트는 어디로 향하는 걸까? 단지를 빙 둘러 그 건물로 가는 거라면, 그 역시 이 바람의 길을 통한다면 훨씬 빠를 텐데…… 얘기해줄까? 말까? 궁휼한 마음으로 생각을 거듭하다보니 어느새 정류장 앞이었다.

보다 부드러워진 착지, 어느새 단지 관계자라도 되는 것처럼 능숙해진 걸쇠 오픈, 어두운 표정으로 대기 줄 합류, 그리고 버스에 몸을 싣는다.

*

엘리베이터에서 내리자마자 엄미소의 웃음소리가 복도를 가득 메운다. 아침부터 또 뭘 하고 있는 거야…… 아슬아슬 쌓아두었던 욕실 수건이 선반 문을 열자 와르르 쏟아져 내리는 것처럼, 방문을 여니 엄미소의 웃음소리가 밖으로 엎질러진다. 나는 떨어진 수건이 다른 방에 가닿기 전에 잽싸게 방문을 닫았는데, 사람들이 하나같이 놀란 눈을 하고 있다. 왜 나를 저런 눈으로 보는 거야. 먹던 빵이나 조용히 먹을 것이지.

맛있는 거 먹어요? 나는 나름의 아침 인사를 건네며 사람들이 모여 앉은 테이블 대신 자리로 향한다. 아침부터 버터 잔뜩 발린 빵을 먹을 생각은 없다. 빵이야 맛이 좋겠지만(내가 좋아하는 후추빵도 있었으니까……) 업무 시작부터 빵을 나누어 먹으며 시시덕대는 사람이 될 생각은 없다. 저렇게 낄낄대는 와중 놓치는 업무들이 얼마나 많은지. 내가 대신해준 엄미소의 일을 목록화한다면 바람의 길 끝에서 끝까지 늘어놓을 수도 있을 것이다. 나는 내 몫이 아닌데 내가 해내고 만 일들을 모듈러 주택처럼 차곡차곡 쌓아두고 있었다. 조립식 모듈러 주택은 땅 밑부터 뼈대를 다지는 아파트와 달리 자연재해에 취약하므로, 나의 마음속에 걷잡을 수 없는 태풍이 부는 순간…… 와르르 무너져버려 엄미소를 끝장내줄 참이다.

엄미소 자리에 걸려온 전화를 대신 받아준 것 113번, 엄미소 담당 주문 건을 대신 발주 처리한 것 31건, 대신 반품 처리해준 것 58건, 입구가 다 벌어진 발송 물품 봉투를 대신 다시 봉합해준 것 12건, 공동 담당자인데 회의에 나 혼자만 참석하고는 그것을 아무에게도 이야기하지 않은 일 4건, 난로를 대신 꺼준 일 2건, 지각이 표가 나지 않도록 자리에 내 가방을 대신 놓아준 일 1건…… 이것들을 사소한 일이라고만 할 수 있을까? 적어도 내 마음속에서는 아니었다. 너무 무거워 바람의 길에서조차 날아오르지 못할 만큼 묵직한 짐덩이들이었다. 그러고도 엄미소는 저렇게 아침부터 테이블에 앉아 빵을 먹어대는 것이다……

아슬아슬 상판이 떨어져 나가려는 모듈러 주택을 간

신히 다독이며 자리에 앉자 검은 모니터 화면에 비친 내 어깨 위에…… 까마귀 한 마리가 앉아 있다? 흑빛 발톱이 목도리 털실에 칭칭 얽혀 까마귀는 덫에 걸린 모양새였다.

테이블에 둘러앉아 빵을 먹던 사람들도 어느새 내 자리 근처로 몰려와 파티션 위로 고개를 내밀고 있었다. 모두 ※ 위험 ※ 딱지가 붙은 상자를 바라보듯 난처한 표정들이었다. 어깨에 까마귀를 달고 다니다니, 날 아주 이상한 사람이라 생각하겠지. 내가 보아도 그렇다. 모니터 속에는 쉽사리 다가가서는 안 될 것 같은 기인이 자리하고 있었다. 사무 공간과는 도무지 어울리지 않는 모양새다. 사람들의 머릿속에 떠오른 비난들이 키보드 위로 뚝뚝 떨어지는 것만 같았다. 그렇다고 버젓이 어깨 위에 자리한 까마귀를 없는 일로 칠 수도 없는 노릇이었다.

만약 사람들이 어깨 위 까마귀에 대해 물어온다면, 어디서부터 말해야 할까? 바람의 길에 대해 설명해주어야 하는 걸까? 매일 아침 얼마간 날아서 출근중인데, 그때 잘못 얽힌 까마귀라고…… 설명을 하면 알아듣기나 할까? 그들이 알아듣는지 아닌지는 차치하고, 회사 사람들에게 그 길에 대해 알려주기는 죽기보다 싫어! 그 길에까지 엄미소의 웃음을 묻히기 싫어! 비밀은 어느 누구와 공유하느냐에 따라 몸집을 크게 불릴 수도 있지만, 원래의 형태를 잃고 볼품없이 쪼그라들기도 한다. 결코 좋아한다고는 말할 수 없는 회사 사람들과 그것을 나눈다면 섣불리 비밀을 공개해버렸다는 자책과 함께 비밀을 향유하는 내내 그들의 얼굴이 떠올라(예상 반응: 그게 말이 돼, 승주 씨? 승주 씨 요즘 피곤한가봐…… 승주 씨는 독특한 면이 있어서 나랑은 좀 안 맞는 듯…… 승주 씨 요즘도 날아다녀? 하하) 결국은 비밀의 최초 발견자인 나조차도 비밀로부터 고개를 돌려버리게 될 터였다. 그렇게 잃어버린 비밀들이 벌써 한가득이었다.

이번에는 그런 실수를 저지르지 않겠다는 다짐을 다시 한번 하려던 찰나, 승주 씨 오늘은 또 대체 뭘 얹고 온 거야? 엄미소가 깔깔 웃으며 묻는다. 그 웃음 덕분에 다른 팀원의 얼굴들도 슬슬 누그러지더니 곧 만면에 미소가 번진다. 폭발물이 든 정체불명의 상자를 바라보는 듯했던 눈빛들은 이내 엉뚱한 장난을 벌이는 어린아이를 내려다보는 흥미 가득 눈빛들로 변모한다. 장난스러운 분위기가 되면 웃음과 농담 따먹기로 자세한 설명을 얼렁뚱땅 넘겨버릴 수가 있다.

나는 이 모든 일에 대해 설명해야 할 이상한 의무감이 사라진 것만으로도 안도가 되었다. 엄미소에게 약간 고마움이 들기까지 하는데, 그동안 당한 게 얼마인데 뭐 그럴 필요까지는…… 까마귀는 까악까악 울지도 않고 얌전히 어깨 위에 앉아 있을 뿐. 고개를 돌려 바라보니 눈을 감고 졸고 있구나.

　대체 승주 씨 어디서 오기에 어깨에 까마귀가 붙은 거야? 엄미소 옆에 선 동료도 말을 얹는다. 까마귀 엄청 크다…… 몇몇은 까마귀를 실내에서 보는 것은 처음이라는 사실 자체에 몰입하기 시작하고, 팀장은 휴대폰을 꺼내어 사진을 찍는다. 승주 씨, 이거 사진 보내줄게. 귀엽게 나왔어, 까마귀도 승주 씨도. 네에, 감사합니다…… 승주 씨 거기 살잖아요, 재건축 엄청 크게 하는 동네. 아아 거기, 공사 중단된 지 오래됐지? 어 거기 조합원들이 분양가 조금이라도 높이려고 욕심부리고 그러다가 지금 멈춘 지 한참이지. 합의점을 못 찾았어. 꼭 조합원들이 나쁘다고만 할 수도 없어, 저는 솔직히 그렇게 생각해요. 단지가 축구장 셋은 붙인 것만큼 크다던데. 근데 동 간 거리는 성인 남성이 양팔을 벌리면 닿을 만큼 좁다더라, 뉴스에서 봤어. 의도가 어찌되었던 간에 지금 거기 들어가면 좆되는 거야, 분양가 봐……

　팀원들은 눈앞의 까마귀보다 더 가깝고 진실된 이야기를 내 머리 위에서 한참 동안 나누더니 마침내 각자의 자리로 흩어졌다.

 나는 그제야 까마귀에게 작은 목소리로 묻는다. 어떻게 된 거야? 까마귀는 부스스 눈을 뜨고 아, 벌써 도착인가요? 이쪽에 볼일이 있어 어깨 좀 빌렸어요 말하더니 내 자리 뒤편의 창틀로 폴짝 뛰어올라 부리로 창문을 연다. 그리고 건물 바깥으로 추락. 화들짝 놀라 창밖을 내다보니 까마귀가 저 아래에서 날개를 퍼덕이며 다시금 중심을 잡는 것이 보인다. 잠결에 여기도 건물풍이 부는 곳이라 착각한 건지 날갯짓도 않고 그대로 뛰어내린 모양이었다.

 밤 아홉시가 다 되어 건물을 벗어나니 회사 앞 플라타너스 나뭇가지에 앉아 나를 기다리던 까마귀가 보인다. 까마귀는 곧장 내 어깨 위로 날아와 자리를 잡았다. 나와 함께 퇴근길 지하철을 타고 원래 살던 곳으로 편히 돌아가려는 심산인 듯했다. 까마귀가 좀더 편한 자세를 찾으려는 듯 뒤척일 때마다 낯선 탄내가 풍겼다. 바람이 실어다준 냄새처럼 멀리서 풍겨오는 듯하였다.

 퇴근 시간에는 길 위에 사람들이 많아 바람의 길에서 날아다니기엔 너무 눈에 띌 것이다. 바람의 길은 아침에만 이용하는 것이 나의 원칙이었다. 까마귀에게 나 그리로 안 가. 나 단지 주위로 빙 둘러 돌아가. 애써 설명하려

해보았으나 까마귀는 다시 멀뚱멀뚱 초연한 동물의 눈빛으로 돌아가 묵묵부답이었다.

까마귀가 일과 시간 동안 어딜 다녀온 것인지 궁금했지만 지하철 좌석에 앉은 뒤로는 까무룩 잠이 들어버렸다. 까마귀가 어깨 위에 없다는 것을 깨달은 건 지하철역에서 나와 버스를 타고 정류장에서 내린 뒤에도 얼마간 걷던 뒤였는데, 까마귀는 언제, 어디로 사라졌을까?

*

유영하는 자들은 가시권이 넓어진 덕분에 지상의 이들은 보지 못하는 것들까지도 육안으로 식별이 가능해졌다. 까마귀가 나의 어깨에 무임승차하였던 일을 계기로, 나는 같은 무안을 겪지 않기 위하여 승강장에 내려가기 전 개찰구 앞 전신 거울에 온몸을 꼼꼼히 비추어 보는 습관이 생겼는데, 그 시간을 통해 바람의 길에서 묻은 때 낀 운동화 끈이며, 소소한 불운이며, 헛된 희망이며, 전쟁 트라우마며, 다 쓴 잉크통이며, 한 장도 쓰지 않았으나 색이 바랠 대로 바랜 노트며, 투기욕이며, 검표가 끝난 어린이 뮤지컬 티켓이며, 보풀이 잔뜩 인 목도리며, 절반은 거뭇거뭇 손때가 묻었으나 나머지 절반은 새 책이나 다름없는 소설책이며, 뜯지 않은 꿀단지며, 유통기한이 지난 카놀라유며, 목재처럼 딱딱해 보이는 약과며, 외로움과 슬픔과 자살 충동…… 따위의 것들을 털어내고 지하철에 오를 수 있었다. 어떤 것은 손끝으로 가볍게 튕겨내는 것만으로도 떨어져 나갔지만, 어떤 것은 옷감과 함께 꿰매기라도 한 듯 단단히 엉겨붙어 있었는데, 그것들을 목록화하여 어떤 규칙을 찾아볼 수도 있었겠지만 그렇게 하지 않았다.

크고 작은 불운은 하루가 멀다 하고 몸 이곳저곳에 꿰여 있고는 했다. 하루는 삼색볼펜만한 불운이 눈썹 위에 붙은 것을 보고도, 그것을 털어내지 않고 그대로 회사에 나가 김이 모락모락 나고 있는 엄미소의 보온병 안에 탈탈 털어넣었다. 엄미소의 책상에 파일을 가져다놓는 척하며 눈썹을 긁적이는 것으로 끝. 엄미소는 그날 구입 후 칠 년이 지난 지압기를 교환해달라는 항의 전화에 사십여 분간 시달려야 했다. 그로 인해 나의 하루는 뜻하지 않은 즐거움으로 차올랐으나, 며칠 뒤 이마에 붙어 있던 또 다른 불운을 호주머니 속에 꼬옥 간직하고 출근길에 나선 날에는 회사 계단을 오르다 넘어져 벽에 이마를 박아버렸다. 엄미소의 책상 위에 털어버리기도 전에 불운이 내게 발휘된 모양이었다. 건물 내벽은 페인트를 몇 번이고 덧칠해 요철이 심한 편이었고, 그 굴곡은 고스란히 내 이마에 상처를 남겼다.

엄미소는 내 이마에 난 흉을 보고 어김없이 소리 내어 웃는다. 오늘은 까마귀 대신 흉터를 붙이고 왔네? 나는 물에 적신 손수건으로 상처에 앉은 피딱지를 닦아낸 뒤 그 자리에 엄미소가 건네준 밴드를 붙였다.

*

바람 때문에 내게 들러붙은 것이 나의 신체보다 클 때, 그리하여 나의 몸에 무언가 얽혔다기보다는 내가 그 무언가 위에 얹힌 형상이 될 때에는 개찰구 전신 거울 앞까지 가지 않아도 그 정체를 알아볼 수가 있었다. 시선을 옮겨 휘둘러보는 것만으로도 바람이 내게 가져다준 것이 무엇인지 똑똑히 보였으니까.

하루는 일순간 온몸이 건축중인 아파트들보다도 높은 위치로 솟구쳐 발밑을 내려다보니 '비행'이 나를 떠받들고 있었다. 비행은 바람으로부터 가능한 것이니까, 골바람을 유영하던 비행이 내게 와 붙은 것이다. 그 덕분에 나는 평소보다 훨씬 높은 고도에서의 비행이 가능해졌다. 늘 펜스 아래에서 그 일부만을 바라보며 짐작하던 단지 전체가 내 발아래에 펼쳐졌다. 참 크다…… 공중에서 듣자니 고갯길의 큰 골바람과 건물 사이사이의 작은 골바람이 합쳐서 어린 바람과 다 큰 바람이 합창이라도 하는 것 같았다. 그러나 또 한편으로는 별건 아닌 것도 같고. 그러니까 엄청 큰 단지이지만, 그야말로 단군 이래 최대 규모라 할 만하지만, 왠지 그 수식어를 자신 있게 가져다 붙이기에는 규모 외에 별다른 감흥을 주지는 않는, 얼마 못 가 갱신된 최대 규모에게 수식어를 빼앗기고 우물쭈물할 것만 같은, 어찌되었든 또 하나의 아파트 단지 그 이상도 이하도 아닌 걸로 보이기도 하는 것이다.

그렇게 한동안 공중의 공중에 가만히 떠 있자니 단지 경계 너머로 빨간 코트가 보였다. 아직 해가 뜨지 않아 가로등 빛이 가닿는 범위를 제외하고는 여전히 동네 전체가 어둠에 잠겨 있었고, 빨간 코트는 노란 가로등 빛 영역의 한가운데에 들어올수록 점점 진해지다, 가로등 빛이 희미해질수록 함께 희미해지다, 어둠 속으로 사라져버리기를 반복했다.

나는 단지를 가로질러 빨간 코트 쪽으로 날았다. 거리에는 우리 둘뿐이었고, 나는 '비행'을 발밑에서 옆구리 쪽으로, 그리고 머리 위쪽으로 옮겨가며 빨간 코트의 눈앞에 연착륙을 하였다.

지상을 걷다 만난 사람들끼리 할 법한 형식적인 인사는 생략하고, 나는 빨간 코트에게 단도직입적으로 물었다.

―잠깐 발 좀 들어보실래요?

놀란 얼굴의 빨간 코트는 왼발을 번쩍 들었고 나는 머리 위에 얹어두었던 '비행'을 빨간 코트의 발아래 욱여넣었다. 빨간 코트는 발사 실험이 실패한 로켓처럼 몸이 왼쪽으로 한껏 기울어진 채 하늘로 날아올랐다. 상체가 지상을 향해 기울어진 채 공중에 떠 있는 빨간 코트는 발아래 가로등 빛을 거느린 탓인지 신이 지상을 굽어보는 듯한 형상이 되었다. 그 위에서 빨간 코트의 가방이 엎질러졌다. 코트 주머니에 들었던 동전들도 내 머리 위로 쏟아져 내렸다.

―앞으로 헤엄치듯 나아가보세요!

그러자 빨간 코트는 공중에서 평영 자세를 선보이기 시작했다. 다리를 둥그렇게 모았다가 쭈욱 뻗을 때면 개구리가 그러하듯 순식간에 이곳에서 저곳으로 옮겨갔다. 빨간 코트는 처음 날아본 사람이라는 사실이 믿기지 않을 만큼 놀랍도록 그 순간에 몰입하였다. 저게 바로 재능을 타고난 사람의 눈빛인가? 그는 무엇이 자신을 날게 하는지 의문을 품지 않고 그저 더 잘, 더 빠르게 나는 것에 열중하고 있었다. 나는 빨간 코트의 아래에서 발걸음을 재촉해 걸으며 소외감을 느꼈다. 날게 해준 게 누군데. 밑으로는 눈길 한 번 주지 않고.

빨간 코트가 그렇게 자신의 목적지에, 그러니까 우리집 건너편 건물에 다다랐을 때 나는 '비행'을 다시 살살 굴려 빨간 코트의 발밑에서 빼내었고(정교한 컨트롤을 요하는 작업이었고 다 빼내었다고 생각했을 때쯤 삐끗하여 '비행'은 먼 곳으로 비행을 떠나버렸다. 비행하는 '비행') 그는 다시 지상에 발을 디딜 수 있었다.

─방금 뭐였죠?

너무도 훌륭하게 공중 수영을 해낸 자답지 않은 질문이었다. 나는 그에게 재건축 단지 중앙의 바람의 길에 대해 알려주었고 회사에는 보기 좋게 늦어버렸다.

그 뒤로 빨간 코트와 나는 월화수목금 아침마다 바람 부는 길 위에서 마주쳤다. 서로 정반대 출발점에서 헤엄치기 시작하다 중앙에서 만나 교차할 때면 우리는 날기를 잠깐 멈추고 공중에 붕 뜬 채로 대화를 나누었는데 그렇게 매일, 그에 대해 조금씩 알게 되는 것들이 있었다.

처음 그에게 공중 유영법을 알려주었던 날 그의 가방에서 쏟아진 소지품을 주워주다 눈치챈바, 빨간 코트는 서예 학원에서 실장 직함을 달고 일했다. 개원 시간은 오전 열시이지만 오전 여섯시 삼십분까지 나가 사전 준비를 한다고 했다. 원장이 어찌나 전통을 중시하는지 그날의 먹은 하늘의 먹이 가시기 전에, 그러니까 해 뜨기 전까지 준비를 모두 마쳐야 했고, 그날 쓸 화선지는 23도·60퍼센트의 온습도에서 한 장 한 장 말려두어야 했다. 개칠改漆은 불가하다는 서예의 원칙 때문에 화선지가 하루에 천 장씩은 필요했다.

— 서예에 그런 번거로운 전통이 있는 줄은 몰랐네요……

— 저도 잘 몰라요, 그렇다니까 그런 줄 아는 거지.

빨간 코트는 내가 무슨 일을 하는지 묻더니 어떻게 보면 자신이 하는 일과 비슷하다고 했다. 나는 의료기기 관리부에서 출고 담당으로 일하고 있는데 대체 뭐가 비슷하다는 건지. 빨간 코트처럼, 모든 일에 의문을 품기보다는 우선 몰입하고 보는 성정을 지니려면 모든 일을 하나로 바라보는 시선이 필요한 걸까? 나 역시 빨간 코트가 그렇다니까 그런 줄 아는 수밖에는 다른 방법이 없었다. 그의 말에 우리의 직업에 대체 비슷한 점이 무어가 있느냐고 되묻지 않은 것은 나도 그와 같은 성정의 사람이 되어보고 싶어서이기도 했다.

바람 부는 날

*

 바람은 파도와 같아서 몰려왔다가는 다시 멀어지고, 크게 덮쳤다가는 다시 잠잠해진다. 바람은 파도와 같아서 뚫고 나아갈 수도 있고 그 위에 올라탈 수도 있다. 바람은 파도와 같지만 짠맛 대신 매캐한 향기, 한겨울 한기, 그리고 어디서 왔는지 모를 분기憤氣를 품는다. 혓바닥을 내밀면 바람으로부터 그것들을 맛볼 수 있다. 바람은 파도와 같지만 파도처럼 그 오고 감을 바라볼 수는 없다. 바람은 파도와 같아서 이쪽으로 흐르고, 때로는 저쪽으로 흐른다. 파도 근처에 사는 사람이 파도를 잘 알아 그 흐름대로 흘러가기보다는 흐름을 이용하듯이, 바람 근처에 사는 사람은 바람 가운데 떠다니다 이내 그 흐름을 이용하여 원하는 곳으로 갈 수 있게 된다. 바람은 파도와 같아서 많은 사람들이, 어쩌면 인간 종 전체가 그 위, 아래, 가운데 몸을 실을 수도 있다. 바람은 파도와 같지만 맨몸으로 파도에 풍덩 뛰어들듯 맨몸으로 바람에 풍덩 몸을 맡기는 이는 많지 않다. 바람은 파도와 같지만 파도의 너울은 푸른빛으로 눈앞에 펼쳐지고 바람의 너울은 그 너울에 의해 움직이는 것들로 눈앞에 펼쳐진다. 그것들은 하나의 빛깔로 요약할 수 없다. 바람은 파도와 같지만 바닷가와 달리 바람가에는 사람이 없다. 극히 드물다. 아직 단둘뿐이다.

*

 바람은 가끔 좋은 것도 주었다. 이를테면 벽시계. 시침과 초침이 떨어진 것 외에는 망가진 곳 없이 작고 건강한 벽시계였다.
 벽시계는 겨울 점퍼에 달린 모자 아래 찰싹 붙어 있었다. 그날따라 어깨가 무겁다고 느꼈던 것도 같다. 벽시계가 모자 안이나 바짓가랑이처럼 쉽게 보이는 곳에 달려 있었더라면 엄미소가 못 참고 호들갑을 떨었을 테지. 그럼 나는 그 호들갑을 견딜 수 없어 벽시계를 회사 창밖에 내던지거나 쓰레기통에 처박아두었을 테다. 하루 종일 모자 아래 숨어 자신에게 행해질지도 몰랐을 여러 공격들을 훌륭히 피해낸 것이 기특해 나는 벽시계를 거실 소파에 앉으면 정면으로 보이는 선반 위쪽에 걸어두었다. 원래 있던 액자는 책꽂이 맨 위 칸에 올려두고.
 분침만 남아 있다보니 시계는 하루에 스물네 번씩 작은 원 안을 맴맴 도는 행성 같기도 하였는데, 밥을 먹다 벽시계를 바라보면 이십오 분, 설거지를 마치고 다시 시계를 보아도 이십오 분, 잠자기 전 마지막으로 시계 쪽에 눈길을 주었을 때에도 이십오 분. 창밖에는 가로등 빛을 받아 자연 발광하는 듯 보이는 눈송이들이 위에서 아래로 천천히 떨어지고 있었다. 움직이고 있었다. 시간이 고여 있는 안쪽에서 끊임없이 새로운 눈송이가 흐르고 있는 바깥을 내다보자니 이거 뭔가 너무 은유적인데? 그 대상이 무언지는 확실치 않지만(이런 것에 대해 곰곰 생각하는 일은 상당한 에너지가 드는데다가 몰랐어도 그만일 자신의 한계를 수없이 마주하게 한다) 문득 내가 은유의 한복판에 서 있는 것만 같았고 그러자 그간 일어난 일들이 일련의 이야기처럼 느껴졌다.

그렇다면 나는 이 이야기의 영락없는 주인공. 지난한 삶을 보내던 주인공이 세계의 선택을 받아 거대한 비밀을 마주한다. 조력자가 나타나고 주인공은 고비를 거듭 극복해나가며 한계를 모르고 성장한다. 그렇게 시간이 얼마나 흘렀을까, 거대한 적의 등장. 가까스로 적을 무찌르고 우뚝 선 나. 그러나 겸손함을 잊지 않음.

그리고 다시 시계를 보니 이십오 분이었다. 그로부터 알게 된 것은, 내게는 한 시간마다 시계를 보는 습관이 있었다는 사실이다. 나는 그 점이 꽤 만족스러웠다. 나는 꼭 한 시간마다 시계를 봐, 혹은 내게는 분침뿐인 시계가 있어, 하고 말할 수 있게 된 점이.

빨간 코트는 매일 아침 천 장의 화선지를 말리며 먹을 갈았고 그 믿을 수 없는 일과에 대한 근거는 오직 빨간 코트의 말뿐이었다. 그를 믿을지 말지 결정하는 것도 오직 나의 의지에 달린 일이었는데 믿지 않을 것은 또 뭐람, 그것은 빨간 코트의 이야기인걸. 나는 빨간 코트에게 바람의 길에서 만난 벽시계에 대해 어서 들려주고 싶었다.

다음날 아침, 빨간 코트와 바람의 길 중간쯤에서 다시 둥둥 마주하였을 때, 그는 거대한 가죽 케이스 하나를 품고 있었다. 코트 바깥으로 케이스가 삐죽 삐져나와 있었다. 그것에 대해 묻지 않고 벽시계에 대해 이야기를 꺼내는 것은 도리가 아닌 것처럼 느껴질 만큼 대단한 크기였고 나는 결국 그게 뭐예요? 먼저 묻고 말았다.

―이거 붓인데, 아침에 씻어 말리려면 너무 빠듯해서 어제 집에서 씻고 말리고 먹까지 촉촉하게 먹인 뒤 가져가는 길이에요.

―이렇게 일찍 나가시면서 그냥 출근해서 하시지 왜 집에 일거리를 가져가셨어요……

―붓이 너무 커서 잘 마르지를 않아요, 보실래요?

빨간 코트는 검을 뽑듯 케이스에서 붓을 빼 들었다.

그의 이야기대로 붓은 거대했다. 다섯 사람이 들어야 할 만큼 크다고 하여 오수필五手筆이라는 별칭을 가진 붓이라고 했다.

빨간 코트는 한번 써보시겠냐며 내게 붓을 건넸다. 누군가에게 자신의 직업에 대해 이야기하는 것은 제법 신나는 일이다. 그 일을 사랑하든 아니든.

방금 먹을 먹인 듯 까마귀 깃털처럼 윤기가 도는 붓끝이, 나를 어디에고 휘갈기지 않고는 못 배기지 않겠니 묻는 것 같아 나는 두리번거리며 적당한 곳을 찾다가 한 아파트 외벽 앞으로 둥둥 날아가 이렇게 썼다.

바람

그러자 붓을 건네받은 빨간 코트가 그 옆에 이렇게 덧붙였다.

바람 부는 날

서예 학원에서 일한다는 말이 단지 이야기뿐인 게 아니었던 것이, 빨간 코트는 붓글씨에 문외한인 내가 보아도 명필이었다. 무겁고 커다란 붓이 바람이라도 탄 듯,

둥둥 떠 춤추며 글자를 새겨넣는다.
 ─첫 붓질이 약간 거칠게 됐는데, 제가 개칠은 금물이라고 했죠, 그래서 첫번째의 거친 터치를 이어서 같은 느낌으로 끝까지 완성해야 해요.
 ─왜요?
 ─그게 원칙이에요.
 ─아……
 그런데 바람 부는 날? 바람은 매일 불잖아요. 내가 말하자 그러네요, 매일. 빨간 코트가 말한다. 매일매일은 바람부는날바람부는날. 매일우유는 바람부는날우유. 매일신문은 바람부는날신문. 너 매일 정말 이렇게 굴 거야?는 너 바람부는날 정말 이렇게 굴 거야? 인생이 매일 쳇바퀴처럼 제자리에서 맴돌아요는 인생이 바람부는날 쳇바퀴처럼 제자리에서 맴돌아요.
 우리는 바람을 타고 그 앞을 맴돌면서 수많은 매일들, 그러니까 수많은 바람 부는 날들을 떠올리며 시간을 보내다 헤어졌다. 수많은 매일들이 수많은 바람 부는 날이 되어간다. 보이지 않고 만질 수 없지만 빨간 코트와 나의 사이에서 벌어진 일이다.
 내일이면 주말이에요, 오늘까지만 힘내요. 그래요, 안녕!

*

 아직까지는 단군 이래 최대 규모 재건축 단지의 뉴 챔피언 자리를 유지하고 있는 이곳은 부지가 넓은 덕분에 각 동이 체계적으로 배치되었다. 좁은 대지 면적에도 불구하고 고층 대단지가 되고자 하는 아파트 단지들이 질서 없이 책을 마구 포개어둔 책꽂이와 같다면, 이곳은 건물들이 일정한 간격, 일정한 방향으로 도열한 도미노 판과 같았다. 입주 예정 주민들이라면 질서 없는 책장보다는 도미노 쪽을 좋아할까? 내 취향은 오히려 책장 쪽인데. 도미노 쪽은 너무 딱딱해 보여…… 그러나 직접 살게 될 입장에서는 또 모르는 일이고, 나와는 먼 일이고, 아무래도 좋을 일이다.

 다만 매주 평일 새벽마다 바람의 길을 이용하고 있는 우리에게는 이와 같은 도미노식 배열이 자주 공간감의 상실을 야기하였다. 바람을 타고 흘러가다가 문득 현재 위치가 궁금할 때면 이 빠진 도미노 대열을 둘러보는 것보다는 시계를 들여다보는 편이 나았다. 출발한 지 팔 분이 지났으니까 아마 삼 분 뒤면 정류장에 다다를 수 있을 것이다…… 하는 식으로.

 그런데 빨간 코트와 내가 바람의 길과 인접한 한 동 외벽에 [**바람 부는 날**]을 써둔 뒤부터는 그 앞에 바람의 길 이용자들이 우글우글 모여들었다. [**바람 부는 날**] 앞에서만큼은 자신의 현 위치가 어디쯤인지 가늠해볼 수 있었고 그것이 바람의 길에 현실 감각을 부여해준 덕분이었다. 십 분 안팎으로 떠다니는 일이 그리 고되다고 할 수만은 없지만 길이라면 마땅히 벤치를 품듯 바람의 길에도 공중 벤치가 필요했던 걸까? 이용자들은 [**바람 부는 날**] 앞에 모여 사담을 주고받았다.

그곳에서 나는 얼마 전 회사에 동행했던 까마귀도 다시 만나 인사를 나누었다. 뜻밖의 재회로 마음이 너그러워진 덕분에 까마귀에게 또 필요하면 말하라고, 기꺼이 자리를 내어주겠다고 너스레를 떨며 어깨를 툭툭 쳐 보이기도 했다.

그 앞에서 긍휼해지는 마음이 내게만 허락된 것은 아니었는지, 이용자들 모두 웃는 얼굴로 인사를 주고받는다.

다시 만난 까마귀 안녕, 그의 친구 까마귀들 안녕, 비쩍 마른 고양이 안녕, 빨간 코트에게는 특별한 눈인사를 깜빡, 꿀벌떼 안녕, 너구리 가족 안녕, 정어리떼처럼 몰려다니는 화재경보기들 안녕, 때 이르게 피고 진 동백꽃송이들 안녕, 제목이 '자살'인 책 안녕, 수집가의 희귀 운동화 안녕, 무당벌레들 안녕, 반쯤 쓴 오렌지색 염색약 병 안녕, 유산균 포 안녕, 각종 포장지들 안녕.

—안녕!

이곳에서 이렇게 만나 인사를 나누는 것이 마땅한 수순이라는 듯, 이야기 전개상 적합한 사건이라는 듯, 어느 저녁 낭독 모임에서 만난 존재들처럼 우리는 공간과 서로를 존중하는 마음과 이 분위기를 해쳐서는 안 된다는 강력하고도 암묵적인 합의를 품고 매주 평일 새벽, **[바람 부는 날]**을 지나며 잠시 멈추었다가, 다시 각자의 목적지를 향해 떠내려갔다.

버스 정류장에 다다라 착지를 할 때에, 평소라면 팔을 아래쪽으로 한껏 뻗는 것만으로도 철제 펜스를 붙잡기에 충분했던 거리가 언제부턴가 더욱 벌어졌다. 아래쪽으로 잠영을 한 뒤 팔을 뻗어야 펜스를 겨우 손에 쥘 수 있었다. 평균 비행 고도가 높아진 탓이었다. 그 역시 내게만 벌어진 일은 아니었고 뒤를 돌아보니 이용자 모두 평소보다 조금 높은 위치에서 날고 있었는데, 그렇게 비행 고도가 높아진 게 결코 바람 때문은 아니었다. 시간의 흐름에 따라 건물풍에 더해지던 겨울바람은 오히려 세가 약해지던 때였으니까. 그럼 대체 왜? 발밑에 뭐가 붙었기에? 운동화 밑창을 살펴보아도 확실한 이유를 발견하지는 못했다. 발밑에는 헛바람 조금, 흰쥐 털 약간, 이건 웬…… 사랑이 손톱만큼 붙어 있었고 그 밖에는 마른 껌, 정체 모를 먼지 뭉치, 보일러 부자재, 폐기름 몇 방울 그런 것들이 있었다.

*

 어느 날엔가 나는 버스를 기다리며 발밑을 살피다 밑창 홈에 단단히 끼어버린 작은 불운을 보고도 그것을 고이고이 회사까지 가져가 엄미소의 커피잔이나 키보드 위에 흩뿌려두는 대신 불운이 어느 누구에게도 가닿지 못하도록 가차없이 발라내 잘근잘근 밟아주었는데, 그러자 개찰구를 지나 승강장으로 진입하는 발걸음이 어찌나 가볍던지. 그날은 엄미소에게 먼저 아침 인사를 건넬 수도 있을 것 같았다. 불성실한 엄미소가 출근 시간이 한 시간이나 지나고서야 오늘 오전 반차를 쓰겠다는 메시지를 보내오는 바람에(그럼 미지급된 대금은 또 너 대신 내가 처리하나요?) 아침 인사는 갈 길을 잃었지만, 만일 이례적인 아침 인사를 건넸다면 한참 동안 후회할 것이 분명했기에(조증에 휩싸여 저런 무례한 인간에게 먼저 인사를 건네다니! 그럼 안심한 엄미소는 내게 또 함부로 굴걸!) 그 대신 아래와 같은 결심을 하였다.

바람의 길에서 획득한 벽시계를 [**바람 부는 날**] 곁에 매달아두자! 몇 분에 가면 누가 있는지, 이야기를 나눈 지 몇 분이나 흘렀는지 이용자들이 더욱 정확히 파악할 수 있을 것이다. 언제나 시간 강박에 시달리던 화재경보기가 특히 좋아할 소식일 듯했다. 벽시계를 달면 어떨까? 하고 제안하면 경보음도 부드러울 수 있다는 사실을 알려준 그 음성을 다시 한번 바앙— 하고 들려주겠지. 그렇게 베풀 생각을 하자 길 위의 존재들이 문득 더없이 사랑스럽게 느껴졌다.

내일은 비록 1분기 팀 회식이 있는 날이었지만, 그것이 아무렇지 않을 만큼 나는 다음날 아침이 기다려졌다. 그날 오후 들었던 부정적인 생각이라고는, 엄미소가 급한 일이 생겼다며 오후 반차까지 쓰겠다는 소식을 알려왔을 때뿐이었다.

회사가 장난이야? 엉?

*

회식 메뉴는 우나기동. 장어의 빈약함을 감추려는 잡다한 재료 대신 양념된 밥에 거대한 장어만 턱턱 올라가 있는 정통 방식을 따르는 가게였다. 한 그릇에 육만천 원. 한술 크게 떠 입안 가득 부드럽고 묵직하게 퍼지는 장어의 풍미를 만끽하며 살코기의 감미로움에 혀를 굴리고 있자면 때때로 작은 가시가 입천장을 찔러 긴장을 늦추지 못하게 하는 것은 우나기동을 먹는 수많은 재미 중 하나였다.

웬일로 내가 제안한 탁월한 메뉴가 채택이 되었지? 음식이 나오기를 기다리며 팀 메신저에 우나기동을 검색하자 31건의 결과가 뜬다. 그중 28건은 내가 한 말. 무려 삼 년에 걸쳐서. 스크롤을 내려보니 두 달 전 엄미소가 이렇게 말한 날도 있다. 승주 씨 우나기동 엄청 좋아하나봐. 음…… 사실이긴 했지만 그중 5건 정도는 우나기동이라고 그저 말해보고 싶어서이기도 했다.

우-나-기-동.

머쓱한 마음에 음식이 놓이기도 전에 도쿠리 한 잔을 원샷해비렸고, 곧바로 엄미소가 빈 잔을 다시 채워주었다. 단지 나 하나 때문에 우나기동을 먹으러 온 건 아니겠지. 뭐…… 장어 싫어하는 사람이 어디 있겠어.

—대통령 하나가 한 개인의 기분을 이렇게까지 망칠 수 있다는 게 놀랍지 않아요?

침묵을 깨고 팀장이 말했다. 대통령을 좋아하는 사람

이 있으면 어쩌려고 저렇게 말하는 거야…… 생각하며 전식으로 나온 들깨죽에 고개를 박고 있을 때 엄미소가 말한다.

―그러니까요, 최악이죠, 매일 생각해요 저도.

사람들이 대통령 이야기를 할 때면 마치 버젓이 살아 있는 사람의 연보를 읊는 것과도 같은 거리감이 솟아올랐다. 대화 도중 갑작스레 지금은 역사책에 입장해 역사책의 언어로 말할 시간입니다, 하고 대화의 장이 열렸고 나는 한동안 구경꾼으로만 존재하다 마침내 말할 준비를 마치고 입을 떼어보려고 하면 이제 역사책에서의 회동은 마치겠습니다, 하고 퇴각하는 사람들의 뒷모습을 바라볼 수밖에 없는, 늘 그런 미묘한 어긋남이 있었다. 아니면 좀더 가볍게 회사 사람들에게 사적인 이야기를 들려주기 싫어서 꺼내는 말일 수도 있으려나. 그렇다면 나로서도 괜한 어색함을 덜어낼 수도 있겠지만.

―승주 씨네 동네 이제 정신없겠다.

―음?

다섯 개의 얼굴들이 내 쪽을 바라보고 있었다. 화제가 대통령으로 바뀐 뒤부터 넋을 놓고 있었던 터라 무슨 이야기를 하는지 통 알 수가 없었다. 적당히 네 뭐 그렇죠 답변한 뒤 그제야 흐름을 뒤쫓자 대화는 부동산 정책으로 무르익어 있었다. 새 대통령이 집무를 본 지 사 개월째, 그는 이전 정권의 부동산 규제 정책을 보란듯이 훌훌 풀어버렸다. 투기성 청약을 막기 위한 실거주 이 년 제한 조건과 전매 제한 십 년의 조건, 중도금 대출 비율 상한선 50퍼센트 모두 없던 일이 되었다. 매매가 보다 자유로워지자 하루아침에 이 년 동안 멈춰 있던 단군 이래 최대 규모 재건축 단지의 공사 재개까지 결정되었다는 게 대화의 요지였다.

—승주 씨네 집 바로 앞이라며. 거기 또 몇 년은 공사판일 거 아니야. 보통 큰 단지도 아니고. 어떡해 승주 씨. 매일 쾅쾅쾅!

때마침 여섯 개의 목재 직사각형 그릇이 방 안으로 스스스 들어왔다. 참으로 똑같은 크기와 모습으로 누워 있구나. 장어가 붕어빵도 아닌데. 먹는 순서와 방법만은 제각각이라 앞에 놓인 밥그릇들은 시간이 지날수록 다른 모습이 되어갔다.

무슨 뉴스건 팀에서 가장 늦게 알게 되는 나에게는 바로 집 앞의 일이었는데도 금시초문인 소식이었다. 그러니까…… 교체된 대통령의 결정으로 수년째 멈춰 있던 공사가 재개되고, 다시 단지 안에 인부들이 드나들고, 조경을 위한 나무와 꽃들이 단지 안으로 운반되고, 그렇게 완성된 단지 안에 곧 입주민들이 거닐게 되고. 그런 일들이 곧장 벌어진다는 말? 대통령이 바뀌었다는 이유 하나만으로? 우리집 앞으로 엄청난 수의 사람들이 오가고, 만오천 가구의 공사가 재개되고, 건물이 삼십오층까지 올라가고(고층 상한선 규제만은 풀지 못했다고, 팀장의 말), 자재들이 옮겨지고, 자재 하면 통나무가 떠오르지만, 통나무로 고층 아파트를 짓지는 않겠지, 그렇다면 철근, 시멘트, 콘크리트 그런 것들이. 이제부터 우리집 앞에.

그날의 회식은 오직 우나기동이라는 단 한 가지 메뉴를 완벽히 연마하기 위해 일본에서 십삼 년간 수학했다는 주인의 자부심이 헛되지 않을 만큼 맛이 좋았다. 우나기동 한입, 도쿠리 한입. 번갈아 먹다보니 금세 그릇 밑바닥이 보였다.

―승주 씨, 무슨 묵언 수행해?

공식, 비공식 회식을 가질 때마다 팀장이 늘 내게 묻는 질문이었다. 그때 나 대신 엄미소가 대꾸하는 것은 어느새 자연스러운 흐름이 되어 있었다.

―승주 씨가 우나기동 엄청 좋아하잖아요. 떠들 시간이 어딨어. 도쿠리도 승주 씨가 제일 많이 마셨네.

엄미소는 또다시 내 빈 잔을 채워주고, 그럼 마실 수

밖에…… 투명하게 차오르는 도쿠리는 이렇게나 가까이 있다. 당장 마시지 않고는 못 배길 만큼. 회사 인간들과의 대화는 한참 뒷전으로 미룰 만큼. 모든 것이 저멀리 있고 지금 나의 가장 가까이 있는 것은 도쿠리 그리고 우나기동. 그 둘이 전부.

*

 전날 과음한 탓인지 눈을 떴을 때는 이미 출근 시간이 훌쩍 지나 있었다. 회식 다음날 이러는 것은 좋지 않지만 팀 메신저에 이렇게 보내둔다.
 ─죄송하지만 몸이 좋지 않아 오늘 연차를 써야 할 것 같습니다.
 묵묵부답. 삼 분 뒤 엄미소의 답변.
 ─푹 쉬어야 해요, 승주 씨! 그런데 팀장님, 오늘 오전 회의는 어떻게 할까요? 그대로 진행할까요?
 기왕 연차까지 냈으니 침대에 누워 회사 메신저만 쳐다보다 하루를 마치는 어리석은 짓은 하지 않으리 다짐하며 창가에 섰다.
 집 앞 도로는 어느 때보다도 분주했다. 가로수며 도로며 그 위를 거니는 동네 주민들까지 모두 소란에 얼마간 흥분한 듯 보였다. 레미콘과 포클레인 행렬이 바람의 길 쪽으로 줄지어 입장하고 인부들이 탄 승합차와 소형 트럭, 자가용 들도 그 뒤를 따른다. 내가 매일 직접 풀고 다시 잠가두던 걸쇠는 물론 철제 펜스 역시 철거되고 없었다. 팀장이 승주 씨 이번 주 안으로 이러저러한 것에 대한 보고서를 제출하세요 하면 내가 마지못해 움직이는 것보다도 빠른 속도로, 하루아침에 군대를 방불케 하는 대규모 행렬이 단지 안으로 밀려들고 있었다.

아마 저기 저쯤, 짙은 녹색 탑차가 주차된 곳보다 약간 앞쪽 그쯤, 빨간 코트와 내가 써둔 붓글씨가 있을 것이다. 그로부터 며칠 뒤 그 옆에 걸어둔 분침만 남은 벽시계도.

한참 동안 이어지는 진입과 퇴각을 오래도록 내려다보며 나는 이것이 이야기 한 편의 마땅한 결말이라고, 이야기 속 어떤 인물도 감히 이의를 제기하지 못할 만큼 완벽하고 슬픈 마침표라고 생각했는데, 슬픔이라고 말할 수 있을 만큼 바람의 길이 내게 중요했나? 이야기의 인물로서, 어쩌면 주인공으로서, 무언가 대항을 해야 하나? 펜스가 있던 자리로 가 침을 뱉는 행위라도 해야 마땅할까? 그렇게 무의미하지만 한 개인에게는 절대적일지도 모를 의미를 창출해야 하나? 그것이 이러한 결말을 더욱 세공하는 주인공의 마땅한 도리일까?

태어나 처음 겪어보는 고뇌에 빠졌으나 이야기는 이미 나의 고뇌와는 무관하게 자기만의 길을 가고 있는 것 같았다. 애초에 나의 것이었던 적이 없다는 듯 확신에 차 '안전의 문'으로 입장하는 레미콘의 꽁무니. 나는 대통령과 그의 통치하에 있는 국가에게 이야기를 빼앗겨버린 것이다. 그러니까 이제 나는 나로서 이 이야기 안에 존재할 수 없고, 그 안에서 이렇게 변해버려, 이야기가 나의 한참 앞쪽으로 내달려, 나는, 아니, 나는? 아니……

이제부터는 승주의 이야기.

*

승주는 창밖을 내려다보며 뒤통수를 긁적였다. 꼬리에 꼬리를 무는 고민의 체에 걸러져 남은 감정은 머쓱함, 그리고 배고픔, 과음으로 속이 좋지 않음 정도였다. 대파와 청양고추를 송송 썰어넣은 라면을 한 그릇 먹자 배고픔은 금세 해결되었다. 그대로 누워 해가 질 때까지 낮잠을 자자 과음으로 속이 좋지 않음 역시 자취를 감추었다. 머쓱함은 라면을 끓여 먹거나 한잠 자는 것으로는 해결이 되지 않고 하루가 저물도록 홀로 꼿꼿이 남아 있었으므로 승주는 이 머쓱함이 시간에 풍화되기를 기다릴지, 혹은 타파할 방법을 보다 적극적으로 찾아 나설지 갈등하다 외투를 챙겨 입었다. 머쓱함이 스르르 더 큰 좌절감 쪽으로 번지려는 기미를 눈치챘기 때문이었다.

단지 안은 물론 그 주변까지, 승주가 집 안에서 그 일부를 내려다보던 것보다 훨씬 큰 인파로 북적였다. 공사장 가림막에 완성된 단지 이미지가 인쇄되어 붙어 있었으므로 승주는 횡단보도 너머 펼쳐질 미래를 구체적으로 그려볼 수 있었다. 펜스가 철거된 자리에는 화단이 들어설 것이고 그 왼편으로는 오층 높이의 상가, 상가 내부에는 아파트 주민을 위한 수영장과 헬스장이 들어설 예정이며 이용료는 주민의 경우 50퍼센트, 일반 이용객의 경우 추후 공지. 발 빠른 떴다방 주인들부터 방송 기자와 신문 기자들, 첫번째 내 집 마련의 기대에 들뜬 신혼부부와 투기성 매매를 노리는 전문업자들, 여러 부처의 공무원들까지, 단군 이래 최대 규모의 대단지답게 다채로운 마음을 지닌 사람들이 단지 앞을 서성였다.

골바람은 여전했으나 모여든 사람들을 스치는 동안 수없이 굴절되며 약화된 듯, 길 끝에 선 승주에게 와닿는 바람은 타고 날아오르기에는 턱없이 미약한 세기였다. 승주는 언뜻 보면 추워서 발을 동동 구르는 것처럼 보일 만큼 살짝 뛰어보기도 했으나 무거운 몸은 떠오르기가 무섭게 곧바로 땅 위로 가라앉았다. 기왕 이 앞까지 왔으니 [**바람 부는 날**]까지 걸어볼까. 그 앞에서 함께 날았던 동료들을 만날 수도 있으니까. 꼭 대단히 보고 싶은 것은 아니지만 그래도……

그러나 승주의 진입은 단지 초입부터 보기 좋게 가로막혔다. 비로소 관계자 외 출입 통제를 제대로 시행하려는 모양이었다.

승주는 단지 둘레에 난 길을 따라 걸었다. 바람의 길을 알기 전 이 년 동안 거닐었던 출근길이었다. 애써 주의를 기울이지 않아도 승주는 길 위에 튀어나온 보도블럭이나 전압기, 나무 둥치를 요리조리 피해 가며 앞으로 나아갈 수 있었다. 승주는 때때로 고개를 획 쳐들어 허공을 올려다보거나 바닥을 샅샅이 살펴가며 걸었는데, 그렇게 하면 자신처럼 단지 주위를 맴도는 동료들을 만날 수 있을까 싶어서였다. 여전히 아주 대단히 보고 싶은 것은 아니지만 그래도……

땅에 들러붙은 지 얼마 되지 않은 것처럼 보이는 이 껌딱지, 내가 바람의 길 위에서 만난 적이 있던가? 맞은편에서 다가오는 빨간 코트가 나와 [**바람 부는 날**]을 함께 새긴 그 빨간 코트인가? 나무 위에서 목을 놓고 우는 까마귀가 나와 사무실까지 동행 후 귀가하였던 그 까마귀인가? 그러나 모두가 아닌 것 같았고, 동시에 모두가 맞는 것도 같았다.

승주는 눈길을 끄는 상대에게 섣불리 알은체를 하지는 않았다. 왜냐하면 아닐 수도 있으니까. 그러나 허공과 바닥, 가로수 위와 둥치, 빈 가게의 유리창 등을 살피는 것을 소홀히 하지도 않았다. 왜냐하면 매주 새벽 하늘에서 시간을 함께 보내던 이가 갑자기 자신에게 알은체를 해올 수도 있으니까.

길 건너 횡단보도 신호가 바뀌기를 기다리며 승주에게서 눈을 떼지 않던 어린아이가 엄마의 손을 툭툭 잡아당기며 묻는다.

―엄마 저 사람은 왜 저렇게 두리번거리면서 걸어 다녀?

―어어, 저렇게 걷는 것을 '산책'이라고 하는 거야. 다시 집으로 돌아올 때까지 동네 이곳저곳을 살피며 시간을 보내는 거란다.

해설

음음 음음 음음,
나는 그냥 따라가보기로 했어

정지혜(영화평론가)

이야기에 기대어 무작정 걸어나가보자

정기현의 소설을 두고 그것을 '읽는다'라고 말하는 건 어딘가 부족하고 흡족하지 않다. 그렇다면 이 소설을 두고 무엇을 하느냐고 묻는다면, 일 초의 망설임도 없이 연이어 떠오르는 움직임들이 있다고 말하겠다. 그것이 무엇을 가리키는지 구체적으로 설명할 필요도 없이, 분명 존재하는 움직임들이고 흐름이며 그런 것들의 연쇄에 올라타는 일이라고 해야겠다. 음음 음음 음음. 목소리를 가다듬고 허밍하듯 노래하듯 말해보자. 정기현의 소설은 '읽는다'기보다는 익숙한 듯 낯선 세계, 가본 듯 가보지 않은 세계의 문을 열어젖히기, 그 문을 열고서는 성큼성큼 들어서기, 그 문 안쪽으로든 그 문 바깥쪽으로든 어느 방향으로든 상관없이 들어서기, 들어서서는 의심 없이 맞이하기, 맞이하고는 가뿐히 올라타기, 올라타서는 훽이훽이 날아오르기, 날아가서는 살포시 착지하기, 발붙이는가 싶더니 냉큼 다시 걸어 나서기, 나섰다고 하면 그렇다면! 보란듯이 두리번대기, 여기저기 두루 보면서는 콩콩 발 구르기, 구르는가 싶으면 총총 뛰어오르기, 뛰는가 했더니 어느새 유유자적 유영하기…… 끝없이 이어 말할 수 있지만, 일단은 여기까지.

이렇게 써놓고 보니, 정기현의 소설은 그저 가만히 앉아서 바라보고, 두고 보는 이의 성정과는 전혀 다른 성질의 것임이 분명하다. 하나같이 몸을 일으켜 움직이는 능동의 활동, 행하는 이들만이 보고, 마주하고, 경험할 수 있는 것들의 모음에 가까워 보인다. 그러니까 저기 앞서 찍어둔 문장 끝의 줄임표는 뭔가를 매듭짓지 못한 채 어정쩡한 태도로 망설이는 유예의 표시가 아니다. 꼬리에 꼬리를 물고 계속해서 이어지는 수많은 '~하기'를 위한 열린 자리이고 그 가능성의 표현이다. 이때 '~하기'에는 지난날 했던 것도 얼마간 포함될 것이고, 지금 하는 것과도 연결될 것이며, 언제고 다가올 미래의 할 것들도 포함된다. 그야말로 '하는' 이들과 '하는' 것들이 만들어낸 '하기'의 지도라고 말할 수 있겠다. 다시 쓰면,

움직임의 지도, 움직이는 여덟 편의 지도. 그 각각에는 움직이는 존재들의 속성과 흔적들이 기입되어 있다. 예컨대, 움직이는 존재들이 만들어낸 골과 구멍이 나 있고 구덩이와 바람길도 보인다. 이곳에서 저곳으로 가는 통로가 뚫려 있고 그곳을 통과해 나가는 기류와 흐름도 감지된다.

눈치챘겠지만, 어느새 스리슬쩍, 지도라고 말했다. 지표면의 상태와 위치를 가늠하는 지도地圖이기도 하고, 여러 갈래로 갈린 길이라는 의미로서의 지도枝道이기도 하다. 어느 쪽으로도 가능하고 어느 쪽일 수도 있는 지도이다. 이 여덟 편의 소설이라는 지도를 이어 붙이려고만 들면 이렇게도 저렇게도 얼마간 붙여볼 수 있을 것이다. 이때의 연결은 꽉 짜인 그림대로 맞춰서 완벽하게 들어맞는 퍼즐 맞추기와는 전혀 다르다. 이때의 연결은 비슷한 듯 닮은, 닮은 듯 비슷한 표정들, 상태들, 존재들의 느슨한 연결로서의 집합에 가깝다.

그렇기에 다시 생각해봐도, 나는 정기현의 소설을 읽는 게 아니라 소설의 형태를 띠고 살아 움직이는 여덟 편의 지도를 들고 그 각각의 지도에 기댄 채 무작정 걸어나가보는 일종의 모험을 하고 있는 셈이다. 목적지를 정해두고 그곳을 향해 직진하는 선형과 지향의 운동과는 무관한 일이다. 이때의 나서기에 목적이랄 게 있다면 오직 나선다는 그 자체에만 있을 것이다. 지도 위를 거닐고 헤매고, 지도를 몸소 겪고 탐색하기 위함에만 있는 것이다. 여덟 개의 지도 사이에 기묘한 기시감이 감지되는데 그 유사한 분위기를 느끼며 일단 한번 가로질러 가 보기로 한다.

움직이지 않으면 아무 일도 일어나지 않으니까

그들이 있었다. '공원의 생리'를 간파한 이들. "알 수 없음과 알 것도 같음 사이를 부지런히"(10쪽) 오가며 생각의 길을 내는 이들은 알 법한 '공원의 생리'. 그러한 것이 세상에 있을 수 있음을 태생적으로 아는 이들. 세상과 비밀, 세상의 비밀, 비밀의 세상을 민감하게 감지하는 지진계와 같은 몸과 밝은 눈을 지닌 관찰자들. 정기현 소설이 펼쳐낸 지도 위를 가로지르며 나는 그들 곁을 스쳐 지나간다. 그들은 "삶과는 영 무관해 보이는 일을 계속해나가는 사람"(9쪽)들이기도 하다. 그런 사람들은 특유의 습성과 생활의 원리를 몸에 달고 다니는데 정기현 소설식으로 말해보자면 그런 습성과 원리 위에 얹혀 있는 이들이다. 낯선 표현인가. 기은(들), 새미(들), 승주(들)를 보면 그 말이 납득이 가고 수긍이 될 것이다.

공원에도 생리라는 게 있음을 직감한 「빅풋」의 기은에서 시작해볼까. 기은은 우연한 계기로 한참 동안 잊고 살았던 새미에 관해 알게 된다. 대다수 사람은 실종이라고 말하고 싶겠지만, 어쩌면 스스로 사라져버리는 쪽을 택한 것일지도 모를 새미, 죽었을 가능성이 있는 게 아니라 사라졌을 가능성이 더 큰 새미, 162센티미터의 키에 290밀리미터의 발을 가진 새미, 더는 이곳에 없는 새미는 새미가 남긴 흔적으로 되살아날 것이다. "'나는 점점 희미해지고 발에서만 자세하다.' 나는 이 문장이 비유가 아니라 사실을 명시한 것에 가깝다는 것을, 새미는 자신을 발같이 낮은 존재로 여겨 사라짐을 택한 것이 아니라 자신은 발을 통해서만 인식되는 존재임을 점점 뚜렷하게 깨달았지만 그것을 어떻게 받아들여야 할지 몰라, 또 그 사실로부터 세상을 어찌 달리 대해야 할지 몰라 일기장에 일단 사실 그대로 기록했을 뿐이라는 것을 알았다."

한때 테니스 선수를 꿈꿨지만, 재활의료기기를 취급하는 출고팀에서 일하게 된 이후부터 새미는 제 몸이 더는 이전과 같은 몸이 될 수 없음을 직감했을 것이다. 몸이 경직될수록 그에 비례해 새미는 "머릿속에서 늘 발

안팎을 맴돌고 거닐었"(29쪽)을 것이고 그러다 마침내 결단에 이르렀으리라. 큼지막한 발을 한 발 한 발 떼어내 저만치로 저 너머로 멀리 걸어나가는 새미. 희미하게 사라지는 새미의 뒷모습을 떠올리는 건 그리 어렵지 않다. 그것은 발이 행한 발의 일. '공원의 생리'를 아는 기은은 이곳 아닌 곳으로 나아가는 그 발의 족적을 상상해보는 일로 새미를 생각한다.

그런데「빅풋」은 여기서 멈추지 않고, 발의 일이라면 어디로든 갈 수 있다는 듯이 저벅저벅 한 발 한 발 더 나아가는 게 아닌가. 홀로 새벽길을 나서서 교회로 향하는 엄마의 발을 뒤따르는 것으로 기은의 발은 움직인다. 하지만 세심한 관찰자로서 자신의 본분을 잊는 법 없는 기은은 섣부른 개입으로 엄마의 족적, 족적에 투영된 엄마의 질서를 흐트러뜨리지 않고, 엄마의 생리를 존중하기로 한다. 새미의 족적을 되밟아 새미를 상상했던 것처럼 엄마의 발의 흔적을 되밟아 엄마를 생각한다. 흔적으로서의 발에도 이야기가 있을 수 있음을 받아들이기만 한다면, 그것은 과거와 현재 그리고 미래의 시간까지도 상상해볼 수 있는 일이다. "나는 그런 일들을 이미 벌어진 뒤인 것처럼 볼 수 있다."(37쪽) 지금 이곳에서 과거를 통해 미래를 보는 일은 얼마든지 가능해진다. 하나의 예견으로서 그러하다.

 족적을 상상하기. 그런 일은 눈앞에 선연하게 찍혀 있는 발의 흔적을 그려보는 것만으로는 어딘지 충분하지 않다. 흔적이라는 그 자체에 지나치게 사로잡히게 되면 오히려 그 흔적과 발만 떠올리게 되는 법이니까. 흔적과 발에만 머무는 신세가 될 테니까. 흔적이 남았다는 건 다시 말하면 그 흔적을 남긴 움직이는 발이 있었다는 뜻이다. 발이 아니라 움직이는 발임을 명심하자. 일단 앞으로든, 뒤로든, 옆으로든 나가고, 되밟고, 가로지르는 발의 움직임이 있어야만 시작되는 일이다. 움직이지 않으면 아무것도 일어나지 않는다. 움직이지 않으면 뭔가가 남게 될 일도 없다. 움직여나가는 동적인 몸짓이 있어야 비로소 잔상도 생긴다.

 정기현 소설은 이렇게 움직여나가는 이들에게 이름을 붙여준다. 산책자들. 이들의 움직임에 별나거나 그럴듯한 목적이랄 것은 없다. 어디로 향해야 한다는 강박이나 양식화된 방식도 존재하지 않는다. 바로 그러한 이유로 산책자들은 오히려 예상치 못한 길로 접어들고 의외의 지점과 만나고 생각지도 못한 일 앞에 이르게 될 것이다. 이런 게 바로 산책의 묘미가 아니겠는가. 외면할 수 없는 생의 흥미진진함이다. 달리 말하면 '불순함'이기도 하다.

"보행을 중요한 행위로 만들어주는 것은 바로 불순함이다. 보행이 풍경, 생각, 만남과 불순하게 뒤섞일 때, 걸음을 옮기는 육체는 마음과 세상을 연결하는 매개체가 된다. 그리고 그럴 때 세상이 마음에 스며든다. (……) 보행이라는 주제가 다른 주제로 미끄러지기 쉽다는 것, 걷는 것 자체에 집중하면서 다른 것들을 외면하기는 어렵다는 것을 잘 보여준다. 걸어가는 사람의 성격, 걸어가면서 만난 사람들, 걸어갈 때 보이는 자연, 걸어가는 길에 해낸 일 등을 담고 있는 보행에 대한 글은 다른 어떤 것에 대한 글일 때가 많다."* 리베카 솔닛이 적확하게 표현한 저 말은 그대로 정기현 소설의 산책자에 관한 주석으로 읽힌다. "걸을 때의 기은은 본래 생각하는 사람이었다. 풍경과 사물, 행인 들을 살필 새가 없었다. 그런데 언제부턴가 기은은 자신이 걸을 때 평소처럼 공상에 빠지는 대신 또 다른 김병철을 찾아 가로수나 전신주 따위를 유심히 들여다본다는 것, 그렇게 김병철 외에는 텅 비어버린 머리로 두리번거리며 발을 내딛고 있다는 것을 문득 알아차렸다."(78쪽) "기은은 곧 자신에 대해 골

---

* 리베카 솔닛, 『걷기의 인문학』, 김정아 옮김, 반비, 2017, 217쪽.

몰하는 대신 바깥을 보며 걸었다. (……) 그것들을 헤아리며 걷는 일은 사물들처럼 멍해지는 일, 지나가는 한 사람이 되는 일이었다."(89~90쪽) 이는 산책의 생리이고 산책의 진화이다. 「슬픈 마음 있는 사람」의 기은은 자기 안쪽에서 출발하되 점차 자기 밖으로 시선을 이동해나간다. 그 과정에서 세상이라는 풍경 속에 자신을 던져보는 데 이르고 비로소 자기와 세상 사이의 거리를 인식한다. 그렇게 되면, 그제야, 뭔가가 보이기 시작할 것이다. 이를테면, '동네의 비밀' 같은 것. 정기현 소설의 산책자들은 시간을 들여 산책의 생리를 체득하고, 시선의 전환과 확장을 겪으며, 일종의 환기에 이른다.

걷는 사이 누군가를 향한 마음이 일어나고

이때의 산책길은 어떠한 길인가. '동네의 비밀'이 있는 그런 길이라고 했는데 대관절 그건 어떤 종류와 성질의 비밀이란 말인가. 비밀을 다르게 쓰면 이러하다. 조금만 달리 보면 금세 도시를 떠도는 흉흉한 괴담이 될 가능성이 농후한 길가의 낙서들일 수도 있다.(「슬픈 마음 있는 사람」) 동네나 민가뿐만 아니라 학교나 또래 집단의 커뮤니티에 돌고 도는 무성한 소문들일 수도 있겠다.(「발밑의 일」「공부를 하자 그리고 시험을 보자」) 오랜 세월 사람들에게 구전되고 전승되어온 전설들도 무관하지 않다.(「검은 강에 둥실」)

그런데 가만 생각해보면, 괴담이니, 소문이니, 전설이니 하는 이러한 것들은 기존의, 기성의 질서 바깥에서 자라나는 것, 공인된 정설定說과 정론定論에서 벗어나 외부의 것, 주변적이고 사변적인 것, 그리하여 믿을 만한 게 못 된다는 평판을 얻어 사사로운 이야기로 치부되곤 하는 것이 아니던가. 흔히 중심이라고 불리는 안온하고 안전한 질서 안으로 포섭되기보다는 그로부터 떨어져나온 일종의 주변, 변두리, 하위문화의 감수성이 짙은 서사가 아니던가. 바로 그러하다는 이유로, 때로는 실체 없는 두려움의 대상이 되기도 하고 점점 더 거대해져 무시무시한 생명력을 얻기도 한다. 그런 무성한 바깥을 향해 가는 것이야말로 정기현 소설의 '길의 생리'라고 하겠다.

그런 길로 들어선다는 건 필시 통설의 외측으로 나아가는 행위이다. "골목을 벗어나며 기은은 지금 마을 밖으로 향하고 있다는 실감이 들었다. 마을 바깥으로, 마을 안에서는 영 알 수 없는 것들을 향해 가고 있었다. 벗어나고 있어."(101쪽) 경계선 끝까지, 그 너머로 가보려는 시도의 몸짓, 순응하고 동화되고 길들기보다는 반대로도 가보고, 반발도 해보는 대항의 몸이다. 일부러 굳이 무릅써보려는 호기로움일 텐데 그 기저에는 반골적 기질이 자리한다. 그런 게 없고서는 불가능한 일이다. 정기현 소설의 산책자들에게는, 그들의 산책에는 저항의 기골이 있다. 걷는다고 한들 저절로 질서의 외측으로 나갈 수 있는 것도 아니요, 비밀 가까이에 다다를 수도 없는 일이다. "성경에는 미처 다 씌어지지 못한 많은 기적이 있겠지. 마을 안에만 머무는 사람들로서는 전혀 모르는 기적들이."(99쪽) 기적은 테두리 바깥의 사람만이 목격할 수 있는 특별한 체험이다. 기적은 하늘에서 뚝 떨어져 벼락같이 일어나는 것이 아니라 일상의 곳곳에 매복해 있다가 누군가에게 발견되기를 바라고 기다린다. 정기현 소설의 산책자들이 바로 그 기적을 길어 올려줄 것이다.

이때, 비밀을 둘러싼 사실 하나를 더 알고 모르고는 전혀 중요하지 않다. 비밀에 이르는 산책과 그러한 산책 도중에 생성되고 살이 붙어 생명력을 얻게 된 이야기가 있다는 게 핵심이다. 이렇게 말해볼 수도 있을까. 비밀로 가는 산책은 언제나 이야기의 형태를 띤다고. "오늘 본 것을 잘 정리하여 준영에게 들려줄 수도 있을 것이다!"(92쪽), "그것들을 잘 기억했다가 준영에게 말해줄 수도 있을 것이다!"(100쪽). 이 말을 이렇게 이해하고 받아들여볼 수 있을까. '모험 끝에 길어 올린 비밀을 전하고 싶다, 나의 언어로, 다른 누구도 아닌 바로 준영, 너에게.' 동네의 비밀을 경유하는 사이에 누군가를 향한 마음이 일어나고 그것을 전언의 방식으로, 이야기의 형식으로 상대에게 전하려 하기까지, 그것에 이르기까지.

그런 마음의 발동 앞에서 절로 애틋해지는 건 어쩔 수 없다. 그리고 그러한 애틋함에는 얼마간의 슬픔이 깃들어 있기 마련이다. "기은은 자신이 비로소 슬픈 마음 있는 사람이 된 것에 아늑함을 느끼면서도 슬픈 마음을 가지게 된 덕분에 슬픔 속에 한참을 머물다 자리를 떴다."(107쪽) 그렇게 길 위에서 기은은 '슬픈 마음 있는 사람'이 되었다. 그 길에 동행하다보면, 그런 기은의 마음이 어떠할지 알 것만 같아진다. 그러면 어느새 혼잣말인지 노랫말인지 모를 것들을 하나씩 입안에서 굴려보게 되는 것이다. '음음 음음 음음, 슬픈 마음 있는 사람, 슬픈 마음 잇는 사람, 슬픈 마음 읽는 사람……'

세계를 향해 새로이 떠지는 눈

반골의 피. 정해진 길로만 가려는 건 산책자로서의 자질 부족, 산책자의 생리라고 할 수 없다. 둘러쳐진 펜스 바깥으로 일부러 나서는 반골의 피를 가진 이들이 있다. 그런 이들은 생각지도 못한 곳으로, 엉뚱한 방향으로 내쳐 들어서게 될 운명 앞에 있다. 동네의 모든 골목을 통과하고 막다른 길 쪽으로도 망설임 없이 들어서는 「농부의 피」의 승주도 그렇다. "가로막아도 걷지 못할 길은 없었다. 새로운 길로의 산책은 곧 승주가 새로워지는 방식이었는데 승주는 그렇게 새로워지면서도 불가능이 없는, 불가능이 불가능한 매일의 모험이 시시해 하품이 나왔다."(180~181쪽) 승주가 제아무리 '농부의 피'를 타고났다고 한들, 산책자의 기질 없이는 '숨겨진 텃밭'까지 당도할 수는 없었을 것이다. 자명하다. 심지어 '숨겨진 백골'의 비밀 한가운데로 접어들 수도 없었을 것이다. 분명하다. 모험 없는 모험이 가당키나 하겠는가. 산책이라는 길에 올라야만 불가능이 가능성으로 변모할 수 있을 것이고 그래야만 참을 수 없는 하품을 거둘 수 있는 터이다.

정기현 소설 속 반골의 피는 당돌하고, 엉뚱하고, 천연덕스러운 방향으로 흐르고, 돌고, 이어진다. 소설 속 산책자들은 물리 법칙을 거스르고 리얼리티의 통상적인 틀을 가뿐히 깨뜨린다. 그 대신 상상과 환상으로 축조된 신세계를 돌연히 펼쳐두고는 아무렇지 않게 그곳만의 리얼리티를 새로이 부여해나간다.

「발밑의 일」의 소인들의 존재는 다수의 거대한 힘에 많은 게 쏠려 있는 인간 세계에 대한 일침이자 일격처럼도 보이고 종의 다양성을 일깨우는 하나의 예로도 보인다. 소인들은 인간과 비교하면 신체 크기 면에서는 한참 작다고 할 수 있겠으나, 크기라는 단일한 기준에서 벗어난다면, 인간의 위치와 시선으로는 도저히 볼 수 없었던 것들을 보게 한다. 그야말로 다른 각도와 시야를 확보해주는 새로운 존재들이다. 달리 보고 들을 수 있다는 것뿐만 아니라 달리 보고 들은 그것을 인간에게 전할 수 있다는 점에서 그들은 이야기의 주도권을 쥐고 있기도 하다. 그들이 결코 작은 존재들이 아니라는 증거로 이만한 게 또 있을까. "새미는 자신이 어린 마법사에게 마법 세계의 소식을 처음 전하러 온 전령이라도 된 것 같았다. 그러자 새미 자신은 점점 커지고, 임준섭은 새미의 말 한마디에 운명이 뒤바뀔지도 모를 작은 소년처럼 여겨져 이야기에 점점 자신이 붙었다."(62쪽)

「공부를 하자 그리고 시험을 보자」의 승주도 서 있는 위치를 달리하며 시선의 이동을 통해 세계를 향한 눈을 새로이 뜬다. 우등생이라는 기존의 자기 자리에서 벗어나 소위 말해 그것과는 완전히 노는 물이 다른 '버들치'

커뮤니티의 자리로 가본다. 서로 맞지도 만날 일도 없어 보이는 두 세계를 오고 가는 과정에서 승주는 일종의 성장과 전환을 겪을 것이다. 이쪽 세계와 저쪽 세계를 가로지르는 이것을 두고 '생존력'이나 '진화'라고 부를 수도 있을까. 그 힘으로 승주는 이제 자신만의 OMR 답변지를 작성해나갈 것이다. 막힘없이, 빠르고, 자유롭게, 써 내려가는 경쾌한 손자국이라니.

속는 셈 치고 훌쩍!

정기현 소설은 선형적 시공간을 뒤틀고 불가사의한 제3의 시공으로 길을 내며 환상 세계를 그리는 데도 주저함이 없다. 「마음대로 우는 벽세계」의 기은은 벽시계 안쪽으로 제 머리를 집어넣고 그 안으로 들어가버리기까지 한다. "머리가 안으로 들어간다, 인간들 중에서도 제법 큰 편인 내 머리가 이렇게 쑥, 그 사실에 놀라 머리를 다시 바깥으로 빼고 주변을 둘러보았다. 어느새 집 안은 바깥이 되었고 시계 내부가 안쪽이 되어 나는 어떤 갈림길에 서 있었다."(150쪽) 기이한 일은 계속된다. 이를테면, 정각마다 '빡꾹!' 하고 우는 벽시계의 뻐꾸기가 고장남으로써 오히려 의외의 가능성이 열리는 식이다. 뻐꾸기는 벽에 걸려 있는 시계 안을 벗어나 승주와 함께 동네로, 거리로 나서고 그곳에서 자기만의 새로운 루틴을 찾기까지 한다.

여기에 그치지 않고 희한한 일은 계속된다. "누구나 갈 수 있는 길 대신 자기만의 길을 찾는 거지, 추상적인 경구가 아니라 말 그대로 물리적인 자기만의 길. (……) 파쿠르는 이동 기술이야."(166쪽) 어디서 나온 것인지 이동의 기술을 연마하고 터득하고 그것을 행하는 동네 아이들이 불쑥 등장하기에 이른다. '빡꾹!' 하고 우는 뻐꾸기를 진짜 파쿠르라고 부르는 아이들이다. "그는 파쿠르가 빡꾹! 할 때 행위로서의 파쿠르를 하면 좋은 곳으로 이동할 수가 있다고 했다. 진정한 의미의 파쿠르를 행할 수 있는 몇 안 되는 순간을 앞두고 있는 것이니 꼭 기다려줘야 한다고 강조했다."(169쪽) 빡꾹과 파쿠르. 텍스트상으로는 닮은 구석이라고는 전혀 없는 두 단어가 음가로 들려오자 얼추 비슷하게도 들린다. 그리고 그것을 진정 다른 세계로 가는 주문으로 완성해낸 건 두 소리를 같다고 믿는 아이들, 아이들의 믿음에서 기인한다. 일종의 '믿음의 벨트'*라고 할까. "그럴 줄 알았으면서도 나는 뛰었다……"(174쪽)고 했던 기은은 그 벨트

---

* 봉준호 감독의 〈기생충〉(2019)의 대사에서 왔다.

위로 훌쩍 올라탄 것이다. 속는 셈 치고 해보는 것, 일단 앞뒤 재지 않고 하는 것, 그러다보면 뭔가가 정말 발생할지도 모를 일이다. 이 기이한 소동극을 통과하고 나면 정말로 무슨 일이라도 일어나는 것일까. "빡꾹 새가 울던 벽시계가 멀쩡한 모습으로 같은 자리에 다시 걸려 있었다. 오른쪽 하단에 달린 기분 시계의 바늘이 feliz를 가리키고 있었다."(175쪽) 이상한 나라로의 여행과도 같았던 산책 끝에 'feliz', 기분 좋은 만족이라니. 이만하면 흡족하지 않은가.

「검은 강에 둥실」의 새미는 돌아가신 할아버지가 계시다는 땅 구멍 아래 지하 세계로도 들어가보고 스틱스 강의 신화적 세계로도 들어서본다. 이것은 삶의 이편과 죽음 저편을 연결하는 통로의 일. 그 길목에 잠시 동행하는 건 일종의 환송 의식이자 추모의 제의에 가깝다. 너무 무겁지도 지나치게 가볍지도 않은 걸음으로 사자死者와 사자使者에 관해 말하는데 이것은 유머와 익살을 이해하는 정기현의 유능이고 재능이다. "덩치가 더 큰 멧돼지가 등을 낮추고 할머니가 그 위에 탔다. 작은 멧돼지도 이어 새미를 등에 태웠다. 멧돼지 타고 아래로 아래로 내려가는 길은 지난번 할아버지 쫓아 허겁지겁 내려가던 길보다 훨씬 길게 느껴졌지만 마음만은 편안하고 좋았다.

둥실둥실 구름에 실려가는 기분이었다."(137쪽) 이별은 슬픈 것으로 이해하고, 이별을 슬픔이라고 표현하는 관성에 기대지 않고, 이별이 구름 위에 떠 있는 듯한 황홀감과 같을 수 있음을, 슬픔과 황홀감이 그리 멀지 않음을 담담히 제시한다. 속삭이듯 일러준다. 죽음의 '검은 강'에 압도되거나 침잠하지 않고 '검은 강'에 '둥실' 떠갈 수도 있음을 정기현 소설을 통해 배운다.

심지어 이런 세계에서는 인간과 사물과 동물이 서로서로 통하는 사이가 되기도 하니 얼마나 신기한가. 인간의 입장에서 동물과 사물을 의인화하는 게 아니라 인간에게만 부여돼온 특권적 언어, 우월적 지위, 우위를 허물어뜨리는 방식으로써 비로소 가능한 일이다. 그렇게 되니, 난생처음 생각의 입장이 돼볼 수도 있다. "생각 입장에서는 왜 열중하던 길로 계속 인도되지 않는 것인지 길을 잃어버려, 한동안 헤매다 여지없이 슬픔 쪽으로 몸을 던져버리고 만다."(163쪽) 그렇게 되니, 흙의 입장이라는 것도 가능해졌다. "마치 흙의 머리로 생각하고, 흙의 입장에서 기대하기라도 하는 것처럼."(182쪽)

바로 당신에게 전하고 싶은 이야기

마침내 「바람 부는 날」에 이르면, 이야기의 형식을 띤

앞선 일곱 편의 지도들이 서로 겹치는 듯 무시로 어른대는 것이다. 서로의 동심원이 되는 듯, 서로의 거울이자 메아리가 되는 듯, 서로를 이어받고 이어주는 듯, 서로 주거니 받거니 하는 듯. 어우렁더우렁 움직이는 지도들 속에서 나는 왠지 모를 안온함과 안도감마저 느낀다. 바람골을 관통하던 승주가 어느새 "바람에 실려 구름처럼 향기처럼 흘러갈 수 있"게 되었을 때였을까. 날갯짓으로 하늘을 날아오르고, 유영하듯 하늘을 나는 기분을 승주와 함께 만끽하는 듯하다. 지상과 지하, 그 어디쯤에서 이뤄지던 산책자들의 발걸음이 이제 하늘길로도 이어지고 그렇게 확장된 시공에서는 이른바 "공중의 질서"(271쪽)라는 것을 살필 수 있게 된다. 비둘기 까마귀 참새 박새뿐만 아니라 개 고양이 너구리 쥐와 같은 지상의 동물들, 안경 만화책 후크 선장 인형 키보드 따위의 사물들도 경계 없이 날아다니는 공중空中. '목적 없는 떠다님'을 몸소 실천하는 인간과 비인간을 어우르는 공중公衆. 하늘에서 유유자적 수영하는 산책자들, 공중의 공중. 그들 사이에는 구분과 범주의 이름으로 나뉘는 위계라는 게 없다. 버드 아이 뷰로 지그시 지상을 바라보며 거리를 가늠할 뿐이다.

그리하여 「바람 부는 날」까지 도달하면, 비로소 이야

기의 형태를 띤 세계 즉, 이야기의 생리라는 것을 알 것 같다. 승주는 "문득 내가 은유의 한복판에 서 있는 것만 같았고 그러자 그간 일어난 일들이 일련의 이야기처럼 느껴졌다"(288쪽)고 했던가. 은유와 이야기라. 그것을 은유로서의 이야기라고 말해본다면, 누군가는 그런 것을 두고 부정의 뉘앙스로 말하려 들지도 모른다. 이를테면 가짜의, 조작된 세계라는 의미로서의 허구, 허상, 그러므로 믿을 만한 게 못 되는, 의뭉스러운 세계로서의 은유적인 이야기라고 말이다.

하지만 승주는, 아니, 그렇다고 한들 승주는, 아니, 그렇기에 더더욱 승주는 은유로서의 이야기를 긍정한다. 그것을 저버리지 않기로 한다. "빨간 코트는 매일 아침 천 장의 화선지를 말리며 먹을 갈았고 그 믿을 수 없는 일과에 대한 근거는 오직 빨간 코트의 말뿐이었다. 그를 믿을지 말지 결정하는 것도 오직 나의 의지에 달린 일이었는데 믿지 않을 것은 또 뭐람, 그것은 빨간 코트의 이야기인걸. 나는 빨간 코트에게 바람의 길에서 만난 벽시계에 대해 어서 들려주고 싶었다."(289쪽) 은유로서의 이야기, 은유에 기댄 이야기라는 세계가 제 방식대로 작동하고 움직일 수 있는 데는 다른 이유는 없다. 그 이야기가 믿을 만해서가 아니라, 누군가는 그 이야기를 믿기로 결심했기 때문이다. 다른 누구도 아닌 빨간 코트를 입은 당신에게 들려주고 싶은 그 좋은, 그 신기한, 그 신나는, 그 새로운 이야기. 지체 없이, 냉큼, 성큼, 달려가 전하고 싶은 당신만을 위한 이야기. 누군가는 그런 것에 기대어, 오직 그 이유만으로도 은유의 세계를 믿는다. 그것으로 이야기는 충분히 계속되고 거듭되고 되살아날 수 있다. 세계의 비밀은 다른 데 없다. 다를 것도 없다. 이 모든 일련의 은유가 한없이 실없는 농담에 지나지 않는다 해도, 그렇다는 것을 알고 있음에도 속는 것, 그럴 줄 알면서도 가보는 것, 믿는다는 건 그런 것. 이야기가 가닿을 대상과 존재를 그려보고, 미래의 일을 기대하는 것만으로도 가능한 일이다. 공원의 생리와 공중의 질서를 체득하고, 발밑의 일을 떠올리며, 농부의 피를 느끼는 이들이라면 얼마든지 시도할 것이다. 매일이 바람 부는 날임을 잊지 않는 산책자들, 산책의 전령들이라면 언제든 그러할 것이다.

이제 어디로 가볼까. 어디까지 나아갈까. 무엇을 타고 넘어가고 날아볼까. 섣불리 가늠할 수도, 어설프게 기약할 수도 없지만, 그래, 일단은 믿기로 했다. 산책자의 움직이는 발과 그 발이 데려다줄 이야기를. 그러다보면,

나도 전하고 싶어지지 않을까. 은유적 이야기, 이야기라는 은유를. 다른 누구도 아닌 바로 당신에게, 지체 없이.

추천의 글

『슬픈 마음 있는 사람』 성분표

임선우(소설가)

  정기현 소설은 언제나 심상치 않은 구석이 있고, 그 심상치 않음이 불러일으키는 재미에 대해 곰곰 생각하다 보면 두 개의 사물이 머릿속에 떠오른다. 사파리 모자와 운동화 한 켤레. 왜 느닷없이 이것들이 떠올랐지? 어리둥절해하던 중 깨달았다. 정기현 소설은 걷는 소설이구나. 그저 생각만 하는 멈블러mumbler들이나 최단 경로를 찾는 효율주의자들과는 달리, 의도적으로 배회하는 산책자의 소설!

  사파리 모자 눌러쓰고 운동화 끈 단단히 묶고, 『슬픈 마음 있는 사람』 속 인물들은 정해진 일상의 경로에서 보란듯이 이탈한다. 목적과 효율의 세계에서 가뿐하게 벗어나기. 어디에 도착할지, 무엇과 마주할지 모르는 상태로 착착 걸어나가기. 그러다보면 일상의 길은 어느덧 이야기의 길로 변해 있다. 선산 가는 길은 무덤 속 지하통로로, 매일의 산책길은 황금의 땅 가는 길로, 출근길은 바람길로……

그렇다, 정기현 소설에는 도약하는 힘이 있다. 평범한 일상에서 서사의 세계로 훌쩍 뛰어오르는 힘! 그 길을 걷는 동안에는 이제껏 보이지 않던 풍경이 눈앞에 펼쳐지고, 일상 속 비밀들이 하나둘씩 드러난다. 그렇게 오랜 산책 끝에 나를 돌아보면, 남아 있는 것은 뜻밖에도 슬픈 마음.

슬픈 마음이 왜 이 자리에 생겨났을까? 잠시 의아해하다가도 곧 수긍할 수밖에. 삶에서 우리를 슬프게 할 수 있는 것은 결국 우리가 마음을 쏟았던 것들이니까. 이야기의 길을 따라 부지런히 걷는 동안 우리가 마주친 모든 것들. 그것을 조금 더 오래 들여다보고, 새롭게 바라보고, 이야기를 부여해주는 시간 속에서 우리는 슬픈 마음 있는 사람이 되었는지도 모르지. 그렇게 생각하면 슬픔은 정말이지 아늑해져서, 나는 슬픔을 이불처럼 덮고 낮잠이라도 자고 싶어졌다. 한잠 자고 일어나서 또다시 즐거운 산책에 나서야지.

마지막으로 슬픈 마음 초심자들을 위하여 『슬픈 마음 있는 사람』 성분표를 남겨둔다. 산책 전 탈이 나지 않도록 꼼꼼하게 살펴보시길 권장합니다.

『슬픈 마음 있는 사람』 성분표
: 새미의 가죽 노트, 새미의 발톱, 간장종지 분량의 와인, 거위 모양 오카리나, 찬송가 1절, 찬송가 4절, 초콜릿 빛 흙 한줌, 미역 추출물, 가지 추출물, 당근 추출물, 인삼 추출물, 자두 추출물, 적갈색 립스틱, 눈물, feliz 표지, 목각 뻐꾸기, 엄미소 웃음소리, 골바람, 꿀, 까마귀 깃털, 슬픈 마음.

작가의 말

 책 읽고 소설 쓰기. 참 즐거운 두 가지 일이지만 이것을 마음 다해 해내기 위해서는 살아가는 내내 틈을 찾고 잠깐씩이라도 그 안에 들어가는 일이 필요했습니다. 매일 아침마다 배급받기로 한 거대한 양갱을 받아들고 급한 일에 조금씩 떼어다 쓴 뒤, 남은 몫을 오물오물 먹으며 읽고 또 쓰는 하루하루.

 양갱 같은 걸 질리지도 않고 잘도 먹는구나 하며 바로 옆에서 바라보아준 최용준과 가족들, 친구들에게, 그리고 그렇게 모은 소설들을 기운찬 말들로 읽어내주신 정지혜 평론가와 임선우 소설가께 참으로 감사한 마음이 듭니다. 또한 앞으로 앞으로 흐르던 시간을 천천히 거슬러 올라가며 틈과 틈을 가만히 들여다보아준 황예인 편집자께 깊고 깊은…… 고마움을 전합니다.

모쪼록 조금씩 웃고 조금씩 슬플 수 있는 책이 되기를 바라는 마음입니다.

2025년 여름
정기현

소설이 발표된 곳

「빅풋」
(『악스트Axt』 2024년 7~8월)

「발밑의 일」
(미발표)

「슬픈 마음 있는 사람」
(『문학과사회』 2024년 여름)

「검은 강에 둥실」
(『유령들』 1호, 고스트프레스, 2021)

「마음대로 우는 벽세계」
(미발표)

「농부의 피」
(문학 웹진 『림Lim』 2023년 9월)

「공부를 하자 그리고 시험을 보자」
(웹진 『비유』 2025년 5월)

「바람 부는 날」
(문장 웹진 2025년 6월)

스위밍꿀 소설

슬픈 마음 있는 사람
© 정기현

1판 1쇄	2025년 6월 18일	**1판 3쇄**	2025년 11월 11일

지은이	정기현
펴낸이	황예인
편집	황예인
모니터링	박건우
디자인	함익례

펴낸곳	스위밍꿀
출판등록	2016년 12월 7일 제2016-000342호
주소	서울특별시 마포구 양화로 58
연락처	swimmingkul@gmail.com
ISBN	979-11-93773-10-9 03810

이 책의 판권은 지은이와 스위밍꿀에 있습니다.
이 책 내용의 전부 또는 일부를 재사용하려면 반드시 양측의 서면 동의를 받아야 합니다.